N&K

1782: Ein Fremder reist in ein abgelegenes Gebirgstal. Von ferne sieht er einen Mann mit einem Hund auf sich zukommen; als sie etwas näher sind, bemerkt er, dass der Hund eine Kuh ist – der Mann ein Riese. Melchior Thut dient später am Hof Karl Eugens von Württemberg. «Merkt Euch, Thut, Ihr seid zwar der Längste, aber ich bin der Größte in meinem Reich», sagt der Herzog Karl Eugen, als sich die beiden auf unterschiedliche Art herausragenden Männer das erste Mal gegenüberstehen.

Eveline Hasler (geb. 1933 in Glarus) ist eine Schweizer Schriftstellerin. Sie studierte Psychologie und Geschichte an der Universität Freiburg und in Paris. Anschließend war sie als Lehrerin tätig. Eveline Hasler verfasste Kinder- und Jugendbücher, Lyrik und erzählerische Werke für Erwachsene. 1994 erhielt sie für ihr literarisches Gesamtwerk den Droste-Preis. Ihre Bücher sind bisher in zwölf Sprachen übersetzt worden. Eveline Hasler ist Mitglied des Vereins Autorinnen und Autoren der Schweiz und des Deutschschweizer PEN-Zentrums. Ihr Vorlass befindet sich im Schweizerischen Literaturarchiv in Bern. Die Autorin lebt in Ronco sopra Ascona (Kanton Tessin).

Eveline Hasler

Der Riese im Baum

Roman

NAGEL UND KIMCHE

1. Auflage 2023
Ungekürzte, durchgesehene Taschenbuchausgabe

Umschlaggestaltung von wilhelm typo grafisch
Umschlagabbildung von Westminister Archives / Bridgeman
Images
Gesetzt aus der Centennial
von GGP Media GmbH, Pößneck
Druck und Bindung von CPI books GmbH, Leck
Printed in Germany
ISBN 978-3-312-01286-2
www.harpercollins.de

Vorwort

Dem Glarner Riesen auf die Spur gekommen

Um eine Geschichte zu verstehen, muss man dort hingehen, wo sie gewachsen ist. An einem Junitag gehe ich also dorthin, wo der Riese Melchior Thut geboren ist: in den hintersten Winkel des Glarnerlands, der Tierfehd heisst.

Seit Mitte des 19. Jahrhunderts soll dort ein Hotel stehen: Ich reserviere telefonisch ein Zimmer. Die Besitzerin ist erstaunt, dass ich von Linthal aus den Weg zu Fuss machen will. Zweieinviertel Stunden sind es über Obort, sagt sie. Den Koffer? Den hole sie gegen Abend am Bahnhof Linthal ab.

Hinter Linthal steigt die Strasse an, zieht sich an Bäumen, idyllischen Höfen vorbei. Die Sonne ist sengend. Innerhalb einer Stunde kehre ich in zwei Gasthöfen ein, mein Vorsatz, den Schulweg des Riesen abzuschreiten, droht zur Bieridee zu werden.

Erschöpft sitze ich gegen Abend auf der Terrasse des Hotel Tödi im Tierfehd. Jede Menge Berge sind zu sehen, nur nicht der Tödi. Die Berge steigen senkrecht im Halbrund aus dem Tal. Eine steinerne Arena. Am auffälligsten eine fast nackte Pyramide, die das Tal nach Süden verriegelt. Ich schaue auf meiner Karte nach, wie der Berg heisst: Selbsanft, seltsamer Name.

Die Wanderer an den andern Tischen haben ihren Gesprächen nach grössere Touren hinter sich: Muttseehütte, Kistenpass, Bifertenstock. Gegen neun Uhr abends brechen sie auf, ich bleibe allein zurück. Noch ist der Selbsanft hell, leuchtet wie von innen heraus. Kaskaden von feinsten Lichtteilchen stürzen über die felsigen Vorsprünge.

Nur noch in Manhattan, zwischen den Steilwänden der Wolkenkratzer, habe ich ähnlich faszinierende Lichtspiele gesehen.

Die Wirtin hat meinen Koffer in Linthal geholt. Sie sind der einzige Schlafgast dieser Nacht, sagt sie. Ich muss nach Linthal zurück, bin aber morgens wieder da zum Frühstück. Sie fürchten sich ja nicht?

Die Hütte des Riesen? Am Ende der Wiese sei das niedrige Haus gestanden, erst in ihrer Jugend habe man es abgebrochen. Es geht gegen zehn Uhr abends, im offenen Fenster meines Zimmers steht der Selbsanft, seine Schründe und Unebenheiten sind weg, als wäre er mit einer Pergamenthaut bespannt.

Am Morgen greife ich nach dem Aufwachen nach meiner Armbanduhr auf dem Nachttisch: Die Zeiger der Quarzuhr drehen sich in sinnloser Schnelle. Erst beim

Morgenessen, mithilfe einer bei der Wirtin geborgten Nadel, kann ich die Uhr zum Stehen bringen. Nie vorher und nachher ist diese sonst tadellos laufende Uhr, eine Omega, ausgeflippt, hat einen ähnlichen Amoklauf durch die Zeit gemacht.

Schon im 18. und 19. Jahrhundert ist dieser hinterste Winkel des Glarnerlands eines der begehrtesten Reiseziele der Schweiz gewesen. Attraktion waren die von Scheuchzer als Naturwunder bezeichnete Pantenbrücke, die wilde Linthschlucht, der Schreyenbachfall. Im 18. Jahrhundert hat der deutsche Medizinstudent und spätere Reiseschriftsteller Johann Gottfried Ebel auf einer Wanderung den Riesen Thut entdeckt: »Ein wahrer Goliath am Spinnrad« nennt er ihn in seinem Buch »Schilderung der Gebirgsvölker der Schweiz«.

Doch auch Riesen fangen klein an. Noch mit fünfzehn war Melchior kleiner als seine Mitschüler, Pfarrer Tschudi wollte ihn nicht mit seinen Jahrgängern konfirmieren. Mit siebzehn bekam Melchior die »Wassersucht«. Chirurgus Zai verabreichte »silberne Kügelchen«, vermutlich Quecksilber.

Melchior begann zu wachsen, schliesslich hat er alle Männer im Tal um einen Kopf überragt. Der Zürcher Pfarrer Johann Kaspar Lavater hat Thut ausmessen lassen, er sei zwei Meter vierunddreißig groß. Lavater widmet ihm eine längere Passage in seinem damals berühmten Buch »Physiognomische Fragmente«, ich konnte dieses antike Werk auf dem Naschmarkt in

Wien kaufen. In seinem Buch gibt Lavater der Imagination der schwangeren Mutter schuld, dass es Riesen oder Zwerge gibt. Habt Ihr viel hinaufgeschaut zu den Bergen?, fragt er des Riesen Mutter. Und sie: Wohin soll man denn hier sonst schauen?

Heute kennt man die Ursache des nicht vererbbaren Riesenwachstums. An einem Spital von London bringt mich Angie, frischgebackene Ärztin und Tochter von Freunden, zu einem Akromegaliepatienten. Ein Tumor an der Gehirnanhangdrüse regt das Wachstumshormon übermässig an, erklärt mir die junge Ärztin. Der Tumor wird mit Mikrochirurgie schonend entfernt.

Stuttgart, idyllisch in der Senke zwischen weinbewachsenen Hängen gelegen, ist im Sommer eine heisse Pfanne. Der Asphalt schwelt, ich fliehe in die Kühle des Hauptstaatsarchivs. Nicht nur die Räumlichkeiten, auch der Empfang ist kühl. Die weibliche Aufsicht mahnt mich zweimal, leiser zu sprechen. Ich flüstere, hauche mein Anliegen vom Riesen Thut. Frage dann nach den Dekreten zur Zeit Karl Eugens. Bevor sie eine Bestellung aufnimmt, muss ich Formulare zu meiner Person ausfüllen.

Eine neue Bestellung? Für heute sind Sie zu spät.

Ich gehe hinüber zur Württembergischen Landesbibliothek. Im Lesesaal tröstet mich ein Historiker über mein Missgeschick im Archiv. Ihm seien bis zu seiner Dissertation Dokumente verweigert worden. Das meiste über Karl Eugen befinde sich nämlich unter G im Geheimarchiv. Und lachend fügte er bei: Nachkommen sind offensichtlich besorgt, dass persönliche Belange des 1793 verstorbenen Herzogs an die Öffentlichkeit kommen!

Ich schüttle ungläubig den Kopf: Kann denn Herzog Karl Eugen, über den alle Welt schon so viel Schlimmes weiss,- der junge Schiller hat ihm mit der Tyrannenwidmung im Stück »Die Räuber« doch ein Denkmal gesetzt –, noch einen schlimmeren Ruf bekommen? Fürchtet man vielleicht, dass ein fleissiger Student zu Karls siebenundsiebzig unehelichen Söhnen noch einen weiteren findet? Mädchen wurde ja nicht gezählt.

Das nächste Mal habe ich im Archiv mehr Glück, die frostige Dame ist abgelöst worden, ihr Vertreter hat weniger Berührungsängste mit früheren Nobilitäten. Schon nach einer halben Stunde sitze ich vor dem Besoldungsbuch. Zweitausendfünfzig Seiten! Ich finde Thuts Akkreditierung vom Dezember 1765 als *Kammertürk*, seine zweihundert Gulden Gehalt wurden alle zwölf Dienstjahre nie ganz ausbezahlt. Die Staatskasse sei leer, hiess es, während zu jener Zeit der Herzog Schlösser und Theater gebaut und seinen Mätressen Juwelen geschenkt hat: siebenundvierzigtausenddreihundertzwanzig »Ausgaab Presenten«, während alle Schlossmägde zusammen nicht mehr als dreihundertfünfundsechzig Gulden verdienten.

Die Zürcher sollen einst zu knausrig gewesen sein, Pfarrer Lavaters Unterlagen zu den »Physiognomischen Fragmenten« aufzukaufen. Jetzt liegen die Gravuren, Aquarelle, Aufzeichnungen in der Alten Burg in

Wien. Der Mann im Zürcher Lavater-Archiv sagte zu mir am Telefon: Bevor Sie nicht jeden Zettel in Zürich kennen, können Sie doch nicht nach Wien fahren!

Doch ich konnte.

Zugegeben, es verstrich viel Zeit, bis ich in der Alten Burg den richtigen Winkel, das richtige Stockwerk fand. Ich überwand meine Liftphobie und fuhr mit einem Fahrstuhl aus der Eiffelturmzeit in schwindelnde Höhe. Aber das Archiv war schon um halb vier nachmittags geschlossen. Beim nächsten Mal hatte ich wieder Pech: Donnerstag Ruhetag! Und als ich endlich am richtigen Tag, zur richtigen Stunde, am richtigen Ort war, erklärte der diensttuende Archivar, ich sei vergebens gekommen, das Lavater-Archiv befinde sich immer noch im ungeordneten Zustand. (Diesen Bescheid hatte man dem Lehrer aus Linthal schon vor fünfundzwanzig Jahren gegeben.)

Meine Verzweiflung war echt. Der Archivar schaute in mein enttäuschtes Gesicht und verschwand darauf ziemlich lange. Er kam dann aus der Lavater'schen Ungeordnetheit zurück mit einem mir unbekannten Brustbild von Thut, das den Riesen in feinen Pastellfarben in höfischer Aufmachung zeigt: Jabot, Zopf und Haarrolle über dem Ohr. Augen und Mund von feinem spöttischem Schwung. Daneben in Lavaters zierlicher Schrift:

Wäre der Untertheil des Gesichtes solang und so schwer nicht – wer könnt' an dem Verstande der Stirn, des Augs und der Augenbraun zweifeln? – Der Mund ist bescheiden und witzig die Nase.

Was für eine Entdeckerfreude! Ein damals bekannter Maler hat das Bild wohl angefertigt an jenem Sommertag 1773, als Thut zum Mittagessen bei Lavater in Zürich eingeladen war. Pfarrer Lavaters Haus in der Altstadt von Zürich heisst seither Zum Waldriesen.

Erster Teil

Der Rücken ist nackt der Wildnis ausgeliefert

Elias Canetti

Gut zweihundert Jahre nach dem Tod des Riesen komme ich an einem Juniabend ins Tierfehd.

Ich beobachte die Kaskaden von feinsten Lichtteilchen über den Felswänden, nur noch zwischen den Wolkenkratzern in Manhattan haben mich Licht- und Schattenspiele in ähnlicher Weise fasziniert. Als einziger Schlafgast dieser Nacht beziehe ich in dem kleinen Hotel am Rande der Talmulde ein Zimmer.

Einen Steinwurf entfernt von meinem Fenster, gegen die Felswände hin, sei der Riese 1736 geboren worden, hat mir die Wirtin gesagt, in ihrer Kindheit habe man die niedrige Holzhütte abgebrochen. Aus dem Gästebuch ist zu erfahren, dass Karl Kraus 1916 und 1917 hier gewesen ist, mit seinem Opel ist er in diesen Winkel des Glarnerlandes gefahren und hat den Epilog zu »Die letzten Tage der Menschheit« geschrieben. Abends um neun ist der Selbsanft noch angefüllt von gelbem Licht. Die Stille rauscht in meinen Ohren, hindert mich am Schlaf.

Beim Aufwachen dreht sich an meiner Quarzuhr, einer in Hongkong gekauften Omega, der Zeiger in sinnloser Schnelle, erst beim Frühstück, mithilfe einer bei der Wirtin geborgten Nadel, habe ich den Zeiger zum Stillstand bringen können, nie vorher oder nachher ist die sonst tadellos laufende Uhr ausgeflippt, hat einen ähnlichen Marathonlauf gemacht durch die Zeit.

I

Ewigkeit, hat Pfarrer Tschudi gesagt, kein Mensch kann sie sich vorstellen. Jeden Tag wetzt ein Vogel seinen Schnabel am Berg, nach tausend Jahren sieht man eine kleine Kerbe. Wenn der ganze Berg abgewetzt ist, ist eine Sekunde der Ewigkeit vergangen.

Ein Vogel lebt aber nicht so lang, wirft einer der Repetierschüler ein.

Der Pfarrer hebt missmutig den Arm, die Spitzenmanschetten fliegen zurück:

Es ist doch immer ein anderer, der wetzt!

Ein Vogel lebt kurz, denkt Melchior. Im Winter findet man sie erfroren unter den Bäumen. Schwarz würde der Himmel, könnte man sich die Schwärme von Vögeln vorstellen, die es für eine einzige Sekunde der Ewigkeit braucht.

Der Riese lag auf einem ungeheuren Laubsack, durch den Bretterboden drang Erdgeruch. Vier Bretterwände standen um das Bett, ein Brett überdachte es. Der Vater hatte, als der Sohn im siebzehnten Lebensjahr nicht mehr aufhören wollte zu wachsen, diese gigantische Schlafkiste unter der Esche vor dem Haus gezimmert.

Die Fugen der Wände waren mit Moos verstopft,

durch ein Astloch blickte der Riese auf die Wiese mit dem Fußweg; wenn er sich aufrichtete, sah er auch die Bäume des Auenwalds. Holz hatte er dort gehackt von der Frühe bis weit über den Mittag, mit Rückenschmerzen hatte er sich eine Weile auf den Laubsack gelegt, jetzt bemerkte er am schrägen Einfall der Sonnenstrahlen, dass es Zeit war, die Kuh auf der hinteren Staffel zu holen.

Aber dort, auf der niederen Grenzmauer neben dem Weg, saß immer noch der junge Mann.

Der Riese presste seine heiße Wange an die Wand, äugte durch das Astloch.

Seit dem Mittag saß der Fremde dort, den Blick wie geblendet zu den Bergen gewandt, die Augen verengt zu Schlitzen, oft einen Zeichenstift vor sich hin haltend, als wollte er Maß nehmen, dann neigte er sich wieder über sein Skizzenbuch, zeichnete, schrieb.

Der Riese überlegte, wie er es anstellen sollte, ungesehen über die Wiesen zu gehen zur Staffel. Seit seiner Riesenzeit, bald dreißig Jahre jetzt, lebte er mit dieser Angst, Furcht zu verbreiten durch seine Gestalt.

Geräuschlos ging er aus der Tür, der über seinem Buch Versunkene beachtete nicht, was für ein ungeheurer Schatten ihn da streifte, im Schutz der Hütte dann schräg über die Wiese aus dem Blickfeld verschwand.

Die Zeit vergeht zwischen den Bergen schneller als anderswo, dachte der Fremde, ein Medizinstudent aus Frankfurt.

Es war ihm plötzlich, er spürte schon Kühle, den

Hauch eines abendlichen Schattens. Vielleicht war es auch die Besonderheit dieses nach Mitternacht gerichteten Tals, alles zog in eine Richtung: Bergwälle, der in der Mitte der Talsohle schäumende Fluss der Linth. Und im Süden dieser steinerne, vom Licht umflossene Riegel, vor dem er seit dem Mittag saß.

Gestern war Ebel, vom Hauptort Glarus kommend, nach Linthal gewandert, ins hinterste Dorf dieses engen, zwischen Bergleiber gezwängten Tals. Noch weitere zwei Stunden, hatte der Pfarrer des Ortes gesagt, bis zu der von Scheuchzer beschriebenen Panthenbrücke, und Ebel hatte es ihm nicht glauben wollen, so nah waren die Berge hinter den letzten Häusern von Linthal gestanden. Dann aber hatte sich der Weg weit über die Schuttkegel der Bergbäche gezogen, an fruchtbaren Feldern und Auengütern vorbei, bis er sich endlich der Senke zuneigte, dem letzten Ort des Glarnerlandes, das man Tierfehd nannte oder einfach: das Loch.

Ebel hatte sich auf eine der niederen Grenzmauern gesetzt. Er sah die Berge im Halbrund senkrecht aus dem Talboden aufsteigen, eine steinerne Arena, und dort im Einschnitt die Schlucht der jungen Linth mit der berühmten Panthenbrücke. Das Ungewöhnlichste aber war diese vollkommen geformte nackte, jäh aus dem Kessel aufsteigende Bergpyramide, die das Tal nach dem Süden abschloss. Ebel musste den Kopf in den Nacken legen, um ihre Spitze zu sehen. Ein Bauer hatte ihm auf dem Weg den Namen des Berges genannt: Selbsanft.

Ebel hatte den Strohhut abgelegt, der Tasche seines Reisemantels den Skizzenblock und einen Stift aus gegossenem Zinn entnommen, für Reisen war er ihm empfohlen worden, da die Spitze nicht abbricht, die Schrift nicht so leicht verlöscht.

Er hatte versucht, die scharf in den Himmel geschnittenen Umrisse aufs Papier zu bringen, hatte weiße und schwarze Kreidestifte benutzt, um Schatten und Licht anzudeuten, am Abend wollte er die Umrisse mit der Feder nachziehen, mit Tusche oder Bister die Tiefenwirkung verstärken.

Auf der linken Seite des Blattes hatte er sich notiert:

Tierfehd im Kanton Glarus, Mai 1782.

Das ist das Ende der Welt.

Die ungeheuren Felskolosse des Selbsanft, Altenohren und Baumgarten schließen das liebliche Tal in einem melankolischen Halbzirkel.

Beim Betrachten und Zeichnen war das Geläut der Kuhglocken an sein Ohr gedrungen. Im Auenwald hörte er Waldarbeiter Holz schlagen.

Jetzt bemerkte er es mit leichtem Schreck: Stunden mussten verstrichen sein, Dunst fiel über den Steilwald von Altenohren, ein Teil des Alpbodens war in den Schattenkegel gerückt, man hatte ihn gewarnt, die Dunkelheit könne in den Bergtälern überraschend einfallen.

Ebel schloss sein Skizzenheft, nahm den Reisemantel, den Strohhut, die Tasche aus Segeltuch. Er verließ den Weg, ging über die Polster aus kurzem Gras.

Noch lag alles in diffusem Abendlicht, Mücken tanzten in den Lichtbalken.

Jäh blieb er stehen.

Ein ungeheurer bläulicher Schatten schob sich schräg über die Wiese. Am Ende der Weide, auf einer Bodenwelle, stand ein Riese mit einem Hund.

Sah das Auge, gefoppt durch die Dimension der Bergkolosse, in Umkehrung gewöhnlicher Perspektive Entferntes groß, Nahes klein?

Erschrocken bemerkte Ebel, wie die Gestalt mit weit ausgreifenden Schritten auf die letzte Hütte im Tal zuging. Der vermeintliche Hund an seiner Stelle wurde im Näherkommen zu einer Kuh.

Der Riese musste den Fremden entdeckt haben, er stand still, Schreck spiegelte den Schreck des Betrachters.

Dann ließ er die Kuh stehen, ging mit flüchtenden, staksigen Schritten am Haus vorbei in den seltsamen Holzverschlag hinter dem Baum.

Verwirrt näherte sich Ebel dem Haus. Auf dem Vorplatz saßen zwei Frauen und ein Mann an Spinnrädern. Die Frauen blickten auf, die jüngere musterte den Fremden ungeniert, die fast lästige, bisweilen auch misstrauische Neugierde der Bergbewohner war ihm auf seiner Reise aufgefallen.

Frau Thut?

Er wandte sich an die ältere, sie hatte trotz ihrer Falten angenehme, weiche Gesichtszüge, wache dunkle Augen.

Ebel, stellte er sich vor, Medizinstudent aus Frankfurt. Der Pfarrer aus Linthal lasse grüßen und bitten, ihm ein Nachtlager zu geben.

Die Frau sah den jungen Mann schweigend an,

musterte seinen Reisemantel aus Wachsleinwand, die Segeltuchtasche. Melchiors Zimmer, raunte ihr die Jüngere zu, ein paar Gebärden folgten, Wörter in unverständlichem Dialekt.

Die ältere Frau blieb ruhig. Sie habe wohl eine Kammer, sagte sie, aber ob sie dem Herrn nicht zu klein und bescheiden sei?

Ihm sei jedes Bett recht, sagte Ebel.

Nein, zu sehen brauche er die Kammer nicht, er wolle das letzte Tageslicht nutzen, noch zur Panthenbrücke hinauf, eine halbe Fußstunde sei es doch, nicht mehr?

Er stellte seine Tasche auf die hölzerne Bank und wandte sich zum Gehen.

Die Frau war vom Spinnrad aufgestanden.

Die Hand wie ein Vordach schützend an die Brauen gelegt, sah sie zu, wie sich der Fremde über den Alpboden entfernte.

Sie kannte das.

Wanderer gegen Abend, Fremde.

Mit federnden Schritten gingen sie über die Matte durch das schräg einfallende Licht. Warfen Schatten über die Wiesenpolster. Eilig gingen sie, wie fliehend. Fürchteten wohl, die Nacht bräche vorzeitig ein … Felswände, Schründe, trichterförmige Bergschatten. Die machten den Stadtmenschen Eindruck. Ein steinernes Verlies, das Tierfehd, hatte einer zu ihr gesagt.

Als Ebel auf dem schmalen Fußweg im Griebenwald verschwunden war, wandte sie sich ihrer Schwiegertochter am Spinnrad zu.

Ich setze Kartoffeln aufs Feuer, sagte sie. Wo ist Melchior?

Er wird sich vor dem Fremden verkrochen haben. Spielt den Menschenscheuen, obwohl er in der halben Welt herumgekommen ist. Nur abwarten. Wenn es zu essen gibt, ist er wieder da. Mit seinem Riesenappetit.

Wenn er nur auch ein Riesenarbeiter wäre, sagte der Mann, morgen soll er im Auenwald Holz fällen. Mehr als fünf Stunden hält er nicht durch. Sein Rücken, sein Kopf …

Er drückt sich eben gern, sagte die junge.

Hält sich für etwas Besseres, weil er zwölf Jahre in Ludwigsburg gedient hat. Im Schloss hätte er bleiben sollen …

Die Mutter runzelte die Stirn. Es sah aus, als ob sie etwas sagen wollte, dann ging sie schweigend ins Haus.

Der Riese hatte sich in seinen Schlafstall zurückgezogen, durch die angelehnte Tür konnte er in die Esche sehen, auf die Äste mit den gelb geschlängelten Linien, das Blattwerk, bewegt vom leisesten Wind.

Eine Spinne saß zwischen den Zweigen im Netz. An einem Faden ließ sich eine zweite Spinne herab, umklammerte die erste, Beine wirbelten im Kampf. Plötzlich war die erste fort, er hatte nicht beobachten können, wie sie die Flucht ergriff, sah nur die neue im Netz, als hätte sie schon immer da in den Mittelpunkt dieses kunstvollen Gewebs gehört.

Vom Haus her drangen die Stimmen des Bruders und der Schwägerin herüber, übertönt von den Axtschlägen aus dem Auenwald. Ihn fröstelte, er dachte daran, dass er morgen hinüber musste zu den Waldarbeitern und den Bauern des Talbodens, die Wälder gehörten der Korporation, alle Hände würden gebraucht, hatte Tinner, der Holzhändler aus Schwanden, gesagt, ein Floß mit Holz müsse diesen Monat die Linth und den Rhein hinunter nach Holland.

Ein Dutzend Erlen sollten noch fallen am Fluss.

Er war gegen dieses nun seit Wochen in Gang gehaltene Roden, aber seine Stimme galt nichts, er müsse sich nicht dreinmischen, sei jahrelang weg gewesen, in Stuttgart, Berlin, Amsterdam, da habe einer keine Ahnung mehr von den hiesigen Dingen, das Holz sei nun einmal das einzige Mittel, in dieser verlochten, felsigen Gegend Geld zu machen.

Auch auf Samuel wollten sie nicht hören, den alten Bauern auf der andern Flussseite im Auengut.

Von Samuels Hütte aus hörte man es noch besser: die dumpfen Schläge der Beile, das Zischen der neuen, aus England importierten Sägeblätter.

Schlimmer noch das feine Vibrieren der Stämme, sagte Samuel, die Bäume brechen nachts in Angstschweiß aus, ein Raunen ist in den Kronen, Harz treibt aus den Poren.

Der Riese trat vor seine Schlafhütte, die Abendsonne in seinem Rücken warf seinen Schatten auf den Boden, ein schemenhaftes zweites Ich, vermischt mit flockigen Blattschatten. Er ging über die Wiese, der baumlange Zwilling bewegte sich mit ihm.

Was ist ein Schatten, dachte er, dass er die Leute so erschreckt? Ein bisschen brauner Dunst. Eine Abwesenheit von Licht dort, wo der Körper diesen langen Strich in die Landschaft zeichnet. Ein Stab im Gras. Lang wie ein Blindenstock.

Wie er vor ihm her über Steinbrocken, Gräser, Mauern und Viehtröge tastet, alles abklopft.

Am Ende der Wiese die Felswand, der Schattenstab fährt darüber, als müsste da ein Tor aufspringen, Eingang zu einem fremden, den Menschen verborgenen Reich.

2

Der Weg zu der von Scheuchzer als Naturwunder bezeichneten Panthenbrücke zog sich steil den Wald hinauf. Ebel fröstelte, Kühle von Schmelzwasser drang aus der Schlucht. Nach einer halben Stunde hatte er die Brücke erreicht, in der Tiefe drängelte sich die Linth durch einen wohl zweihundert Fuß tiefen engen Schlund.

Die steinerne Brücke kam ihm unscheinbar vor, sie bestand aus einem einzigen Bogen von siebzig Fuß Spannweite; schroffe, von Feuchtigkeit violett schimmernde Felswände rahmten sie ein.

Ebel, auf einem Steinblock sitzend, notierte in sein Heft: ... *die schauerliche Wildniß umher und die grässliche Zerklüftung ungeheurer Felsen machen den Ort merkwürdig.* Mit schnellen Strichen begann er zu skizzieren, der abendliche Lichtfall ergab mit den Schatten der Schlucht einen ungewöhnlichen, reizvollen Schwarz-Weiß-Kontrast.

Herannahende Schritte schreckten ihn auf. Zwischen den Zweigen der Tannen bewegte sich eine kleine Reisegesellschaft den Pfad hinunter, Engländer in karierten, flatternden Beinkleidern, eine junge Frau in sandfarbenem Reisekostüm, den Sonnenschirm geschlossen unter dem Arm. Der Führer, beladen mit

Taschen aus Segeltuch, ging neben ihr, den Abschluss bildeten zwei Halbwüchsige, der Kleidung nach Bauernburschen aus der Gegend.

Während die Fremden auf der Brücke vorsichtig in den Abgrund blickten, stieg einer der Burschen, einen schaurigen Jauchzer ausstoßend, auf das Geländer. Die Fremden, erschreckt, sahen ihn zu einem waghalsigen Sprung ansetzen. Der Halbwüchsige landete auf dem gegenüberliegenden Geländer, schwankte wie ein Betrunkener, spuckte in den Abgrund.

Die Engländer applaudierten, darauf zog der zweite Bursche den Hut vom Kopf, sammelte Trinkgeld ein.

Für Geld machen diese Bergler alles, dachte Ebel.

Als die Gruppe sich entfernt hatte, blickte er zu der schmalen Himmelsritze empor, ein paar Wolken hingen da, voll Unbehagen stellte er sich vor, ein Gewitter könnte ihn zwischen den Felswänden überraschen. Auf dem Rückweg holte er die kleine Reisegesellschaft ein, die junge Frau konnte nur noch hinkend gehen, sie hatte sich den Fuß vertreten auf dem mit Schotter bedeckten abschüssigen Pfad.

Im Talkessel sah es nicht nach Gewitter aus. Vor der letzten Hütte, in einem braungoldenen Abendlicht, saßen jetzt vier Gestalten an den Spinnrädern. Im Näherkommen unterschied Ebel die Frauen und den Bauern vom Nachmittag, am vierten Spinnrad saß der Riese. Ebel nahm wenigstens an, dass er am Spinnrad saß, es war unsichtbar unter seiner Gestalt, man sah nur den gewölbten Rücken mit dem gebeugten wuchtigen Kopf, die Nase bog sich zu den Knien, knochige, überdimensionierte Hände führten Bewegungen aus.

Trotz seiner Versunkenheit schien er seine Umgebung, wie ein witterndes Tier, wahrzunehmen.

Er drehte den Kopf, Ebel sah überrascht in das wohlgeformte, angenehme Gesicht eines Mannes von mittlerem Alter. Erschrecken und Scheu lagen in seinen Augen, als er den Fremden näher kommen sah. Als wollte er noch einmal die Flucht ergreifen, begann er sich vom Spinnrad aufzurichten, langsam, als müsste er seine Glieder erst zusammensuchen, wuchs und wuchs, Ebel, der nähergetreten war, reichte ihm bis zur Brust.

Die ältere Frau, die wohl seine Mutter war, sagte: Das ist Herr Ebel aus Frankfurt. Student der Medizin. Er wird heute Nacht unter unserem Dach schlafen.

In deinem Bett, zischelte die Schwägerin, sie kicherte, hielt sich die flache Hand vor den Mund.

Abwesend beantwortete Ebel die Frage des Bauern, wie es auf der Panthenbrücke gewesen sei.

Während er sprach, konnte er keinen Blick von dem Riesen lassen, er schätzte seine Länge, maß in Gedanken die Gliedmaßen aus, nahm eine leichte Krümmung des Rückgrats wahr, es fiel ihm auch auf, dass die ausgeprägten Knochen des Unterkiefers die Harmonie des Gesichts störten.

Der Gedanke kam ihm, dass dieses Skelett in der medizinischen Sammlung der Universität Frankfurt eine Rarität wäre, schlagartig würde es seinen Entdecker berühmt machen in der Fachwelt. Ein gieriger Reiz stieg in ihm auf, diesen phänomenalen Menschen zu untersuchen, auszumessen, Notizen zu verfassen.

Ein Glücksfall, diese Entdeckung im hintersten Winkel der Welt, wie mussten ihn seine Kommilitonen beneiden …

Das Gesicht des Riesen hatte sich entspannt.

Ebel wagte zu fragen: Wie groß seid Ihr?

Siebendreiviertel Fuß.

Ebel notierte sich dieses Maß, in späteren Jahren setzte er hinzu: *circa 2 Meter und 34 Centimeter.*

Woher wisst Ihr das so genau?

Pfarrer Lavater in Zürich hat mich ausmessen lassen, ein paar Jahre ist es her, 1773, gewachsen bin ich wohl seither nicht mehr.

Der berühmte Lavater, der ein Buch geschrieben hat über die Physiognomie des Menschen? Kommt Ihr darin vor, in dem Buch?

Man sagt es, sagte der Riese.

Seid Ihr schon von Geburt an größer gewesen als andere?

Nein, antwortete die Mutter, als Kind war er im Wachstum zurückgeblieben. Pfarrer Tschudi wollte ihn nicht zur Konfirmation zulassen, er sei zu schmächtig und klein, der weite Weg nach Linthal zur Unterweisung sei ihm im Winter nicht zuzumuten.

Dann aber geschah es, im siebzehnten Jahr …

Die Reisegruppe hatte sich genähert, staunend, erschrocken starrten die Fremden auf den Riesen. Die junge Engländerin stieß einen Schrei aus. Der Führer kam zum Haus gerannt, verlangte ein Glas Wasser.

Ebel sah den Riesen über die Wiese davongehen, zwischen den Zweigen der Flussbäume blitzte sein helles kuttenartiges Hemd noch einmal auf.

Es mochte sieben Uhr sein oder halb acht, der Selbsanft war immer noch voll von einem gelben Licht, die Auenwälder lagen dunkel aufgeschüttet. Eine Lichtbahn fiel über die Höhe von Altenohren. Ebel betrachtete erstaunt den Wasserfall aus feinsten flimmernden Lichtteilchen.

Ein schöner, langer Tag heute, sagte Frau Thut, der entschädigt für die lichtlose Winterzeit. Von Mitte Dezember an fällt sechs Wochen lang kein Sonnenstrahl auf den Talboden. So sind wir im Winter unter uns. Ein seltsamer Ort, dieses Tierfehd. Vielleicht nicht für Menschen gemacht.

Ihr habt nicht immer hier gewohnt?

O nein. Sie machte mit der Hand eine wegwerfende Geste, lächelte. Ich habe hierher geheiratet, ins letzte Loch, haben die Leute in meinem Dorf gespottet, aber das ist lange her ...

Ihr sagt, Melchior sei in seinem siebzehnten Jahr krank geworden?

Ja, Fieber hat er bekommen, Schweißausbrüche, gedunsene Glieder; Wassersucht, hat der Chirurgus Zai von Schwanden gesagt und dem Knaben silberne Kügelchen zum Schlucken gegeben. Sieben Wochen lang ist er krank gelegen, oben in der kleinen Kammer, wo Ihr heute Nacht schlaft. Darauf hat er angefangen zu wachsen.

Endlich, hat sein Vater gesagt. Gut, dass er sich streckt. Ein Bauer, Tag für Tag unter diesen Felsriesen, muss breitbeinig auf seinem Feld stehen. Sonst wird ihm schwindlig, wenn er an den Steilwänden hinaufschaut.

Auch Pfarrer Tschudi in Linthal hat sich gefreut: Jetzt gehst du nicht mehr in den Schneewehen verloren, wenn du im Winter zu meinem Gottesdienst kommst.

Vor Freude hat der Vater seinem Bub auf dem Klausmarkt in Glarus Schuhe gekauft, ein Wams, eine Kniehose. Ja, das war gut zu wissen, der Melchior ist ebenso groß und stark wie andere Burschen.

Nachts ist Melchior oft wach gelegen, er hat ein Spannen gespürt in den Gliedern, Kribbeln und Drängen, Handrücken und Füße sind ihm geschwollen. Er hat sich auf seinem Laubsack herumgeworfen, als kämpfte er mit einem Unsichtbaren. Erst gegen Morgen hat er Schlaf gefunden, wie ein Stein hat er dagelegen, wenn ich ihn geweckt habe, die Füße haben über den Laubsack hinausgeschaut. Ich musste ihm Kräuter trocknen für einen neuen Schlafsack, Laub von den Buchen, Schöllkraut, Männertreu.

Der Vater hat ihn mit einer Latte gemessen. Bist beim Eid einen Kopf größer als ich, Bub, hat er festgestellt. Jetzt reicht es!

Die Kniehosen, das Wams, die Schuhe, alles schon zu klein! Im März liegt hier noch Schnee, der Vater hat ihm auf dem Ostermarkt neues Schuhwerk gekauft, das größte, das zu bekommen war.

Aber bald haben die Füße auch über den neuen Schlafsack hinausgeschaut, und immer noch waren sie geschwollen, das Prickeln, Spannen in den Gliedern immer noch da.

Da ist es uns unheimlich geworden. Jeder Baum, jedes Tier hat doch sein Maß. Wenn eine Staude oder ein

Strauch unkontrolliert ausschießt, wächst er sich zu Tode, sagt man.

Bei Tisch hat es damals Ärger und Zank gegeben. Essen ist bei uns wenig da, vor allem zur Winterzeit. Ich habe die Brotbrocken abgezählt, die ich jedem in die Suppe geschnitten habe, aber die Geschwister haben behauptet, der Riese esse ihnen alles weg.

Auch der Vater hat sich eingemischt: Warum fütterst du ihn heraus? Soll er noch größer werden? In Linthal redet schon alles vom »langen Thut«.

An einem Sonntag haben wir ihn nach Linthal mitgenommen zum Pfarrer.

Der hat ihn nachdenklich betrachtet.

Ist er viel unter Euren hohen Felsen?, hat er gefragt.

Er hütet Ziegen.

Allein?

Er ist der Älteste. Die Kleinen kann man nicht mitschicken.

Der Pfarrer hat mit seinem Spitzenjabot gespielt. Darauf hat er mit einem Seufzer gesagt:

Wer weiß, was ihn gesäugt, was ihn genährt hat! Unheimlich die Orte, wo die Felswände, die Bäume unter sich sein wollen. Lasst ihn abends nicht über den Bezirk der Dachtraufe hinaus, Frau. Wo die Natur noch nicht gezähmt ist, hat sie über den Menschen Macht.

Der Pfarrer hat dann lange in seinen Gebetbüchern geblättert. Er hat aber nur Gebete gefunden, die um stärkeres Wachstum bitten, für Weizen, Kartoffeln, Tiere, Kinder.

Ebel notierte sich die Geschichte in Stichwörtern in sein Wachstuchheft. Noch immer stand der Selbsanft in diesem sattgelben Abendlicht; Schründe, Zinnen waren verschwunden, eine Pyramide aus leuchtendem Erz.

Der Riese sitzt in der Esche neben seinem Schlafstall. Seit der Zeit, als er plötzlich gewachsen ist, ist ihm der Baum Haus, Zuflucht geworden. Auch jetzt erreicht er ohne Anstrengung die Verstrebung der Äste, das Blattwerk versteckt ihn vor Blicken. Seit er den Armen der Mutter entwachsen ist, umfangen ihn die Zweige. Kein Stuhl ist ihm breit und stark genug, die Astgabel duldet seine Größe, sein Gewicht.

Damals, vor dreißig Jahren, sind die Dinge um ihn geschrumpft. Täglich ist alles eine unmerkliche Spur kleiner geworden: die Kammern des Hauses, die Stühle, Tische, die Werkzeuge, das Spinnrad.

Vater und Mutter: kleiner, kleiner.

Iss weniger. Dann hört es auf.

Er hat vor Angst weiterzuwachsen nur noch ein halbes Brot gegessen, einen einzigen Teller Erbsensuppe. Immer länger, immer dürrer ist er geworden. Ein Hungerturm.

Überall sind deine Beine im Weg, hat seine Schwester geschimpft. Der Bruder hat ihm in der Dämmerung einen Stolperdraht gespannt. Da ist er über einen Stein gefallen, hat das Schienbein gebrochen.

Die Hebamme von Schwanden, die sich auf das Schienen gebrochener Glieder versteht, hat der Mutter zugeredet: Seine Knochen sind spröd. Er muss essen. Schaut ihn doch an! Er braucht in Gottes Namen mehr als andere Leut!

Da ist das Gezeter bei Tisch von vorne angegangen. Als dann Samuel in jenem Mai vom Auengut herübergekommen ist und gefragt hat, ob Melchior mit ihm als Zusenn den Sommer über zur Sandalp hinauf dürfe, haben sie ihn ziehen lassen. Der Vater hat später gesagt, das sei wohl ein Fehler gewesen. Der Samuel, dieser schrullige Kauz. Der sehe und höre mehr als andere Leute. Mit Pflanzen und Tieren rede der, ein zweifelhafter Einfluss. Einen Sommer lang hat Melchior auf der Sandalp seine Ruhe gehabt, zu essen hat es genug gegeben, dass er dabei gewachsen ist wie ein Pilz, jeden Tag eine Spur mehr, hat niemand bemerkt.

Spiegel gibt es dort oben keine, die eisigen Bergbäche werfen den immer wechselnden Himmel zurück.

An einem Septembertag dann der Alpabzug.

Weder Vater, Mutter noch Geschwister trafen sie auf den Feldern, abends um neun. So hat Melchior von außen in die Schlafkammern im oberen Stock geschaut.

Da hat er seine Mutter im Bett liegen gesehen, der Vater hat sich gerade ausgekleidet.

Grüß dich, Mutter, hat Melchior durch das offene Fenster gerufen; die Mutter hat ihn angestarrt wie eine Erscheinung und zu schreien begonnen.

Bis die Geschwister aus den anderen Kammern gekommen sind.

Du bist ja ein Riese geworden!

Die Schwester hat es geschrien und geweint, alles hat die Flucht ergriffen: Kinder, Hund und Katz. Was fragen die Menschen danach, dass auch er sie verändert vorgefunden hat, fremd, lächerlich verzwergt, er kann ihnen auf die Köpfe sehen, nimmt ihre zappelnden, kleinen Schritte wahr, die putzigen, fahrigen Bewegungen ihrer Gliedmaßen.

Schau, wie klein alles ist, hat Samuel auf dem Weg zur Sandalp gesagt. Dort, unter den Felsen die Hütten! Wie sie sich mit ihren steinbeschwerten, feuchtglänzenden Dächern wie warzige Kröten ins Gras ducken! Die Menschen dort, Ameisen! Schau, wie sie hin- und herstreben, zappeln. Wichtigkusse, Wichtelvolk!

Zu diesen Menschen hat Melchior vor wenigen Jahren noch aufgeschaut. Der Pfarrer, ein aufrechter, stattlicher Mann, ein Tschudi. Jetzt sieht Melchior die Blöße auf dem Kopf, versteckt wie eine Tierfalle unter Reisig von sorgfältig hinübergekämmten Haarsträhnen, die gewölbte Leibesmitte unter den gefalteten Händen, das Wellenspiel auf der Stirnhaut, die Unruhe in den Nasenflügeln, wenn Melchior ihn von oben herab betrachtet.

Durch die Zweige der Buche kann Melchior den Fluss sehen, Tinner mit seinen Waldarbeitern unter den Erlen, ihre Stiefel treten Muster in den gelben Schlick des Ufers. Viele Stämme tragen ein Kreuz aus Kreidestrichen. Die dort kommen morgen früh dran, sagt der Holzhändler mit seiner rauen, bellenden Stimme; sein rotes Gesicht erscheint zwischen dem Blattwerk, die Männer in den Drilchjacken weichen zurück, mit einem Beilschlag bezeichnet Tinner die Fallrichtung, eine helle Wunde klafft, Harzperlen tropfen herab.

3

Ebel stand abends am Fenster der kleinen Kammer. Wie in bäuerischen Gegenden üblich, hatte sich die Familie Thut frühzeitig schlafen gelegt. Noch lag ein rötlicher Widerschein auf dem Gipfel der Felspyramide. Als risse ein Theatervorhang auf, machten die bewaldeten Hänge links und rechts dem Giganten Platz.

Nach den Eindrücken des Nachmittags war Ebel nicht imstande, sich schon zur Nachtruhe zu begeben. Am Fenster kam es ihm vor, als wäre er ausgeschlossen aus der stummen Verschwörung der im Halbzirkel stehenden Berge. Geduldet nur in diesem wie in Erwartung daliegenden, von Felsschatten erfüllten Tal.

Hier hielt sich versteckt, was illuminierte Geister aus den glänzenden Zentren Europas vertrieben hatten: Aberglaube, Verstocktheit, Phänomene jenseits menschlicher Vernunft wie dieser Riese. Baum- und Erdgeister, Halbwesen waren aus den modisch gestutzten Parks geflüchtet, hatten ein Refugium gefunden in den Bergen.

Kein Besen vermochte sie auszukehren aus Winkeln, Schründen, Zinnen.

Welch sträfliche Unübersichtlichkeit; noch gibt es von keinem Land trigonometrisch aufgenommene Gebirgskarten. Er hat sich umgesehen: Was an Karten vorliegt, wimmelt von groben Verzerrungen, ja, auch leichter zu erfassende Gegenden wie die des Bodensees widersprechen im Meyer'schen Atlas tatsächlichen geografischen Verhältnissen: die Stadt Konstanz ist anderthalb Stunden zu weit nach Osten gelegt, der Bodensee verzeichnet, die Orte zwischen Stein und Romanshorn verschoben!

Als künftigem Mediziner wird es ihm ein Anliegen sein, Gebirgsforschung zu betreiben, wie im menschlichen Körper muss sich doch im Bau der Erde eine allgemeine Anordnung finden. Er will sich um die »Geognosie« bemühen, die Ruinen des ursprünglichen Erdgebäudes erforschen. Er sieht die Alpen als ein großes, zusammengehöriges Gefüge, im Zentrum das aus steil gestellten Platten und Tafeln bestehende, durch Kristallisationskraft erzeugte Urgebirge.

Eine Beschreibung verschiedener Gebirgsgegenden schwebt ihm vor, jahrelang wird er dafür Beobachtungen anstellen, Skizzen, Beschreibungen machen …

Er nahm im letzten Tageslicht sein Skizzenbuch hervor, beugte sich über das Blatt mit der Panthenbrücke, vertiefte da einen Schatten, verstärkte dort einen Reflex. In Erinnerung an Scheuchzers Reisebilder schrieb er darunter:

Das ist die berühmte Panthenbrücke. Der Fels stürzt unter ihr in einer Tiefe von 196 Fuß; düsteres Halbdunkel deckt das Ganze, die Wildniß umher ist schauerlich und der weitsichtige Blick in die grässliche Verklüftung ungeheurer Felsenkörper entsetzlich und erhebend. So muss der Eingang in die schwarze Unterwelt seyn, und neben dieser Wirklichkeit erscheinen alle Dichtungen von dem Orkus mager.

Im schwindenden Licht verschwammen die Buchstaben, er schloss das Heft, kleidete sich aus.

Vom Bett aus sah er den Selbsanft, milchig stand er im offenen Fenster, mit bläulich angedeuteten Unebenheiten wie ein Tagmond.

Der Fremde soll in Melchiors Zimmer schlafen, hatte am Nachmittag die plattnasige Frau mit den Haarschnecken gesagt. Er erinnerte sich an das Funkeln in ihren Augen, als wollte sie andeuten, es sei ein Fluch in der Kammer, wo das Riesenwachstum des Schwagers seinen Anfang genommen hatte.

Eine beklemmende Ruhe. Die grau erloschenen, unwirklich erscheinenden Felswände schienen geheime Absprache zu halten. Ein Gefühl überkam ihn, er könnte Zeuge werden wider Willen, der Berg könnte sich auftun und ihn, den Eindringling, verschlucken. Ängste, wohl erzeugt durch atmosphärischen Druck? Er erinnerte sich an die Abhandlung eines Göttinger Arztes über die den Gebirgsbewohnern eigentümlichen Krankheiten: Albdrücken oder Koboldrücken, Alpenstich, Auswirkungen des Föhns.

Es entspannte ihn, an den morgigen Tag zu denken: Den Weg zur Panthenbrücke wollte er nochmals nehmen und dann weiter hinaus, wo sich Limmern- und Sandbach vereinigen, zur Geburtsstelle der Linth.

Frühzeitig zurück sein, vor dem Thuthaus dann Skizzen anfertigen vom Halbrund der Berge, vom Gebirgswald mit der Linth und ihrem gelblehmigen Ufer.

Später den Riesen ausfragen, seine Mutter, den Bruder und die Schwägerin.

Ebel lag mit geschlossenen Augen.

Angenehme Kühle drang jetzt durchs Fenster. Ein feines Stöhnen lag in der Luft, als litte jemand Gewalt, als zitterten Baumgeister vor der blanken Axt, der Säge.

Gegen Mitternacht erwachte er aus einem Albtraum. Schweißgebadet setzte er sich im Bett auf.

Es wetterleuchtete, der Mond erschien zwischen fahrigen, vom Wind aufgescheuchten Wolken.

Ein Fensterladen klapperte, irgendwo bellte ein Hund.

Er zwang sich, schlaftrunken ans Fenster zu gehen. Die Bäuerin, in Nachthemd und Pantoffeln, zog Tisch und Stühle dichter unter das Vordach, zuletzt den gewaltigen Hocker, den Baumstrunk, auf dem der Riese vor dem Spinnrad gesessen hatte.

Ein Blitz legte grünliches Licht auf die Felswände unter der Limmernalp, erste Tropfen fielen. Unter der offenen Tür des Schlafschuppens stand der Riese, aufrecht, mit gestreckten Gliedern, als wagte er es nur nachts, seine wahre Größe zu zeigen. Er stand neben der Esche, um ihn knisternde, bengalisch schimmernde Luft. Dann setzte der Regen mit urgewaltiger Heftigkeit ein.

Wer schon viele Jahre gelebt hat, bemerkt das langsame Entrücken der Dinge, das nachts vor sich gehen muss. Hinter dem Rücken der Schläfer rückt alles eine unmerkliche Spur weg. Zwinkernd schaut der Erwachende in den Morgen, die Welt ist ihm fremd geworden.

Fetzen von Bildern ziehen wie Wolkenschatten, Ebel hat sie nachts in der fremden Kammer geträumt:

Er ist im Haus, wächst, füllt bald die enge Kammer aus. Sein Auge an der Ritze des Fensterladens erkennt draußen Menschen, sie drohen ihm mit Sensen und Hacken, werfen Steine gegen den Laden.

Jetzt rennt einer unten die Tür ein.

Der Träumer reißt das Fenster auf, landet mit einem Schwung in der Krone des Baums.

Er fürchtet, entdeckt zu werden.

In seiner Angst sieht er sie den Stamm des Baumes packen, als wollten sie ihn aus den Blättern schütteln wie einen Maikäfer, aber er täuscht sich.

Sie wollen nur das Haus.

Stürmisch nehmen sie es in Besitz, schauen lachend aus den Fenstern.

Ein Traum, gewachsen aus dem Moder dieses Talbodens, genährt vom Tau, der nachts im Felsschatten fällt? Jede Gegend hat die ihr zugehörigen Bäume und Träume, denkt Ebel verwirrt.

In diese Kammer, in dieses Bett gehört dieser Traum, er hat, wie eine Wanze in den Fugen versteckt, seit Jahren gierig auf einen Schläfer gewartet, es ist nicht mein Traum, ich habe ihn für Melchior geträumt.

Melchior erkennt den Traum, als Ebel ihn später in einem Gespräch wie ein aufgehobenes Blatt vors Licht hält: Es ist mein Traum, sagt der Riese, ich habe ihn mehr als einmal in meinem Leben geträumt.

Pack zu!, ruft Tinner und schwingt den Zapin in der harzverklebten Hand, Blattschatten zittern auf seinem roten Gesicht.

Der Riese zögert, sieht den Schwestermann mit seinen schadhaften Zähnen lachen, die Waldarbeiter bei der Klafterbeige schauen herüber. Der Schwager ruft: Was für unsereinen ein Baumstamm ist, ist doch für den ein Streichholz!

Er zieht sich die Zipfelkappe in die Stirn, lacht.

Melchior bückt sich. Die wuchtigen Hände packen zu. Er schleift die frisch gefällte Erle zum Ufer. Das Laub ist noch regenfeucht, die Baumkrone streicht wie eine Schleppe durchs Unterholz. Es rauscht, als wäre die Linth plötzlich angeschwollen, dürres Gesträuch legt sich knackend zur Seite.

Wie von weither die Stimme des Schwagers: Er kann es also, wenn er will!

Gelächter. Zischen der Säge, weiße Holzspäne fliegen. Der Riese bewegt sich taumelnd mit dem Baum, seine nackten Zehen graben sich in den Schlick. Er lässt die Last sinken, im Aufrichten tastet die Hand zum Rücken, wo der Schmerz wie ein Messer sticht.

Am Ufer rückt Tinner entastete Stämme mit dem Keilhaken in die Flussrichtung. Unter den Zweigen der Uferbäume warten zwei Floße. Mit Ketten sind sie an die Stämme gebunden, bald werden sie Holz nach Holland bringen.

Auf dem vorderen ist eine hölzerne Hütte mit einem Wimpel.

Auf einem solchen Floß vor Jahren zum ersten Mal aus der Talrinne heraus.

Über die Wasserwege der Linth und des Zürichsees, der Limmat und des Rheins Holland zu.

Das Floß gehörte dem reichen Ennendaner Kaufmann Johannes Trümpy, für sein Zweiggeschäft im holländischen Middelburg standen Flößer und Reisende in seinem Dienst.

Einer von ihnen, Vögeli, ein hagerer, verkommen aussehender Mensch, war ins Tierfehd gekommen, um Bretter zu laden, vor dem Spinnrad hatte er den jungen Riesen entdeckt.

Ei, du bist wohl der lange Thut? In den Wirtshäusern habe ich von dir reden gehört. Machst dich am Spinnrad krumm und weißt nicht, dass du in der Welt draußen das große Geld machen kannst?

Die Stimme des Händlers hatte Eltern und Geschwister herbeigelockt, Vögeli, der Publikum liebte, sprach lauter und schneller: Kisten mit Schieferplatten aus Elm bringe er nach Holland, Tische für die Bürgerhäuser mache man daraus, auch Schreibtafeln, die Holländer verkauften sie weiter nach Ost- und Westindien. Wenn die Holländer erst ihn, den längsten Glarner, sehen könnten! Maul und Augen würden sie aufsperren, tief in die Taschen greifen für dieses Naturwunder! Vergnügungssüchtig, die reichen Bürger, erpicht auf Ausgefallenes.

Melchior ist scheu, sagte die Mutter; mit Unbehagen betrachtete sie den Händler, die Art, wie er sich beim Sprechen wand, gefiel ihr nicht.

Scheu? Er braucht das Maul nicht aufzutun! Und

weggenommen wird ihm auch nichts beim Anschauen, Frau! Vögeli rieb sich die Nase, lachte.

Natürlich müsse man sich etwas einfallen lassen. Die Leute wollten ja staunen. Eine Tracht, eine Landsknechtstracht zum Beispiel!

Eine Hellebarde in die Riesenhand: Thut, der größte Schweizer!

Vögeli schien schon auf dem Kirmesplatz zu stehen, er machte winkende Bewegungen, die Stirnglatze glänzte.

Ich will nicht fort, sagte Melchior.

Niemand nahm Notiz davon.

Wenn er mit mir kommt, zahle ich den Eltern ein Handgeld, fuhr Vögeli unbeirrt fort. In Holland werden die Einnahmen geteilt. Drei Jahre, die vergehen schnell. Als reicher Mann kann er dann immer noch in dieses Schattenloch zurückkehren, wenn er mag! Überlegt es euch, Leute: einen Esser weniger am Tisch! Einen Riesenesser!

Jeden Tag kletterte Melchior in die Krone seines Baumes. Hielt Ausschau, ob Vögeli wiederkäme. Durch die Zweige sah er das Tierfehd unter sich, mit den Rändern der Schuttbäche, rund, ein Nest. Ein Lichtschein markierte die nach Norden gerichtete Talöffnung.

Hinaus. Auf dem Fluss in die Welt gleiten.

Aber Vögelis schwärzliches Gesicht machte ihm Angst, und er erschrak, dachte er daran, dass er sich in der Fremde gegen Geld zeigen sollte. Die Geschwister sahen den Bruder neu. Vierzig Gulden war er wert. Kostbarer als ein junges Kalb. Sie duldeten es jetzt, dass die Mutter ihm nach dem Essen heimlich noch einen Brocken zuschob. Jeden Abend stellte sie ihm eine Holzschale mit rahmiger Milch unter die Treppe. Der Bruder hatte das Versteck entdeckt, schwieg, dachte an Vögeli.

Zwei oder drei Wochen waren vergangen, da kam Vögeli vom Schuttkegel des Fuhrbachs den Weg hinunter. Durch die Zweige sah Melchior, wie der Händler vor den Eltern und Geschwistern einen Ballen Stoff ausbreitete: für die Landsknechtstracht. Die Finger der Schwester glitten bewundernd über den roten Stoff. Noch könnte ich über die Wiese fliehen, mich in einer der Alphütten verstecken, fuhr es Melchior durch den Kopf.

Vögeli holte aus der Geldkatze vierzig blanke Gulden. Der Vater wog das Geld lange in beiden Händen.

Man rief nach Melchior.

Langsam glitt er von seinem Hochsitz, die bloßen Füße suchten mit übertriebener Langsamkeit nach dem nächsten Ast, als erwartete er, dass alles noch eine andere Wendung nehmen könnte.

Sie riefen noch einmal, beunruhigt, ungehalten.

Er näherte sich zögernd.

Der Vater hielt immer noch das Geld in der Hand. Der Winter wird hart, sagte er, die Kartoffeln wollen heuer nicht wachsen.

Die Mutter stand daneben, Scham rötete ihre Stirn, sie seufzte.

Also?, fragte Vögeli.

Herr Vögeli meint es gut mit dir, sagte der Vater verlegen.

4

Tage auf dem Floß.

Diesen Sog spüren, immer weiter, dem Meer zu.

Geh, hat Samuel gesagt. Du hast keine Wahl. Mir hat geträumt, du habest drei Federn gezogen, jede ein Leben: ein Kirmesleben, ein Soldatenleben, ein Leben in Saus und Braus auf einem Schloss.

Die Berge weichen, geben ihn frei. Keine Wälle mehr, die Erde droht nicht mehr mit spitzen Hörnern, messerscharfen Graten. Sich ergebend, streckt sie sich aus unter dem weiten Himmel: Himmel und Erde, ein Paar.

Besser, du schickst dich drein, sagt Vögeli, als er an einem Morgen Melchior schluchzend hinter den Kisten mit den Schieferplatten findet.

Wenn du nicht kuschst, muss ich meine Rendite aus dir herausprügeln.

In Rotterdam kauft Vögeli einem Bärentreiber eine Schaukiste ab, ein Pferd zieht sie auf Rädern von Kirmes zu Kirmes. Leicht gebückt kann der Riese darin stehen.

Auf dem Rummelplatz macht Vögeli den Ausrufer: Der größte Schweizer, acht Fuß lang, das Wachstum des jungen Mannes ist noch nicht abgeschlossen!

In Dreiergruppen können die Neugierigen eintreten, für mehr Menschen ist kein Platz in der Kiste.

Die Landsknechtstracht ist blutrot, die Ärmel sind geschlitzt, lassen wie aus klaffenden Wunden lachsfarbenes Futter schimmern.

Grimmiger dreinschauen, befiehlt Vögeli.

Schwing die Hellebarde!

An die Gesichter gewöhnt sich der Riese schnell, nach oben gerichtete Mondgesichter, glasig, er schaut durch sie hindurch. Gegen Abend, wenn hundert Dreiergruppen da gewesen sind, fließen sie ineinander. Man heißt ihn die Arme heben, Männer und Frauen wollen wie unter Baumästen durchgehen, Kleine schlüpfen durch die gespreizten Beine.

Viele beklopfen ihn, kneifen ihm ins Gesäß, in die Waden.

Einer spuckt ihm auf die Schuhe.

Wie viel Hühner isst er am Tag?, fragt ein hungrig aussehender Mann.

Vier, sagt Vögeli.

Ist sein Gehirn größer als das anderer Menschen?, fragt ein Student.

Es ist größer, aber mit Stroh ausgestopft, lacht Vögeli.

Wie steht es mit seiner Männlichkeit?, fragt eine Frau.

Andere Jahrmarktswunder: ein Panoptikum absonderlicher Menschen. Madame Paulette, die dickste Frau der Welt, schaut sich in einer Pause den Riesen an, niemand hat in der Schaukiste Platz neben ihr.

Vögeli macht mit Melchior einen Gegenbesuch. Paulette sitzt auf ihrem riesigen Hintern, der zurückgestreifte Rock gibt ihre wabbeligen, von roten Äderchen durchzogenen Schenkel frei. Das weiße Fleisch klebt aneinander, auf einen Paukenschlag spaltet es sich, zwischen den gespreizten Beinen der Madame flieht eine Maus ins Publikum, alles kreischt, eine ungeheure, dreifarbige Katze fängt allabendlich die Maus.

In einer Nacht träumt Thut, dass er morgens aufwacht, kein Riese mehr ist, nicht größer als andere. Er geht aus dem Haus, niemand dreht sich nach ihm um. Die Menschen kommen ihm entgegen, auf der Höhe seiner Augen begegnet er anderen Augen. Überrascht stellt er fest, dass sich in den Gesichtern Aussichten öffnen auf Landschaften, Freude, Trauer, Neugier. Ein Mädchen mit einem blonden Zopf und einem Milcheimer in der Hand lächelt ihm zu. Er geht, im Aufwind dieses Lächelns, zwischen Häusern bis ans Meer. Am Strand unter dem grauen Himmel fühlt er sich klein, verloren. Der bleierne Deckel des Himmels drückt ihn, er schrumpft, ist plötzlich ein Zwerg. Er steht zwischen angeschwemmtem Unrat und Schaum. Die nächste Welle wird ihn weglecken, den Winzling, er schreit, erwacht, ist wieder ein Riese.

Iss, befiehlt Vögeli. Eine Steilfalte steht zwischen seinen Brauen.

Iss, sonst gehst du mir ein.

Vögeli schleppt Eier an, gebratene Hühnerkeulen, eine Torte. Melchior will nichts schmecken. Die Schaukiste riecht immer noch nach Bär, das Tier soll krank geworden sein, erzählt man, auch mit Stockhieben hat man es nicht mehr dazu bewegen können, vor dem Publikum zu tanzen.

Im Februar herrscht klirrende Kälte. Kinder kommen mit Schlittschuhen an den Füßen zu Melchior, der Platz ist voll vereister Pfützen, ein speifarbener Himmel spiegelt sich darin.

Der Rummelplatz wird leerer, nur die Kneipen um die alte Kirche haben noch Zulauf, wo die leichten Mädchen im Schein der roten Laternen sitzen.

Melchior zieht in seinem Bretterkäfig fröstelnd die Schultern hoch. Wut packt ihn plötzlich auf Vögeli, auf diese Bärenkiste. Während Vögeli auf dem Kirmesplatz um Zuschauer wirbt, erinnert er sich an den Traum, flieht, irrt in der Dämmerung durch die Straßen. Die Nase gereckt, nach der kühlen, salzigen Luft witternd wie nach einer Spur, sucht er das Meer. Aber immer neue Straßen öffnen sich. Sie werden enger, er rennt in sie hinein wie in Fallen. Schmutzig und düster ist alles, er stolpert über Abfälle, die Beine werden ihm bleischwer, als ginge er in einem Albtraum und der Traum sei das wirkliche Leben gewesen. Eine Frau öffnet einen Fensterladen, er keucht wie ein Gehetzter, fragt: Wo ist das Meer?

Sie zeigt die Straße entlang, ruft Unverständliches. Er keucht weiter, kommt endlich ans Wasser.

Es ist aber nur ein Kanal, nicht das Meer.

Enten bewegen sich im Schilf, er schaut ihnen zu, wie sie abstoßen, mit gestreckten Köpfen, dicht über dem Wasser, in der Abenddämmerung davonfliegen.

Er spürt: Nicht Vögeli ist es, der mich gefangen hält.

Dieser riesige, mir nicht angemessene Körper ist meine Bärenkiste.

Was würde geschehen, wenn dieser Körper im Morgengrauen im Uferkies läge?

Man würde ihn erst für einen gefällten, angeschwemmten Baumstamm halten. Vögeli würde ihn zwei Tage später finden. Der Tag wäre hell, kalt, voll Wind. Ein anderer müsste es zu Ende leben, sein angefangenes Leben.

Er wandte sich um, ging zu den Häusern zurück, eine Kneipe war noch offen. Eine Frau schob ihm eine Tasse Kaffee zu. Sie stellte keine Fragen. Sagte nur: Kalt, nicht? Ihr Gesicht zeigte keine Neugier, war aufmerksam, freundlich, als bediente sie täglich Riesen.

Melchior trank den Kaffee in kleinen Schlucken. Wärme drang in ihn, er fühlte sich neugeboren.

Vögeli war in Sorge gewesen über das Verschwinden seines Riesen, als Thut zurückkam, war Vögeli erleichtert; schon hatte er befürchtet, es gäbe Scherereien.

Die Schaukiste ist zu kalt, gab er zu.

Für ein halbes Vermögen kaufte er Thut warme Riesenschuhe: Schiffe von Schuhen, schwarzes Rindsleder, das Futter aus Schafwolle. Aber auch in den neuen Schuhen schmerzten Thut die Beine vom Stehen.

Krampfadern? In deinem Alter? Vögeli lachte verächtlich.

An einem Februartag steht ein gewichtiger Mann unter den Zuschauern: Pelzmütze, Mantel mit Pelzkragen. Er schaut Melchior gründlicher an als andere, beklopft ihn, erforscht sein Gesicht.

Endlich sagt er in singendem Glarnerdialekt, er sei Trümpy, Plattenhändler in Ennenda und im holländischen Middelburg. Vögeli arbeite für ihn. Er wolle Thut ehrlich sagen: Das Schaugeschäft sei nicht seine Sache, besser, er werde Soldat. Die preußische Armee, die modernste und bestorganisierte in Europa, suche lange Kerls, dort gälte: je länger, desto lieber!

Überlegt es Euch, Thut. Die weiße Uniform mit dem blauen Rock steht Euch besser an als die rote Landsknechtstracht. Ein bisschen exerzieren, Wache halten, kein schlechtes Leben!

Vögeli müsse für ihn im Frühling, wenn die Flüsse aufgetaut seien, ohnehin nach Berlin.

Vor der Kiste flüsterte Trümpy Vögeli zu: In Berlin nehmt Ihr von einem Werbeoffizier sein Handgeld und seid ihn los!

Berlin: Plätze, Soldaten, das Schloss; Bilder steigen in Melchior auf, Niegesehenes; er haucht gegen die Eiskristalle an den Wänden der Kiste.

5

Einen Wald zeichnen, das gelingt nie ganz, dachte Ebel.

Ein Baum stellt sich schützend vor den andern. Am Waldrand schauen durch die Zweige wieder Zweige, narren den aufmerksamen Betrachter: Kaum auszumachen, was zu den hinteren Bäumen gehört, was zu den vorderen. Ein Bild kommt schließlich nur mit Betrug und Ungenauigkeit zustande. Nur Teile sieht das Auge, das Gehirn ergänzt.

Wir tun, als ob.

Er saß vor seinem Skizzenblock auf der Grenzmauer, Fetzen eines Gesprächs lenkten seinen Blick hinüber zum Auenwald. Ein Bauer sprach erregt auf den Holzhändler ein: Es wird zu viel abgeholzt, hörte er ihn sagen. Im Frühling, wenn die Linth Hochwasser bringt, verwandelt sich der Boden in Morast.

Der Holzhändler verteidigte sich: In zwei Wochen soll das Holz rheinabwärts, da muss man es in der Nähe schlagen. In den höher gelegenen Wäldern kommt die mühsame Flößarbeit durch die Linthschlucht dazu.

Darauf der Bauer höhnisch: Keiner weiß besser als Ihr, Tinner, dass in den oberen Regionen kaum mehr etwas zu holen ist. Ganze Wälder hat man auf den Alpen abrasiert. Der Boden schluckt kein Wasser mehr, der Humus wird dünn und verkrustet. Was der Wind nicht verweht, schwemmt der Regen herunter. Wo früher noch Ziegen geweidet haben, schaut jetzt blanker Fels hervor. Ein Frevel! Der alte Mann schüttelte zornig den Kopf. Sein Haar stand ihm wie eine Lohe über der Stirn.

Tinner zuckte die Achseln. Nichts geschieht ohne die Zustimmung der Gemeinden und Korporationen. Geht nach Linthal oder Glarus, Samuel, sagt dort Eure Meinung!

Der Bauer spuckte seinen Kautabak aus und kam dann über die Wiese. Ebel ließ ihn auf das Skizzenblatt schauen, die Zeichnung mit der Vorlage vergleichen.

Ein besonderer Flecken Erde, sagte er, um ein Stichwort zu geben.

Der werde kaputt gemacht, fiel Samuel prompt ein. Von Spekulanten wie diesem Tinner! Holz her, heiße es, für Tischler, Flößer, für den Hausbau und für Brennmaterial! Und dann wundert man sich über Steingeschiebe, Murgänge und Rüfen an Orten, die man seit Menschengedenken für sicher gehalten hat. Im Winter Lawinen. Und wenn es im Frühling taut, schluckt der lehmige Boden das Schmelzwasser nicht mehr. Wer kann schon in morastige Böden Kartoffeln pflanzen, Blattgemüse, Gerste?

Samuel schaute den jungen Fremden an.

Ebel wunderte sich über das linke Auge des alten Bauern, das leicht zugekniffen und kleiner wirkte als sein rechtes, so, als schaute es nach innen, während das andere mit durchdringender Klarheit ihn ausforschte.

Eine Weile verharrten sie schweigend in der gegenseitigen Betrachtung. Dann sagte Ebel, am Eingang des Glarnerlandes habe er die Überschwemmungen im Mündungsgebiet der Linth gesehen, ein Sumpf von gewaltigem Ausmaß, früher, so habe er sich sagen lassen, sei das Gebiet zwischen Walen- und Zürichsee eine der schönsten Gegenden der Schweiz gewesen mit sechzehntausend Einwohnern! Jetzt würden die wenigen Einwohner von Malariamücken geplagt, der Wasserweg zwischen Walen- und Zürichsee sei für die Schifffahrt unbrauchbar.

Samuel nickte: Zusammenhänge, die ein Fremder mühelos begreift! Hier sind die Leute blind dafür. Wenn sie nur ihren Verdienst am Spinnrad haben, der Zustand der Äcker kümmert sie nicht.

Starke Männer sitzen am Rad, drücken sich vor der Landarbeit! Dabei ist seit der Krise in den frühen Siebzigerjahren mit dem Spinnen nicht mehr viel Geld zu verdienen. Aber die Leute wohnen lieber zuhauf in engen Häusern, als auf die Genussmittel der fetten Jahre zu verzichten: Kaffee, Tabak, Schokolade, Pastetchen. Derweil verkommt der Boden.

Die Stille ertragen sie nicht, das Rad muss sich drehen, immer das betriebsame Schnurren und Sausen in der Luft. Der Bauer hat früher noch die Bäume, Pflanzen, Steine sprechen gehört.

Ja, auch die Steine, sagte Samuel.

Auf einem Rundgang zeigte Samuel später an der Böschung des Wegs Ebel einen Stein. Der Bauer zog die Zweige zur Seite, sein Daumen fuhr über die eingegrabenen Zeichen: schalenförmige Vertiefungen, Sonnenrädchen.

Zur Markierung der Grenze habe man den Findling gebraucht, auf einer Alp über Altenohren, da sei eines Tages der Pfarrer heraufgekommen und habe befohlen: Der heidnische Stein müsse weg.

Bauern und Sennen hätten versucht, den Stein wegzuwälzen. Bis zur Dämmerung hätten sie sich abgemüht.

Da hat sich der Stein plötzlich wie von selbst losgerissen, in Riesensätzen ist er über die abschüssige Wiese gehüpft und durch den Steilwald, hier, über dem Talboden, sagte Samuel, habe er sich die gleiche Lage ertrotzt wie oben auf der Alp.

Als Samuel zu seiner Hütte zurückgegangen war, sah sich Ebel den Stein genauer an: ein steil in den Boden gerammter Block, konische Form, aus feinkörnigem Serizitgneis. Gegen die Talseite eine glatt geschliffene Oberfläche. Vier eingekerbte Schalen vom Durchmesser einer Hand, zwei davon durch Rinnen miteinander verbunden. Auf der Ostseite ein Rädchen, darunter drei gleichschenklige, leicht verwitterte, tief eingravierte Kreuze.

Am Abend untersuchte Ebel den Riesen. Die Gelegenheit dazu hatte sich natürlich ergeben, nach der Waldarbeit klagte Thut über Kreuzschmerzen und Schädelpochen.

Melchior ließ den Medizinstudenten abklopfen, betasten, ausmessen, fast unbeteiligt schaute er zu, als bewohnte er dieses ungeheure Gehäuse nicht. Das ernsthafte Gesicht des Studenten, das zu ihm heraufschaute, die starke Nase, die käferigen, beweglichen Augen belustigten ihn.

Unzählige Male hatten ihn Ärzte, Scherer, Bader untersucht, sich mit ihm beschäftigt wie mit einem seltsamen Tier.

Die derberen hatten ihn geknufft, in die Seite geboxt, als gälte es, durch elefantenhaft dicke Haut, durch seildicke Nerven ein Zeichen zu schicken, bis ihm vor Schmerz die Tränen in die Augen geschossen waren.

Am schlimmsten hatte ihn der Feldarzt in Berlin traktiert.

Im Juni des Jahres 1756 war er mit Vögeli in der preußischen Hauptstadt angelangt. Sie hatten die Adresse eines Gasthauses mit einer Werbestube für ausländische Rekruten in der Nähe des Spandauer Tors bekommen.

Der zuständige Offizier sei mit seiner Garnison nach Pommern eingerückt, hatte der Wachhabende gesagt, einer seiner Feldwebel vertrete ihn. In Berlin beschäftige sich alles mit dem bevorstehenden Krieg, in der Armee gebe es große Avancements.

Den Feldwebel fanden sie im niederen, verrauchten Gewölbe der Gaststube.

Ein Saufgelage war im Gang, Schnaps und Bier für die frisch geworbenen Rekruten.

Sofort standen Vögeli und der Riese im Mittelpunkt. Der Feldwebel, schon ziemlich betrunken, fasste Thut um die Taille, rief: Ein Mann wie ein Baum!

Beine wie Säulen!

Ein Wachtturm!

Die neuen Kameraden rund um den Eichentisch tranken Melchior zu, ihren Sprachen und ihrer Kleidung nach hatten sie sich aus halb Europa hier eingefunden.

Es traf sich, dass er neben einen Ostschweizer zu sitzen kam, Riklin hieß er, ein Bursche mit einem Milchbart und kindlich zarter Halslinie. In Schaffhausen sei er angeworben worden, den Vertrag habe er sofort unterzeichnen müssen.

Ob es ihn denn schon reue, fragte Melchior.

Riklin warf einen ängstlichen Blick auf den Feldwebel, sagte mit gesenkter Stimme: Er habe sich nicht vorgestellt, dass es gleich blutig ernst werden könnte! Einige Regimenter seien schon nach Pommern marschiert. Der König befürchte, die Russen verbündeten sich mit den Franzosen. Es heiße, Frankreich habe in einem Geheimartikel Österreich die Rückgabe Schlesiens zugesichert ...

Beim Sacker, kein so trauriges Gesicht, Riklin!, rief der Feldwebel und ließ dem Rekruten das Glas nachfüllen.

Eines der leichten Mädchen, die wie Katzen im Saal herumstrichen, setzte sich Riklin auf den Schoß. Schmächtig sah es aus, zwei schüttere Zöpfe hingen ihm auf die Schultern, nur hungernde Dirnen gaben sich mit vagabundierenden Soldaten ab.

Verschwinde!, rief Riklin erbost, schoss auf, schüttelte sich. Die Dirne schaute ihn traurig an, nach kurzem Zögern kletterte sie Melchior auf die Knie. Dort verhielt sie sich still, nach einer Weile fielen ihr, wohl müde vom Hunger und beduselt vom Nippen an fremden Gläsern, die Augendeckel zu.

Im Schlaf nahm ihr Gesicht einen wächsernen Ausdruck an. Der Riese hielt sie wie eine Puppe im Arm.

Der Feldwebel hatte die Papiere hervorgeholt.

Vögeli feilschte um Melchiors Handgeld. Er wolle mehr als die üblichen siebzig Gulden. Ein Riese. Ein Naturwunder! Der koste für zwei!

Schließlich einigten sie sich auf hundert, Vögeli öffnete die Geldkatze, strich die Taler ein.

Und ich?, fragte Thut.

Die Neugeworbenen bezogen anderntags in Friedrichstadt, in der Krausestraße, Quartier. Noch hatten sie ein paar Tage Vakanz, nur vor dem Regimentsarzt sollten sie defilieren und die Uniform in der Monturkammer fassen. Der Regimentsarzt winkte Melchior aus der Reihe der Rekruten heraus. Ein Mann wie ein Fels. Aus der Schweiz? Von dort kommt sonst Zwergwuchs, Verkropftes. Er stieß ihm den Degenknauf ins Kreuz, versetzte ihm mit seinem Stiefel einen Stoß ins Gesäß.

Spürt Er das? Melchior biss die Zähne zusammen, Tränen liefen ihm über das Gesicht.

Als Melchior in die Kleiderkammer kam, rief der Schneider, ein Pole, verwundert: Kruzitürken! König Friedrichs Kerle werden immer länger!

Zum Ausmessen stellte er sich mit seinen kurzen Beinen auf einen Stuhl. Viermal, während er sich auf die Zehenspitzen erhob und den Riesen am Arm packte, fiel ihm der Zollstock zu Boden, er wurde ganz zappelig vom vielen Hinauf- und Hinabklettern.

Zeit brauche er für diese Montur, Hosenbeine wie Ofenröhren! Drei Frauen müsse er beschäftigten, lamentierte er. Auch die Stiefel, Hut, Strümpfe, Halsbinde, Rock, alles eigens für Thut gemacht.

Melchior konnte in den nächsten Tagen noch in Zivil mit Riklin in Berlin herumflanieren. Überall wimmelte es von Soldaten. Die meisten waren nicht in Kasernen, sondern in Bürgerhäusern einquartiert.

Die ungeheuren leeren Plätze füllen sich am Tag mehrmals mit Regimentern, Stiefel klopfen im Takt über das Pflaster, Fensterscheiben klirren.

Die Gewehre, Patronentaschen, Knöpfe der Soldaten und Offiziere blinken metallisch. Der Oberst gibt abgehackte Befehle, Handflächen fliegen zum Gruß an den Mützenrand. Im Schatten der Grußhände, der Mützen knapp angedeutete Auglöcher, Mundfurchen. Alles Hervorstechende: Nase, Kinn, schleift sich beim Exerzieren ab.

Riklin klagt über ein hohles Gefühl im Magen. Am Vortag haben die neuen Rekruten als Wochenlohn ein Sechsgroschenstück und ein Kommissbrot bekommen. Das erste Mittagessen in der Garküche hat zwei Groschen gekostet. Auf Thuts Lamentieren hin hat ein Kamerad aus Mecklenburg gesagt: Kauft auf dem Markt Erdbirnen, Erbsen, Dinkel, führt Eure Menage selbst! Dann reicht es jeden Morgen für einen Dreier Fusel, ein Stück Kommissbrot. Abends für zwei Pfennig Dünnbier, wieder Kommiss. Für die sechs Groschen müsst Ihr Euch noch anderes kaufen: Schuhwachs, Kreide, Öl, Seife.

Auch in der Nähe des Gemüsemarkts wird exerziert.

Ein junger Fähnrich, kaum siebzehn, mit Pickeln am Kinn, behängt mit goldenen Fangschnüren, schnauzt einen älteren Soldaten an, prügelt auf ihn ein. An den Marktständen wird es still, Gemüsehändler und Käufer schauen beklommen hinüber.

Der Händler schlägt Melchior Erdbirnen und Dinkel in Zeitungspapier, schimpft: Die Junker sind prügelfreudig. So springen sie auch auf den Gütern mit ihren leibeigenen Bauern um.

Spitzel hinter den Salatköpfen, Augen hinter den Erdbirnen. Ein Gendarm weist den Händler zurecht: Der König hat Ordre gegeben, dass seine Soldaten das Fürchten lernen müssen! Wie soll sonst ein Offizier imstande sein, sie dem Feind entgegenzustellen, wenn dreihundert Kanonen donnern? Schweig Er also, Kanaille, sonst muss ich Ihn nach der Hauptwache führen, Ihn fuchteln, dass Ihm die Rippen krachen!

Riklin steht da wie versteinert. Da hilft nur ein Bier in Schottmanns Keller, denkt Thut, nein, diesmal kein Konvent, dieses Dünnbier, das man zur Fastenzeit im Kloster braut, ein Krug Ruhiner- oder Gottwitzerbier. Zwei Schweinshaxen aus der Garküche. Koste es, was es wolle. Von Vögeli hat er in Amsterdam eine kleine Uhr als Zahlung bekommen, die lässt sich im Notfall versilbern.

Riklin taut auf, lässt sich von den Brandenburgern und Pommeranern, die am Tisch ihre Pfeifchen schmauchen, bewegen, einen Kuhreihen zu singen. Der Lohn: ein Glas Genever.

Angetrunken haben sie Mühe, das Quartier in der Krausestraße zu finden.

Abhauen, sagt Riklin auf dem Heimweg. Abhauen, bevor wir vor den Mündungen der Kanonen stehen.

Aber am nächsten Tag kommen sie dazu, wie auf der langen Spreebrücke ein Deserteur Spießruten laufen muss.

Die Wachen haben ihn vor dem Tor gefunden, in einem Heuwagen versteckt, die machen kein Federlesens wie früher der Wachtdienst von Wilhelm dem Ersten. Dreißigtausend Soldaten sollen damals geflohen sein.

Jetzt wird abgerechnet nach Friedrichs General Prinzipa vom Kriege:

Keuchend schleppt sich der Soldat, ein junger Bauernbursche, durch die Gasse der Offiziere. Er ist nur mit Hosen, Gamaschen und dem Kommisshemd bekleidet, ängstlich schaut er auf die Haselstecken, die steil in die Luft stehen, auf Befehl des Korporals sind sie über Nacht in kaltes Brunnenwasser gelegt worden. Der Oberst schnauzt den Befehl, die Stecken schwirren durch die Luft. Dreißig Stockhiebe, wie angedroht, der Rücken des jungen Burschen blutet, das Kommisshemd hängt in Fetzen. Er sackt zusammen. Vorwärts!, schreit der Profos. Noch einmal sausen die Ruten. Auf der Mitte der Brücke bleibt der Deserteur ohnmächtig liegen, der Kurfürst von Brandenburg, in Lebensgröße aus Erz gegossen, schaut von seinem Ross herab zu.

Das freie Herumschweifen nimmt ein Ende. Die neuen Rekruten müssen zum Exerzieren auf die Felder vor der Stadt. Kreuz und quer marschieren, links und rechts avancieren, attackieren, retirieren!

Jetzt die Bajonettgruppe: schneller, schneller, zack, zack! Ein prügelsüchtiger Korporal überwacht jede Bewegung.

Nach den Grundbegriffen wird Gefechtsordnung geübt, die von den Generälen neuerdings empfohlene Lineartechnik. Der Leutnant, der frisch das Regiment übernimmt, starrt Melchior an, versetzt ihn an den äußersten linken Flügel. Aber der Oberst, der am nächsten Tag Visitation macht, ruft vom Pferd hinunter dem Leutnant zu:

Was soll der lange Kerl im linken Flügel?

Ein Riese aus der Schweiz, meldet der Leutnant.

Melchior muss vortreten, auf die Frage, wer ihn angeworben habe, nennt er den Namen des Feldwebels, des Gasthofs.

Nach einigem Überlegen bestimmt der Oberst: In die Mitte mit ihm, das gibt der Linie Symmetrie.

Der Riese ist Wachtturm, Späher!

Generalrevue. Pelotons- und divisionsweise chargieren, verschiedene Korps zu Fuß und zu Pferd, Büchsen knallen, dazwischen die donnernden Rufe der Kommandeurs. Durch das Wäldchen schleicht der supponierte Feind an. Nun stehen sich die Heere auf große Distanz gegenüber, starr ausgerichtete Zeilen von Menschen.

Da geht Bewegung durch die Reihen vor dem Wald: Staunen, Lachen, die Linien drohen auseinanderzubrechen. Wer hat sich einen Spaß erlaubt, Zwerge, Kinder auf den Hügel zu stellen? In der Mitte angeführt von einem einzigen normal gewachsenen Mann?

Der Major des feindlichen Heeres sprengt auf seinem Schimmel heran, schnauzt: Himmelsackschwerenot, was soll das Ungeheuer in der Mitte der vordersten Linie?

Ein Riese aus der Schweiz, meldet gehorsamst der Oberst.

Er entwertet das Heer, schreit der Major. In seiner Umgebung schrumpft alles auf Zwergenmaß, Kindermaß! Ein Kerl von eins achtzig wirkt daneben verloren!

Der Riese wird sofort entlassen. Melchior ist erleichtert, fast jede Nacht hat ihm geträumt, er stünde auf einem Schlachtfeld, eine riesige Zielscheibe, die alle Kugeln auf sich zieht. Zerfetzt, blutend, noch schreiend vor Schmerz, fällt er um, ist tot.

Nun nahm das Leben eine überraschende Wendung, das machte ihn hoffnungsvoll, neugierig auf Kommendes. Zuerst allerdings kam er in Not: Die hundert Gulden Handgeld mussten zurückgegeben werden. Vögeli hat sich mit ihnen fette Tage in Berlin erlaubt, Vögeli ist ausgeflogen, Geld und Mann weg. Das kostet Melchior all seine Ersparnisse aus Holland.

Der Ladeninhaber, bei dem er die silberne Uhr verkauft, gibt ihm zu den paar Talern einen Rat. Er solle sich an den Fürsten halten, nein, nicht an Friedrich den Großen, der sei zu kriegslüstern. Besser, er gehe nach Stuttgart, der Hof, den Herzog Karl Eugen von Württemberg führe, sei prächtig, dergleichen gebe es höchstens noch in Versailles.

Fürsten wie Karl Eugen hätten die Eigenschaften, alles Merkwürdige zu sammeln: Treibhäuser voll von

Bäumen mit schwülstigen Blüten, absonderlichen Früchten, lebendige Vögel in Volieren und künstliche auf Bäumen aus Silberdraht, absonderliche Menschen auch, die das Auge des Fürsten ergötzten oder ihm Schauer über den Rücken jagten, wie Riesen, Zwerge, Missgeburten.

6

Tage, halb verdeckt von Schatten. Kurze Mittagshelle, und um drei Uhr beginnt der Berg den Talboden zurückzuerobern.

Im letzten Licht des Tages hatte Ebel den Riesenwüchsigen mit Handspannen behelfsmäßig ausgemessen, er kam auf eine Länge von sieben drei viertel Fuß. Wenn er sich auf die Zehenspitzen hob, vermochte er die Augenbrauen des stehenden Riesen mit der Kuppe des ausgestreckten Mittelfingers zu berühren.

Thut sagte, erst in den letzten Dienstjahren in Stuttgart seien Beschwerden aufgetreten. Kopfweh, Rückenschmerzen. Beim Aufstehen und Setzen höre er seine Knochen knacken.

Ebel trug die Ergebnisse in sein Notizbuch ein: Die Beine zeigen, wie der ganze Körper, mehr Knochen als Muskeln. Die Knöchel geschwollen. Blaue Druckstellen, möglicherweise Zeichen beginnender Wassersucht. Plattfüße. Schwächliche Arme und Schultern. Die Hände zu groß, um durch Arm- und Schultermuskeln genau kontrolliert zu werden.

Ebel hatte den Rücken abgeklopft, das Ohr auf den Oberkörper gepresst, um den Herzschlag zu hören. Wieder die Gier, Genaueres über diesen Körper zu erfahren. Die Vorstellung, am Seziertisch zu stehen,

Herz, Leber, Hirn auf ihre Ausmaße, Funktion zu prüfen. Das Skelett sauber gereinigt, präpariert für die Sammlung in Frankfurt.

Schließlich hatte er zu Thut gesagt: Will man dem Rückenweh, den chronischen Kopfschmerzen auf die Spur kommen, sind genauere Beobachtungen nötig, Untersuchungen der Körpersäfte. Dann erst könne man nach einem geeigneten Heilmittel suchen. Dr. Marti in Glarus könne dies machen, er, Ebel, wolle dem bekannten Arzt in den nächsten Tagen einen Besuch abstatten. Dr. Marti sei ihm doch sicher bekannt? In Zeitungen habe man schon Ende der Sechzigerjahre von seinen Pockenimpfungen lesen können, als Erster habe Marti den Mut gehabt, Kuhpocken zu pfropfen.

Morgen müsse er mit Samuel zur Sandalp, sagte Melchior. Das Hüttendach habe unter Schnee- und Frühlingsstürmen gelitten. Dank seiner Größe erreiche er Ziegel, Dachsteine ohne mühsames Klettern! Nach Glarus könne man auch noch nächste Woche. Ob er, Ebel, denn so lange Zeit habe?

Ebel sagte, er habe die anderen Reisepläne gestrichen, wolle sie für eine nächste Schweizreise aufheben. Wenn er und Samuel nichts dagegen hätten: Er käme gerne mit auf die Sandalp.

Der Schein auf den Bergen war weg, der Fels aschgrau, voller Schründe und Falten.

Der Riese stand in der Wiese, mit dem Rücken zum Haus. Wie ein von diesen Felsen abgespaltener Block, dachte Ebel. Aber sein Gesicht ist weicher als das der anderen Bewohner auf dem Talboden. Wäre er klein geblieben, was wäre mit ihm passiert? Die Menschen hätten ihn aufgerieben, die Felsen ihn zermalmt.

Der Wanderer glaubt, dass er den Wald anschaut, in Wirklichkeit aber beobachten die Bäume ihn. Er wähnt mit Blicken die Berge zu bezwingen. Doch die haben längst über sein Wohl und Weh entschieden.

Samuel, Ebel und der Riese gingen in der Frühe bergan. Beim letzten Stadel vor dem Griebenwald zeigte Samuel eine Abkürzung, er ging schnell, beinah leichtfüßig, als spürte er seine Siebzig nicht.

Der Riese hatte auf dem Waldpfad versucht sich den kurzbeinigen Weggenossen anzupassen. Als er auf der Panthenbrücke Samuel und Ebel im Gleichschritt, Schulter an Schulter, in ein Gespräch vertieft sah, tat er sich keinen Zwang mehr an.

Mit weit ausgreifenden Schritten tauchte er aus dem Waldschatten. Das Wasser des Limmernbachs schäumte ihm grünlich entgegen, ein Grollen lag in der Klamm. Von hier an verengte sich der Pfad, wand sich um nackte, vorspringende Felsrippen, auf der Gegenseite rückte die Bergwand näher. Melchior sah sich wieder als Zwölfjährigen durch diesen feuchten, violett schimmernden Felskorridor gehen: Schmächtig war er damals, kleiner als seine Altersgenossen, im Rucksack trug er Tabak und Zunder für Samuel. Zum ersten Mal war er allein unterwegs zur Sandalp, beklommen nahm er die Zacken, Hörner des Selbsanfts wahr, senkrecht, schroff über ihm. Wie lebendig gingen sie mit im Rhythmus der Schritte. Er wollte sie hinter sich lassen, ging schneller, wie betrunken schwankten sie jetzt, als würden sie gleich auf ihn herabstürzen. Er sah sich schon zermalmt, eilte, stolperte voran, in den Ohren das zornige Rauschen des Wildbachs.

Falle nicht ins Wasser, hatte der Vater gewarnt, denk an die Burschen aus Linthal. Auf der Älplerchilbi noch bei Nidel und Tanz, am anderen Tag schwemmte es sie als Leichen ans Ufer. Beim Holzflößen ist einer in den Bach gestiegen, weil sich ein Baumstamm zwischen Felsblöcken verklemmt hat, im Eiswasser stockt ihm das Blut, dem zweiten, der ihn retten will, ergeht es gleich.

Der Riese hat jetzt die untere Staffel erreicht. Eine Landschaft voll Felsbrocken und grünen Heidelbeerpolstern, Samuel hat ihm den Platz gezeigt, wo die Beeren am süßesten reifen: rund um die Steinplatte mit der geheimnisvollen Vertiefung in der Mitte. Nach dem Beerenpflücken hatte Samuel immer einen Ebereschenzweig in die Schale gelegt.

Warum tust du das, Samuel?

Das ist ein Schalenstein. Er ist unseren Vorfahren vor vielen Hundert Jahren heilig gewesen. Der Stein hat sie alle überlebt, und wenn wir beide tot sind, liegt er immer noch da. Er wölbt die Schale. Heischt etwas. Wer vorbeigeht, muss etwas hineintun.

Sonst?

Rächt sich der Geist im Stein.

Glaubst du das wirklich, Samuel?

Der Bauer hatte den Mund mit der Pfeife verzogen, ein Faltennetz bildete sich in den Winkeln der Augen.

Ich will dir erzählen, was mir mein Vater erzählt hat,

als ich so alt gewesen bin wie du. Ein Senn hat auf der Felsplatte, beim Viehhüten, sein Essen hingestellt: Brot, Käse, gedörrte Apfelschnitze. Immer hat er von dem Essen etwas in die Schale gelegt, so will es der Brauch. Einmal hat es ihn gereut. Da ist eine Hand hinter dem Stein hervorgekommen, hat den ganzen Brotsack mit allem Essen genommen.

Über den Alpboden stieg der Riese zu der höheren Staffel, er stelzte über dorniges Gestrüpp, flechtenüberzogene Steine, Plätze, wo die Erde aufgesprungen war, sandig und öd. Hinter einer Geröllhalde Samuels lang gestreckte niedere Hütte.

Samuel und Ebel hatten sich an den Pfad gehalten. Von Zeit zu Zeit eine Verschnaufpause einlegend, kamen sie nur langsam voran.

Steine, Gräser flimmerten in der Sonne, es war warm geworden. Ebel, der das Steigen nicht gewohnt war, wischte Schweiß über den Brauen weg.

Dort oben ist er schon. Samuels Finger zeigte zur oberen Staffel.

Ebel lachte. Er geht mit Siebenmeilenstiefeln. Wie erklären es sich die Leute, dass er so gewachsen ist?

Samuel zuckte die Achseln. Jeder deutet es halt auf andere Art. Pfarrer Tschudi meint, die Gegend sei nicht geheuer, nicht für Menschen gemacht. Pfarrer Lavater, der berühmte Schriftsteller aus Zürich, soll geschrieben haben: Riesen- oder Zwergenwuchs entstehe durch die Imagination der Mutter.

Die arme Magdalena. Immer wieder kommen Leute von weither, die den Lavater gelesen haben, fragen merkwürdige Dinge, im Namen der Wissenschaft!

Der Riese betrachtete das Hüttendach, merkte sich defekte Ziegel. Dann setzte er sich eine Weile auf den Rand des Viehtrogs und ruhte sich aus. Einen Steinwurf weiter wuchsen noch immer Alpenrosen, die Blätter wie von Rost zerfressen. Viele Sommerabende war er hier gesessen in seinem achtzehnten Lebensjahr.

Tage, noch heller, kürzer als im Tierfehd. Blitze, eingebettet in Morgen- und Abendschatten. Alles ist jäh und kurz in den Bergen, hatte Samuel gesagt, die Felswände, die Gewitter, das Leben. Der Mensch, kaum ist er geboren, flackert, rußt schon wie ein Talglicht.

Samuel, zufrieden mit Melchiors Arbeit, lässt ihm Zeit, beim Melken, Käsen, Stallmisten nach dem Himmel zu schauen. Über dem Bergwald im Rücken der Hütte steigen Quellwolken auf. Ein Bach ergießt sich in freiem Fall über den Fels. Niemand nörgelt: Mach dies, mach das. Was träumst du. Iss nicht zu viel.

Beim Viehhüten drückt der Achtzehnjährige diesen überlangen, ihm fremd gewordenen Körper an die warme Erde.

Stille, mit feinem Dröhnen erfüllt. Jemand schnauft in der Tiefe. Auch in den Steinen hört man ein Reiben, Malmen wie von riesigen Kiefern. Manchmal löst sich ein Felsbrocken wie von selbst, hüpft durchs Alpgras.

Der Wind streicht über die Felsflächen. Gewitterwolken sammeln sich, es regnet, Melchior steht mit nacktem Oberkörper im Gras, der Regen leckt ihn lau wie die Zunge eines Kälbchens.

Wachswetter, sagen die Leute.

Die Sonne schon wieder zwischen Wolken. Er liegt,

die Nase gebläht von den herben Gerüchen der Enzianwurzel, der Silbermäntel; die Haut spannt, in den Gelenken spürt er einen schmerzlichen Drang.

Sprunghaft muss er in diesem Sommer gewachsen sein.

Die Hände werden vom Melken rau und rot.

Die Haut reißt zwischen den Fingern ein, kleine Geschwüre brechen auf, die Lippen werden dick, die Augenlider schwellen. Die Haut muss in Eile mitwachsen, sich spannen, dehnen, Zellen spalten, neue bilden; sie verändert sich, wird grobporig wie ein Teig, der zu schnell aufgeht.

Sein Körper fühlt sich feucht an, pilzig.

Durst plagt ihn. In der Alphütte hält Samuel immer einen Krug mit Molke bereit, der grünlichen Milchflüssigkeit, die beim Gerinnen des Käses entsteht.

Ebel und Samuel hatten die Alphütte erreicht. Von der Bank aus sahen sie zu, wie der Riese Ziegel ersetzte und später im Gras Dachsteine suchte, um die neuen Ziegel zu beschweren.

Und Ihr, Samuel, wie erklärt Ihr Euch diesen Riesenwuchs?, nahm Ebel das Gespräch wieder auf.

Samuel ließ sich Zeit, stopfte bedächtig seine Pfeife. Das lasse sich nur mit Vermutungen beantworten, meinte er schließlich. Ihm scheine, die Zeiten seien überdreht. Die Menschen im Vergleich zu früher hitziger, fiebriger. In Glarus gebe es allein schon zwölf Fabriken: Mousselinewebereien, Stoffdruckereien, Färbereien. In England, habe er gehört, seien sogar Maschinen gebaut worden, die zweimal, ja fünfmal schneller arbeiteten als Menschenhände. Immer höher hinaus wollten die Menschen, alles wachse sich aus. Das sehe man schon den Häusern an, vier- und fünfstöckige Gebäude seien keine Seltenheit mehr.

Auch die Natur schicke Warnsignale: Kometen, Licht- und Lufterscheinungen. Im Traum habe er neulich einen riesigen Fisch gesehen, halb tot in der Linth. Seine Kiemen vermochten kein Wasser und keine Luft mehr zu pumpen, so sinnlos groß war er.

Auf dem Rücken ist er getrieben, unbeweglich, mit glotzenden Augen.

Ebel stand auf. Wenn Samuels Vermutung zutreffe, sagte er lächelnd, müssten wohl alle Menschen zu Riesen heranwachsen. Er holte sein Wachstuchheft aus der Segeltuchtasche, begann zu notieren.

Samuel und Melchior, der mit der Reparatur des Daches fertig war, schauten ihm zu.

Auf die Frage, was er denn so eifrig schreibe, las Ebel den letzten Satz seines Eintrags vor:

Welche Kühnheit, welcher Trotz in den Formen, welche Macht in den himmelhohen Maßen! Grundpfeiler einer ganzen Welt. O! Wie arm sind die Schöpfungen der Imagination gegen die Urbilder einer solchen Natur!

In den Gärten von Ludwigsburg hatte der Herzog von Württemberg künstliche Berge errichten lassen: Wasserfälle, Seen, später auch Bauernhütten und einen Ziegenstall.

Serenissimus braucht sich nicht nach der Natur zu richten, sagte der Kammerdiener Hartmann, als er

Melchiors Erstaunen sah, er richtet die Natur so her, wie es ihm beliebt. In einer Senke lässt er Berge entstehen. Die Waldhöhe zwischen Stuttgart und Leonberg ebnet er ein, weil er den Einfall hat, dort ein Schloss zu bauen. Zweihundertfünfzig Hektar Wald haben die Bauern des Landkreises um die Solitude herum roden müssen, jetzt sind sie daran, in Fronarbeit Obstbäume hinaufzukarren und einzupflanzen.

Das Bergidyll im Ludwigsburger Park gefällt Melchior nicht, eine erbärmliche, stümperhafte Nachahmung, zum Lachen. Anderes hingegen findet seine Bewunderung.

Der erste Blick von der Anhöhe auf Stuttgart im Spätherbst: ein Trichter mit ansteigenden Baumgütern, Rebgelände, in der Mitte die Häuser, gruppiert um die Türme der Stiftskirche, der wehrhafte Block des alten Schlosses, vorne das unvollendete hufeisenförmige neue.

In der Ferne das tief eingeschnittene Neckartal, durch das er, teils zu Fuß und teils auf Fuhrwerken, vom Bodensee her gekommen war.

Vor dem neuen Schloss erhielt er von der Wache die Auskunft, der Herzog präferiere seit über einem Jahr, im nahen Ludwigsburg zu residieren.

Warum? Wohl Streitigkeiten mit den Ständen, Differenzen mit den selbstbewussten Bürgern der Stadt, erklärte ihm ein junger Mann.

In Ludwigsburg dann das Schloss, ein gelbliches Gebirge, das die Spanne zwischen Himmel und Erde ausfüllt, keine anderen Bodenerhebungen machen ihm Konkurrenz, wie besonnt sieht es aus, als stünde die

Residenz auch bei schlechtem Wetter in der Gunst des Himmels.

Weit weg Berlin mit seinem Krieg; das Schlachtfeld von Lobositz, auf dem, wie er später erfuhr, Riklin verblutet war, auf einem anderen Planeten.

Der Zufall spielte, dass er gleich am Gitter des Hofes den Herzog zu sehen bekam, an der Spitze einer kleinen Suite hoch zu Ross, eine in Linie aufgestellte Reitergruppe empfing ihn, ledige Burschen aus Leonberg mit einer Bittschrift. Melchior staunte, wie die jungen Männer, den Herzog grüßend, im Paradesitz erstarrten.

Schon im Hof erregte der Riese Aufmerksamkeit. Man bestellte ihn zum Kammerherrn Golther, der ihn wohlwollend examinierte. Ein wohlproportionierter Riesenwüchsiger von beweglichem Geist, er werde der Schar der Kammerdiener, Lakaien, Portiers und Leibheiducken wohl anstehen. Bei der nächsten Akkreditierung, die im Dezember stattfinde, werde er den langen Schweizer empfehlen.

In der Zwischenzeit mache Hartmann, ein erfahrener Kammerdiener, ihn mit den höfischen Verhältnissen vertraut.

Hartmann war ein steif wirkender Mensch mit fahler Gesichtshaut, die halb geschlossenen schweren Augenlider verliehen ihm einen vergrämten Ausdruck. Thut hatte unter dem wenig einnehmenden Äußeren schnell einen wachsamen Geist, ein redliches Herz erkannt, die Sympathie beruhte auf Gegenseitigkeit. Hartmann, von trockenem, korrektem Charakter, zeigte Thut, ohne viel auszusprechen, wie sehr er zu dem verschwenderischen, eitlen Hofleben in Distanz stand.

Er führte den Neuling durch das Schloss: die Kavaliersbauten, die Orangerie, den alten Schlosstrakt mit den steinernen Skulpturen, Räume, von ihren Dimensionen her nicht für Menschen gemacht, eher für Götter, für Riesen. Hohe Türen. Er brauchte sich auch vor keiner Decke zu bücken, nur den von der Deckenmitte herabhängenden Kristallleuchtern galt es auszuweichen.

In ein solches Zimmer könnte man unser ganzes Häuschen im Tierfehd hineinstellen, sagte er erfreut zu Hartmann.

Aber Hartmann sagte: Hier halten wir uns selten auf.

Er ging auf die Wand zu, zwischen den Blumen- und Tierornamenten der Tapete öffnete sich, zu Melchiors Verblüffung, eine bis dahin unsichtbare Tür.

Verschachtelte Zimmerchen, durch eine eingezogene Zwischendecke niedrig gemacht, waren für die Dienerschaft bestimmt, hier pflegten sie die herzogliche Garderobe, zwischen den Kleiderschränken und den Kommoden mit Weißzeug gab es kaum einen Meter Durchpass. Ein Labyrinth von Gängen hinter den Prunkräumen, an den Wänden harrten die Bediensteten auf ein Klingelzeichen; ertönte es, so glitten sie, wie durch Spuk, durch die Tapete in die Räume der Herrschaft, Melchior hörte durch den Türspalt ihr: Zu Befehl, Durchlaucht, jawohl, untertänigst; Sätze, gewunden, ziseliert und fremd.

Das lässt sich lernen, tröstete Hartmann.

Gegen Abend wollte der Riese seine Unterkunft sehen. Hartmann, auf der Suche nach einem Schlafplatz für den Neuling, erhielt von den Kammerlakaien Anschütz und Kamp eine Abfuhr: Das Vorrecht, nur zu zweit in einem Zimmer zu sein, erkläre sich aus dem Umstand, dass sie nicht nur Lakaien, sondern auch Leibschneider seien, in Personalallianz sozusagen, wenn ein Dritter infrage käme, wäre es, der Rangordnung nach, Hurni, der Ballettschneider.

Unter der Dachschräge, wo zwei Hofmohren und ein französischer Lakai sich eingerichtet hatten, fand sich schließlich an der fleckigen Wand eine Matratze für Thut. Wo er, Hartmann, denn schlafe, fragte der Neue, er hätte lieber mit ihm das Zimmer geteilt.

Seit einer Leberattacke vor einem Jahr stehe ihm das Privileg zu, sich abends außerhalb des Schlosses in ein kleines Häuschen zurückzuziehen, sagte der Kammerdiener. Mit seiner Frau, die ihm Diätkost und Magentee zubereite, erhole er sich bei pietistischer Lektüre vom Tagewerk.

Der französische Lakai war freundlich, sein Deutsch drollig, weniger günstig war der Empfang durch die beiden Mohren. Er verbrauche ja Luft und Platz für zwei, schimpfte Joseppo, dem seine Mohrennatur kaum anzusehen war; er war nur eine Spur dunkler, dafür war er, wie er bei jeder Gelegenheit betonte, von adeliger Herkunft, auf den klingenden Namen Pietro delli Santo Belli getauft. Der zweite Hofmohr, ebenholzschwarz und mit Kraushaar, der schon zwanzig Jahre am Hof diente, sagte Thut später, er halte das für einen Fantasienamen, Joseppos adelige Abstammung für Angeberei.

Dieser zweite Mohr, der ganz unmohrisch Alphonsus Thomas hieß, schlief neben Melchior.

Er pflegte jeden Abend seinen juckenden Ausschlag am Hals und in den Achselhöhlen, Wolken flogen herum von parfümiertem Puder, der französische Lakai, der mit dem Hoffriseur Pottot befreundet war, klaute das stinkende hautfarbene Mehl für eine Dose vom billigsten Schnupftabak aus der Theatergarderobe.

Luft!, rief am ersten Abend Melchior. Macht das Fenster auf!

Joseppo lachte. Mach es doch selbst auf, du Alpenmensch!

So bewegte sich Melchior, geduckt, zuletzt auf allen vieren, zum einzigen kleinen Fenster in der Nische, stieß es mit Anstrengung auf.

Keine frische Luft, kein Licht drang herein. Das Fenster, das seit Jahren wohl niemand mehr aufgetan hatte, ging auf einen Flur.

Melchior streckte seinen Kopf hinaus, entdeckte in dem düsteren Korridor zwei Fenster, von Säulen umrahmt. Er ging in den Flur, hinter ihm das schadenfreudige Gelächter der Mohren.

In der Nähe sah er es: Die Fenster waren aufgemalt, Attrappen.

Nach ein paar Tagen fühlte er sich eingesperrt, schlimmer als im Thuthaus, dort hatte es Fenster, Türen gegeben in die unbeschränkte Natur.

Einer der Lakaien, der über die Neuangestellten befahl, verlangte von ihm, dass er die Kanonenöfen in den Prunkzimmern anfeuere. Sie waren nur von den Dienergängen her heizbar, kleine, gusseiserne Türen führten zu einem engen Durchschlupf. Durch diesen galt es Holz zu schleppen, den Ofen zu füttern, schwarz von den Rußteilchen, Asche in den Haaren, kamen die Diener wieder heraus. Die Arbeit war unbeliebt, höhere Chargen delegierten sie an untere, die Neulinge mussten herhalten.

Thut wehrte sich: Schon für Normalgewachsene sei die Tür zu niedrig, der Feuergang zu eng. Sein Protest nützte nichts, er musste mit dem Holz hinein. Der Riese glaubte in dem rauchigen Gang zu ersticken. Er kam weder vor- noch rückwärts, verharrte zusammengekauert, alle Knochen schmerzten ihm.

Vor der eisernen Tür hielten sich Anschütz und Kamp, die Kammerportiers Domick und Boll vor Lachen die Bäuche.

Vom Lärm angelockt, erschien der Hofkammerrat Golther. Er gab Ordre, den halb ohnmächtigen Riesen aus seiner Lage zu befreien. Kleingewachsene, sagte er, sollten diesen Dienst verrichten. Seit einer Woche sei ein Zwerg am Hof, den könne man, im Turnus wenigstens, für das Amt des Anfeuerns einsetzen.

Der Hofzwerg wurde, trotz des Protestes der Hofmohren, in Melchiors Zimmer einquartiert. Vorübergehend nur, sagte der Geheimkämmerer Colombier.

Der Hofzwerg, ein drei Fuß großer Mensch, war leicht verwachsen, mit einem greisenhaften, verkniffenen Gesicht.

Melchior tat er leid, er fürchtete, ihn aus Versehen mit seinen Stiefeln zu verletzen, so trat er vorsichtig auf, den Zwerg im Aug behaltend. Von dieser Rücksicht schien Prinzchen Nase, so wurde er am Hof genannt, nichts zu spüren. Er mochte den Langen nicht, spielte ihm, wenn er schlief, Schabernack: Er versteckte seine Strümpfe, seinen Leibrock, mehrmals pisste er nachts in die Riesenstiefel.

Nach den ersten beklemmenden Tagen im Inneren des Schlosses nahm Hartmann den Riesen ins Freie. Sie spazierten im Park, Thut sah verwundert die in Reih und Glied ausgerichteten, in Formen gestutzten Bäume, die Bosketten, Grotten, Statuen. Natur gezähmt, zum Hintergrund degradiert für die aufgeputzten Damen und Herren. Der herbstliche Himmel seiden, die Luft schmeichlerisch weich. Ahorn- und Buchenblätter als Pailletten auf den Weglabyrinthen.

Das Wetter blieb heiter, der Wind trieb bunt gefärbte Blätter durch die Luft. Durch das Gemäuer des Schlosses drang der Schall der Jagdhörner, Hundegebell, Hufgeklapper. Bis in seine Eingeweide hinein verspürte Thut das Verlangen, aus dem goldenen Käfig herauszukommen, nach Bäumen, Erdgeruch, Bewegung in frischer Luft.

Hinter dem Vorhang versteckt, sah er an einem Morgen in einem Jagdwagen den Herzog, neben ihm eine Frau in Männerkleidern.

Ist das seine Frau?, fragte er Hartmann. Der Kammerdiener stieß Luft durch die Nase, hob die schweren Augendeckel und schaute Melchior mit umschleierten Augen an.

Seine Frau? Seit zehn Jahren lebt der Herzog von

seiner Gattin, Friederike von Brandenburg-Bayreuth, getrennt. Sie ist an den Hof ihres Vaters nach Bayreuth zurückgekehrt. Das vorhin? Das war die Toscani. »Première danseuse« am Theater. Sie hat die Position einer »mâitresse en titre«.

Nach Lust und Laune nimmt der Herzog aber auch Ballettmädchen in seinen Wagen, Figurantinnen. Siebenundsiebzig uneheliche Söhne hat er anerkannt, die Zahl der heimlichen männlichen Nachkommen ist aber höher. Viele Mütter sind mit fünfzig Gulden »semel pro semper« abgegolten worden, von den unehelichen Mädchen spricht man nicht.

Die herzoglichen Pferde scharrten.

Der Toscani fiel ein Ahornblatt auf die Schulter.

Hast du eine Frau?, fragte Hartmann.

Im Hauch seiner Nase, seines Mundes, der das Fenster mit Wolken beschlug, sah Melchior Anna Margreth. Im Repetierunterricht war sie gesessen, hatte ihn, den halb Durchfrorenen, angeblickt. In ihren schmalen, von starken Brauen überdachten Augen sah er, dass es ihn nach den bangen zwei Stunden im Schneerauch noch gab.

Wer zu spät kommt, wird abgefragt, sagte Pfarrer Tschudi. Nenne mir die Namen der sieben Todsünden, Melchior.

Seine Zehen tauten auf, zwickten und zwackten wie von einer glühenden Brennschere geplagt, neben den Nagelschuhen sammelte sich eine Wasserlache. Anna Margreth schob ihm von hinten ein Zettelchen zu. Unmäßigkeit, Geiz, Unkeuschheit, stotterte er. Pfarrer Tschudi nickte.

Anna Margreth gefiel Melchior, ihre stille Art, die ernsten dunklen Augen, die schweren, auf den Rücken fallenden Zöpfe.

Sie waren sich später, als er zu wachsen begonnen hatte, wiederbegegnet, auf der Kirchweih in Linthal. Er war jetzt siebzehn, größer als andere, aber noch lange kein Riese.

Magst mich immer noch leiden?, hatte er sie gefragt.

Sie hatte stumm genickt.

Er kaufte ihr ein Messingringlein am Marktstand vor der Kirche, beim Holzfällen hatte er Geld verdient. Dann lud er sie in die Wirtschaft ein, Ellbogen an Ellbogen saßen sie nebeneinander, nippten am Veltliner. Erwärmt vom Wein, drückte er ihr einen Kuss auf die Lippen.

Bin ich dir nicht zu lang?

Nein, nein, sagte sie schnell, wurde rot.

Dann nimmst du keinen anderen als mich?

Sie nickte, lachte scheu.

Im Sommer darauf war Melchior maßlos aufgeschossen, seither mied er das Dorf, bei Anna Margreth ließ er sich, aus Scham und Angst, sie könnte erschrecken, nicht mehr blicken. Als es sich in Linthal herumgesprochen hatte, der lange Thut sei mit Vögeli nach Holland, sah man Anna Margreth mit verweinten Augen herumgehen. Die Nachbarn tuschelten, der lasse sich wohl nie mehr blicken. In Holland gebe es andere Mädchen, groß und stämmig wie Zugrösser! Später hieß es, er sei in Berlin, Vögeli habe ihn als Späher an einen preußischen General verkauft, Anna Margreth werde jetzt halt eine alte Jungfer, sie möge sich dreinschicken.

Plötzlich sagten sie, der Thut sei zurück. Für kurze Zeit nur. Er wolle sein Glück am Hof von Stuttgart versuchen. Dort lasse sich Geld machen.

Das ließ Anna Margreths Eltern aufhorchen. Eines Tages nahmen sie das Mädchen mit ins Tierfehd, sie wollten den langen Thut zu einer Entscheidung zwingen. Man musste Melchior aus dem Baum an der Flussbiegung holen.

Verlegen kam er an, turmhoch schaute er auf das Mädchen und seine Eltern herab.

Anna Margreth erschrak. So lang hatte sie sich ihn nicht vorgestellt. Sie war eher klein, ein Meter und fünfundfünfzig. Sie reichte ihm bis zum Gürtel.

Melchior gefiel Anna Margreth immer noch, ihr Gesicht war schmäler und schöner geworden, die Augen sanft, geheimnisvoll dunkel.

Magst mich noch?, fragte er.

Sie zögerte ein bisschen, sagte dann Ja.

Fürchtest du dich nicht vor ihm?, fragte ihr Vater.

Nein, nein, sagte sie schnell, blickte zu Boden.

Der Pfarrer kopulierte sie ein paar Wochen später.

Im Thuthaus überließen die Eltern ihnen ihre Kammer für die Hochzeitsnacht, sie war weiträumig, Melchiors alte Kammer füllte der Riesenwüchsige schon alleine aus.

Die ganze Nacht kam ihm vor, die übrigen Hausbewohner horchten hinter den dünnen Wänden, blickten durch Ritzen, Astlöcher, ihm war, er hörte die Schwägerin schnaufen.

Ein Riese, wie der sich wohl paart.

Die kleine Menschin an seinen Leib gepresst.

Anna Margreth sieht im Dämmer der Kammer diese Säulen von Beinen, die Hüften, die riesigen Arme, Hände wie Schaufeln.

Tappend, ungeschickt kommen sie näher, die kleinste Berührung schmerzt.

Melchior spürt im Dunkeln ihre Tränen.

Die Riesenbraut weint: Lass mich.

Hinter der Wand Kichern.

In der Hochzeitsnacht träumte ihm: Er wachse weiter, die Berge umstellten ihn, er fülle das Tal aus. Er kann sich nicht mehr rühren, die Berge sind sein Sarg, Vögel picken ihm die Augen aus.

7

In der Stunde der Dämmerung holen die Berge ihr Eigentum zurück. Die Schatten gleiten aus den Waldflecken, erobern Stück für Stück vom Alpboden. Der Tag erscheint als heller Spuk, schnell eingeholt von der Wirklichkeit der Nacht.

Pass auf: Im Zwielicht verliert der Mensch seinen Schatten, sein Gesicht, hatte Samuel einmal gesagt. Die Seele kann ihm ausgeblasen werden wie das Innere von einem Ei. Nur noch Haut, Hülle, trägt ihn jede Krankheit, jede Angst fort.

Gegen Abend waren der Riese, Samuel und Ebel von der Alp hinuntergestiegen ins Tierfehd.

Es dämmerte. Die Stämme der Auenwaldbäume sogen in ihren Poren das Grau auf; Talboden, Hütten, Felsen, Bäume verschmolzen.

Karl Eugen hatte die Nächte mit Festlichkeiten ausgesperrt, die Dunkelheit aus den Prunkräumen vertreiben lassen mit Fackeln, Kerzen, Lampen.

Zehntausend Lichter brennen heute Abend in der Orangerie, hatte der Hofmohr Joseppo gesagt, künstliche Gestirne funkeln an einem künstlichen Himmel, du wirst staunen, Melchior.

Was für ein Fest? Joseppo zuckte die Achseln. Hier wird immer etwas gefeiert: Dianenfeste in den Hainen, Venusfeste im Lustgarten, Nymphenfeste, Saturnfeste; am Neptunfest rann Rotwein aus den Brunnenröhren.

Das Treibhaus vor dem südlichen Flügel des Schlosses wird seit Tagen mit Zimmerwerk verkleidet, mit Himmelstuch überspannt, ein Arkadien von zweihundertvierzig Meter Länge, dreißig Meter Breite, mit künstlichen Seen, Springbrunnen, hohen gewölbten Gängen aus Zitronen- und Orangenbäumen.

Hartmann und Thut halten, während getäfelt wird, bei einer als Laube getarnten Tür Wache. Der lange Schweizer muss im Hintergrund bleiben, hat Bellecombe angeordnet, er hat noch keine Galauniform, keine Akkreditierung.

Der Riese steht reglos im Dämmer des dunklen, wächsernen Zitronenlaubs, pangesichtig, Nase und Lippen aus Sandstein, nur das Weiße der Augen reflektiert den Schein der Fackel.

Der Herzog ist bei Laune, lachend, das Kinn voll Gansfett, hält er die Hand der Favoritin, die Toscani neigt den Kopf mit dem Putz aus Pfauenfedern.

Aus den Büschen klingt Musik.

Lampen, nicht tausend, eine Million!, flüstert Hartmann, beleuchten die Szene.

Versteckte Öfen spenden die Wärme einer südlichen Nacht.

Jetzt werden Speisen aufgetragen: Rebhuhnkeulen, Fasanenbrüstchen, arrangiert zu Jagdszenen, eine Liebesgrotte aus Kartoffelmousse, umrankt von vielfarbigem Gemüse.

Auf der nächsten Platte, über den Rücken von sechs Dienern, schwanken mannshohe Pasteten, Wolken. Das Wolkenbild aus dem »Tod des Lykomedes«, von Servandoni entworfen, französische Köche haben es nachgeahmt, ein Kunstwerk aus Blätterteig, trefflich, *quelle merveille*, Serenissimus klatscht.

Die Wolke, von einer Maschine gehoben, spaltet sich.

Putten fahren heraus, in der Mitte erscheint Artemis in weißem Faltengewand, die linke Brust frei, an der rechten Seite ein Köcher mit Pfeilen. Getuschel: Ist sie aus Papiermache, aus Gips?

Da öffnen sich die rosenfarbenen Lippen, die nackten Füße machen Schritte neben den Tellern, der Blick richtet sich verwirrt auf Perücken, Hüte, Federn, Geschmeide.

Es ist die jüngste, eben aus der Heimat der Toscani eingetroffene Figurantin, oh, ah, was für ein ungewöhnliches Gesicht! Sanft, kindlich! Der Liebreiz der Unschuld! Einem da Vinci hätte sie Modell stehen können.

Serenissimus, entzückt, flüstert dem Ballettmeister zu, man solle die Kleine nachts, wenn die Toscani gegangen sei, in sein Schlafgemach bringen.

Der Kammerlakai erzählt später, die Italienerin, noch nicht fünfzehn und zum ersten Mal in der Fremde, habe im Zimmer des Herzogs geweint.

Was anderswo der Krieg ist, denkt Melchior, das ist hier die Jagd.

Die Pferde scharren vor dem Corps de logis. Die

fünfzehnjährige Figurantin sitzt im Wagen, gestern saß sie schon da, blass, verschüchtert, sie hat der Toscani gestanden, sie habe kein Vergnügen an der Jagd, Reiten habe sie nie gelernt.

Halali, täglich wird losgeritten zu den Jagdgründen, die Jagdlust, der Blutdurst des Serenissimus ist unersättlich. Der Herzog sieht wild aus mit seinem vor Jagdlust geröteten Gesicht, im langschößigen Jagdfrack, unter dem Federhütchen die gewaltige Perücke. Durchlaucht hat einen Adlerblick. Er sperbert, luchst, erkennt von Weitem die Beute, knallt, stößt zu.

Nichts ist sicher vor ihm.

Die Jagdgesellschaft wünscht im Freien zu speisen. Hartmann, Thut und der Kammerportier Boll werden mit Tischleinen, Geschirr zur Jagdhütte geschickt. Auf dem Weg durch den Wald, in einer Lichtung, stoßen sie auf eine Gruppe Holzfäller. Boll erkennt unter ihnen seinen Schwager vom Forstamt, einen stämmigen jungen Mann mit einer fingerbreiten Narbe, die sich über die linke Gesichtshälfte bis zum Schlüsselbein zieht, beim Fällen hat ihn ein Ast getroffen, erzählt später Boll.

Die Wälder werden im ganzen Umkreis abrasiert, sagt Joachim zu seinem Verwandten, Zorn flackert in den schmalen, unter Wülsten versteckten Augen.

Den Herzog hat die Bauwut gepackt. Lustschlösser wie Monrepos, die Solitude, der Theaterbau in Ludwigsburg, ganze Wälder sind ihm zum Opfer gefallen. Bei Frost und Schneetreiben wurde im Bezirk Neuenbürg in fliegender Hast gefällt, in sechs Wochen waren Berge von Brettern nötig! Die längsten Stämme mussten fallen, oft an schwer zugänglichen Schlägen, auf ungebahnten Wegen wurden sie an die Enz geschleppt, nach Bissingen geflößt. Immer war man in Angst, die Enz fröre zu!

Das größte Theater in Deutschland eine Holzkonstruktion, schlampig aufgerichtet, weil die Zeit für einen Steinbau gefehlt hat! Im November hat den Herzog die Idee befallen, und am 11. Februar, zu seinem Geburtstag, musste das Riesentheater stehen!

Joachim hat sich in Wut geredet, das Gesicht wie geborsten mit der Narbe. Ruhiger setzt er hinzu: Inzwischen soll das Theaterdach schon defekt sein. In allem, was zu schnell in die Höhe schießt, sitzt der Wurm!

Alle schauen auf den Riesen.

Thut nickt, lacht.

Das Lustjagen am Degerloch, Glanzpunkt der Jagdzeit. Der künstliche See wurde von Bauern aus den umliegenden Ämtern und beurlaubten Soldaten in Frondienst ausgehoben, unzählige Karren mit Erde gefüllt. Auf der einen Seite stößt der See an den Wald, auf der andern ist er von Logen und Pavillons umgeben.

Seit Wochen, sagt Hartmann, arbeite alles fiebrig auf dieses Lustjagen hin. Die herzoglichen Oberforstämter müssen, auf obrigkeitliche Ordre hin, das Wild lebendig einfangen. Eine Treibjagd quer durch alle Wälder des Landes. In Behältern und Käfigen werden sie nach Degerloch geliefert. Bis in die Dörfer kann man das Brüllen der verängstigten Tiere hören, fünftausendzweihundertachtzehn Stück, hat das Oberforstamt bekannt gegeben, harren in ihren engen Behältern am Waldrand auf den Tag des Gemetzels: Hirsche, Damhirsche, Spießer, Hauptschweine, Bachen, Dachse, Füchse, Hasen, Fasane, Feldhühner, Enten.

Die Damen und Herren frühstücken in den Pavillons, der Wein weckt die Jagdlust.

Posaunen und Trompeten künden die Hatz an.

Das Zeremoniell ist festgelegt: Sieben Jagdoffiziere fahren in Gondeln über den See, öffnen die Käfige. Die Tiere werden von jungen Burschen mit Stöcken und unter Lärmen Richtung See getrieben. Die Jagdgäste lassen sich in den Pavillons ihre Flinten reichen. Einige Tiere stürzen sich auf der Flucht ins Wasser, die Jäger linsen in bacchantischen Stellungen, drücken ab, rote Lachen da und dort auf dem See wie von Wein.

Auch der Waldsaum färbt sich rot.

Eine Triumphstraße der erschossenen Tiere wird angelegt, abends ist sie mit Fackeln illuminiert.

Auch die Livreedienerschaft darf sich ansehen, was die Herren angerichtet haben.

In den Augen der toten Tiere bricht sich das flackernde Licht. Thut wird vom Anblick der erschossenen Tiere übel.

Das Schäferspiel »Triumph der Liebe« beendet den Jagdtag. Der Tänzer Vestris reißt zu Beifallsstürmen hin. Die Jungfer Salomoni spielt die Rolle der Wollust.

Am nächsten Tag neue Lustbarkeiten: Der Obristjägermeister von Brandenstein führt das Quadrillenreiten an. Auf dem unteren Kasernenhof sind Ziele aufgestellt, die getroffen, erschlagen, erdolcht, geköpft werden sollen: ein Ring, ein Mohr, ein Türke, eine Sirene.

Der Parforceoberjägermeister von Pöllnitz, zittrig und kurzsichtig, trifft die Sirene nicht, wie vorgeschrieben, ins linke Auge, sein Bolzen bleibt in der Mitte des Fischleibs stecken.

Klatschen, Lachen auf der Zuschauergalerie, eine vergoldete Tabatière ist der Trostpreis.

Zwei Tage nach dem Jagdfest ist die noch nicht fünfzehnjährige italienische Favoritin des Herzogs tot. Bei der Jagd vom Pferd gestürzt, bestätigt der Hofjägermeister von Grieben.

Für die Trauerfeier ist ein allegorisches Grabmal aufgerichtet worden, eine Nachahmung des Szenenbildes aus Hypermenestra: ein Isistempel, Säulen, Friese mit falschen Türkisen, Jaspis, Opalen.

An der Stelle der Göttinnenstatue der schräg gestellte Sarg der Italienerin. Die Tote ist eine Puppe in der Schachtel: zart, schmal, die Augen unter der wachsweißen, gewölbten Stirn wie im Schlaf geschlossen. Unter dem Tüllkleid spitze, weiße Schuhe. So angezogen, hat sie in ihrer oberitalienischen Stadt noch vor Kurzem mit ihren Freundinnen Hochzeit, Prinzessin, Königin gespielt.

Die Toscani im schwarzen Schleier liest ein Epitaph über Jugend, Tugend, frühen Tod.

Vor den Servandoni-Dekorationen hören Figuranten und Figurantinnen zu, die »danseurs sérieux«, die »demicaractères«, die »danseurs comiques«.

Auf die Klage des Landtags hin, die pompöse Bestattungsfeierlichkeit für eine noch nicht fünfzehnjährige Mätresse sei ein Eingriff in die Religionsreversalien, wird sie später, wie alle katholischen Hofleute, ohne Zeremoniell in der Kirche in Hofen am Neckar beigesetzt.

8

Nebel stieg aus dem Alpboden auf, es regnete in schrägen Strichen. Ebel hatte die Kutsche herannahen sehen, sie schwankte über den Schlaglöchern, Pfützen spritzten. Der Kutscher ließ sich in der Küche Brot und Käs geben, sein Herr, ein junger, langer Prädikant mit einem Haarbeutel, zückte sein Notizheft, er hatte auf einer Stabelle Platz genommen gegenüber der Ofenbank, auf der Magdalena, die Mutter des Riesen, saß.

Er sei gekommen, um eine Befragung zu machen im Namen der Wissenschaft, ein Professor aus Zürich habe ihn beauftragt. In weiten Kreisen befasse man sich, teils zustimmend, teils polemisch, mit den »Physiognomischen Fragmenten« des Pfarrer Lavater aus Zürich.

Er nehme an, sie hätten in der Familie Kenntnis davon, dass in dem genannten Werk mit dem genauen Titel »Physiognomische Fragmente zur Beförderung der Menschenkenntnis und Menschenliebe« eine Passage dem Riesen Thut gewidmet sei?

Davon habe er gehört, sagte der Riese, der gebückt in der Türe stand, Lavater habe ihn ja im Juni 1773 zum Mittagessen eingeladen und malen lassen, aber in das Werk habe er noch nie Einblick nehmen können, hundertsechzig Gulden koste es, habe ihm Pfarrer Tschudi gesagt, es sei dieses stolzen Preises wegen noch nicht für die »Lesecommun« in Glarus angeschafft worden, für das Dreifache kaufe man ja ein Haus!

Er könne ihnen das Werk zeigen, sagte der Prädikant, entnahm seiner Reisetasche zwei umfangreiche Folianten und schlug das Porträt des Riesen Thut auf.

Die Mutter, Ebel und Melchior bewunderten das Kupfer, lobten seine Ähnlichkeit, nur die Kieferpartie sei allzu sehr betont, fand Magdalena.

Lavater schreibe Klein- und Großheit eines Menschen der Imagination der Mutter zu, sagte der junge Hilfsprediger. Er zitierte aus dem Buch:

Denn obgleich wenige Riesen und Zwerge verhältnisweise als solche geboren werden, so ist dennoch zwar unbegreiflich aber möglich, dass sich erst in einem gewissen Alter die Natur gleichsam plötzlich erweitere oder zusammenziehe. Die Einbildungskraft (man hat Beyspiele davon) scheint nicht nur auf die Gegenwart, sondern auch auf die Abwesenheit, Entfernung und Zukunft wirken zu können.

Nun richte er an sie, die Mutter des Riesen, folgende Fragen: Wohin sie geschaut während des ehelichen Beischlafs? Ob sie geheime Wünsche gehegt habe in der Richtung, ihr Ehegespons könnte größer sein oder Ähnliches? Ob sie während der Schwangerschaft oft an die Berge hinaufgeschaut habe?

Magdalena antwortete zögernd, in kurzen Sätzen.

Wie solle sie noch wissen, woran sie damals gedacht habe? Ihr Mann? Etwas größer oder stattlicher hätte sie sich einen Ehemann, wenn sie ehrlich sei, als junges Mädchen vorgestellt, aber dann müssten die meisten Bauernkinder im Tal Riesen sein, wenn die Wünsche der Frauen die Kinder wachsen ließen! Zu den Bergen hinauf habe sie oft geschaut, ja, das könne er den Herren in Zürich sagen, wohin wolle man hier sonst schauen, viel zu sehen gebe es für eine junge Frau hinten im Tal nun einmal nicht. Ja, auch aus der Schlafkammer, in der Melchior gezeugt worden sei, sehe man Felswände.

Der Prädikant schrieb alles auf, man hörte seine kratzende Feder, bevor er eine Seite umdrehte, benetzte er Zeigfinger und Daumen mit der Zunge.

Nach der Befragung wollte der Prädikant nach Linthal zurückfahren und Pfarrer Zweifel, den Nachfolger von Pfarrer Tschudi, aufsuchen.

Auf Ebels Bemerkung hin, dass sie eine Fahrgelegenheit nach Glarus suchten, versprach er, wenn das Wetter nicht allzu schlecht sei, den Kutscher anderntags nochmals ins Tierfehd zu schicken, sie könnten dann mitfahren bis zum Hauptort.

Am Nachmittag hellte sich der Himmel auf, Tinner und seine Leute kamen aus ihren Schutzhütten und verschwanden im Auenwald, bald hörte man wieder das rhythmische Schlagen der Äxte.

Die Mutter saß neben Ebel vor dem Haus, sie schaute zu den Berghöhen hinauf, die mit Nebelschwaden verhüllt waren, ab und zu seufzte sie wie während der Befragung. Ebel trug in sein Notizbuch ein, was ihm der Prädikant, schon in der Kutsche sitzend, gesagt hatte:

Die Weiber halten sich selten an das Gegebene, wollen auf irgendeine Art darüber hinaus, wünschen sich zu viel, träumen zu viel.

Weiber sind mit dem Wasser zu vergleichen: Jeder Wind, jede Sehnsucht streicht darüber, riffelt die Oberfläche.

Magdalenas erster Winter im Tierfehd. Das Kind wächst in ihrem Bauch. In einer Höhle ist es, drängt ans Licht, abends im Bett schlägt es mit Ellbogen und Füßen von innen an die Bauchdecke.

Auch sie in einer Höhle, einer Falle aus Stein, sechs Wochen sind sie von Gott und Welt vergessen, kein Sonnenstrahl findet das Loch, wohin hat sie sich verrannt?

Den November hat sie noch ertragen, wo das Licht, dünn und brüchig, in schrägen Strahlen ins Tal fällt. Der erste Frost versengt, bräunt das Gras. Die Felswände werden violett, wie porös, Schwärme von schwarzen Dohlen künden Schnee.

Es wird still, die Wanderer bleiben aus, nichts regt sich zwischen den Hütten. Im Schneetreiben werden die Häuser kleiner, platter, die Dächer mit den Schneehauben sind kaum mehr zu unterscheiden vom verschneiten Talgrund.

Im Dezember schließlich gelangt die Sonne nicht mehr über den Berg, die Schatten haben das Tal zurückerobert, der Mensch ist nur geduldet, unauffällig muss er seine Arbeit tun, beklommen hinhören auf die Zwiegespräche der Felsen, der Bäume. Die Stille über der verschneiten Landschaft ist dünn wie ein Spinngeweb, ein Ruf, ein störendes Geräusch kann sie zerreißen.

Man soll keine Aufmerksamkeit auf sich ziehen, Geister gehen um: der Rüfihund, halb Hund, halb Kalb, der sich mit glühenden Augen in den Weg stellt, Laubsäcke bewegen sich von selbst mit tollpatschig kollernden Bewegungen durch den Wald, das Schrattweibchen mit Schattenhut und roten Strümpfen lenkt im Nebel vom Weg ab.

In den Sturmnächten zieht es durchs Haus, es ächzt in den Balkenköpfen, die Heerzüge der Toten gehen mit Ross und Hund mitten durch die Hütten; bleib liegen, hat der Mann gesagt, wer nachschaut, ist anderntags tot. Gezittert hat sie in der kalten Kammer, Schauer sind ihr über den Rücken gefahren, die Hände hat sie auf den hochgewölbten Bauch gepresst.

Tagsüber klettert der Blick die Felswände hoch, ein Guckloch zwischen den Bergspitzen. Da wenigstens passiert etwas. Wolken fahren dahin, Regen quillt heraus oder Schnee.

Abends beobachtet sie, wie schon als Kind, den Lauf der Gestirne. Heilige Tiere auf unermesslicher Weide, hat die Großmutter gesagt, dort der Widder, schau, wie er springt, ein hitzig, gärend Blut, er spürt die Tagundnachtgleiche, den Frühling. Wenn die Sonne erstarkt, kommt der Stier, breitbeinig steht er auf der Himmelsscholle. Wenn der Krebs erscheint, hat das Jahr den Scheitelpunkt erreicht, krebst rückwärts.

In eine steinerne Falle hat sie sich verrannt, ein Ticken ist in der Luft, eine Unruhe, unter dem weißen

Himmel liegt das Land wie unter einem Uhrdeckel. Auch im Boden tickt es, unter der Eisschicht im Fluss, in ihrem Bauch kann sie das Herz des Kindes schlagen hören. Nur die Hütten tun, als merkten sie nichts, liegen scheinheilig geduckt, mit steilen Rauchfahnen. So wird es weitergchen, bis sie vierzig, fünfzig, sechzig ist, nichts wird sich ändern, im Sommer die Arbeit auf dem Feld, im Winter das Spinnrad, schweigsam macht jeder seine Sache, kein Wort zu viel, bei Tisch löffelt man seine Suppe.

Ist man dazu auf der Welt, Pfarrer Tschudi?

Kurz ist die Zeit, lang die Ewigkeit, Frau. Träume sind nicht zu fassen. Greifst du nach ihnen, so verändern sie ihre Gestalt.

Der Fremde mit der anderen Welt im Blick. Von ihm erzählt sie dem Prädikanten nichts.

Im dritten Herbst war er vor der Hütte gestanden, hatte ein seltsames Kauderwelsch geredet, ein Glas Milch verlangt.

Wo er herkomme? Aus Treviso.

Ist das in Italien? Ja.

Liegt das nahe bei Venedig?

Venedig? Jaja.

Was er mache, hier im Tierfehd?

Er zeigte zur Limmernalp hinauf. Öffnete unter ihren neugierigen Blicken eine Botanisierbüchse, zwei Leinensäckchen. Getrocknete Kräuter waren darin, Wurzeln.

Für Schnaps? Für Salben? Für Tee?

Er nickte bei jedem ihrer Worte, lachte mit den Augen.

Sie lachte zurück, kurz nur, aber noch Tage danach erinnerte sie sich mit Wohlgefallen an das breitflächige Gesicht mit den dunklen Augen.

Ebel schaute, wie die Frau neben ihm, gedankenverloren zu den Bergwänden hinauf, schrieb dann unter die Sätze des Prädikanten: *Wenn Lavaters These zutrifft, so haben die Weiber Macht, mit ihren Wünschen, Verwünschungen alles zu verändern. Während wir glauben, wir hielten die Welt mit unseren Geschäften im Griff, entgleitet sie uns, weil die Weiber sie mit den Ausgeburten ihrer Träume und Vorstellungen bevölkern.*

Später, als der Riese am Spinnrad saß, setzte sich Ebel mit seinem Notizbuch zu ihm, fragte, wann er denn akkreditiert worden sei in Ludwigsburg.

Erst im Dezember 1765, sagte Thut. Er habe zwischendurch noch einmal ins Glarnerland zurück müssen, seiner Frau sei es schlecht gegangen, Zeit sei darüber verronnen, auch habe er mit einem Glarner Kaufmann nochmals eine Reise nach Holland gemacht.

Bei der Akkreditierung habe er auf den Titel Hofriese oder Kammerriese gehofft, statt dessen habe er den Eintrag erhalten: *Melchior Thut, Kammertürke. Ein Riese.* Warum denn Türke?, habe er den Geheimkämmerer Bellecombe gefragt.

Da habe Bellecombe nur die Schultern gezuckt, gesagt: Heiducken, Mohren, Türken. Das passe für Diener.

In den ersten Wochen in Ludwigsburg hatte Thut abends, mit einem brennenden Leuchter in der Hand, oben an der Treppe des alten Schlossteils gestanden, von diesem Platz aus konnte er das Kommen und Gehen der zu den Abendgesellschaften aufgeputzten Damen und Herren sehen, er hörte ihre summenden, erregten Stimmen, das Gelächter, die überlebensgroßen Steinfiguren an den Wänden warfen geheimnisvolle Schatten. Diesen bevorzugten Standort hatte ihm eines Abends der Kammerportier Boll streitig gemacht, er sei, vor Thuts Ankunft, immer da gestanden, zudem sei ein Riese als Lichtträger zu groß, es sei denn, er zünde Kerzen an für die Spinnen? Dies hatte nicht kämpferisch, eher heiter getönt, in weichem, für Thuts Ohren anheimelndem schwäbischen Dialekt, und Thut hatte darauf, nach einem Blick in Bolls offenes, fast bäuerisches Gesicht, ihm den Platz ohne Groll überlassen. Wir können ja abwechseln, Riese, hatte Boll vorgeschlagen.

Wie Boll müsse man es machen, hatte Hartmann gesagt. Der setze sich auch bei den Oberen durch.

Pass auf, Melchior, lass dich bei der Akkreditierung nicht mit einem billigen Lohn abspeisen. Die Ansätze sind willkürlich, je nachdem, wie stark einer die Ellbogen zeigt. Vor allem: Lass dich nicht auf später vertrösten, auf eine Gehaltserhöhung am Sankt-Nimmerleins-Tag! Am schlimmsten ist der alte Anschütz dran, mit seiner Doppelaufgabe als Kammerlakai und Leibschneider hat er alle Hände voll zu tun und verdient seit dreiundzwanzig Jahren bloß seine hundert Gulden! Neulich hat er wieder um Erhöhung gebeten, da hat man ihm lachend ins Gesicht gesagt, er sei hohlwangig und klapprig, brauche nicht mehr viel!

In der Herzoglichen Rentkammer sagte man Thut,

sein Lohn sei um hundertfünfzig Gulden im Jahr, ein Lakai habe nur hundert, ein Hofwächter fünfzig. Leute von besonderer Wichtigkeit, wie der Hofkaplan und der Friseur Pottot, kämen auf dreihundert. Am wenigsten Lohn springe für die Mägde heraus, in die erste Gehaltsklasse mit siebzig Gulden käme eine nur nach vielen Dienstjahren, die meisten seien in der zweiten Klasse mit vierzig oder in der dritten Klasse mit fünfundzwanzig Gulden, die Hofwäscherin müsse mit fünfzehn Gulden jährlich auskommen!

Der Riese fordere also mehr als das Übliche? Dann müsse er ein Gesuch stellen.

In der Herzoglichen Schreiberei, einer Stube voller Folianten, stickiger Luft, stand eine kleine, rundliche Frau vor dem Pult, sie schaute mit gerötetem Gesicht, kleinen, zornigen Augen zu dem erhöht sitzenden Schreiber auf. Laut und schnell brachte sie ihre Klagen vor, beim Sprechen fuhren ihre roten, bis zum Ellbogen entblößten Arme rudernd durch die Luft. Immer mehr Offiziere quartiere man ein, überall müsse sie die Nachttöpfe leeren, treppauf, treppab, in anderen Schlössern, habe sie gehört, gebe es Abtritte oder Notdurftkabinette, warum habe man solches in einem ganz neuen, mit tausenderlei Kostbarkeiten ausgestalteten Schloss nicht vorgesehen? Sie schaffe ihre Arbeit nicht mehr allein, brauche eine Zulage.

Der Schreiber, ein langer, pockennarbiger Mensch, hörte sie gelangweilt an. Sie rede wie ein Wasserfall, sagte er gedehnt und kratzte sich mit dem Gänsekiel unter dem Haarbeutel. So könne er ihre Klagen unmöglich zu Papier bringen.

Sie habe, wie alle Landeskinder, das Recht, ein Gesuch zu stellen, schrie sie.

Alles muss seine Form haben, Frau. Beginnt noch einmal, fasst euch kurz.

Sie begann von vorne, stoßweise, ab und zu hielt sie inne und schniefte, fuhr mit den Zipfeln des Kopftuchs unter der roten, aufgedunsenen Nase durch. Als nichts mehr kam, der Mund nur noch ein paarmal stumm schnappte, beugte sich der Schreiber über den Folianten, schrieb, laut vor sich hin murmelnd, mit quietschender Feder.

Thut hatte die Frau vormittags im Corps de logis beim Leeren der Nachtgeschirre gesehen, Hafnerin hieß sie, es war also ihr wirklicher Name, er hatte gedacht, man nenne sie so nach ihrer Tätigkeit. Nach einer Weile sagte der Schreiber, mit einem Seitenblick auf Thut, er wolle jetzt das Gesuch vorlesen, sie solle sagen, ob sie damit einverstanden sei. Jedes Gesuch, auch das einer Nachthafenleererin, müsse akkurat aufgesetzt sein, das beginne schon mit der Adresse:

Den Durchlauchtigsten Herzogen und Herrn Carl, Herzogen zu Württemberg und Theck, Grafen zu Mömpelgard, Herrn zu Heydenheim und Justingen; Ritter des goldenen Vlieses.

Meinem gnädigsten Herzogl. Hochlöblichen Herzog und Herrn, Ober-Marschallen-Amt,

Durchlauchtigster Herzog, gnädigster Herzog und Herr,

Ich, die Demüthigste Suppleantin, habe mich schon verschiedene Jahre hero in dem Herzogl. Schloss allhiery zu außleer- und außbuzung der oben vermeldten Nachtstuhlhäfen gebrauchen lassen, warvon ich von gnädigst hoher Herrschaft das gewöhnlich Wein und Brod täglich zu gaudieren gehabt; darum aber in verwichenem Sommer bey anwesenheit der Herzogi. Hofhaltung nicht nur die sonstige Anzahl der o. v. Nachtstühle vermehret; sondern auch wie die o. v. Sekrete vermauert. Besonders vor die Officiers und Garde Wacht, noch mehrere Nacht Stühle und Kübel hin und her wieder gesetzt; wardurch dann meine Arbeit vermehret worden, so, dass ich solche nimmer alleine praktiren können, sondern noch eine Persohn zu mir nehmen: und dieselbe de propriis belohnen müssen, mithin bey meinem vorigen Gehallt nimmer Subhitihren können; Also ergehet an Euer Herzogi. Durchlaucht meine ganz demüthigst angelegenlichste Bitte, mir zu einiger Indemnikation, eine hinlängliche Zulaage gnädigst angedeyhen und abreichen zu lassen.

Dero Gnädigsten Willfahr mich in Tiefster Ehrfurcht getroste,

Euer Herzogi. Durchlaucht
Demüthig gehorsamste Magd
sig. Anna Catharina Hafnerin.

Nachdem sich die Hafnerin mit dem Aufgesetzten zufrieden gezeigt und sich in ihren grauen, lumpenartigen, übereinander gezogenen Röcken aus der Stube entfernt hatte, war es an Thut, sein Anliegen vorzubringen.

In der Rentkammer habe man ihm gesagt, sein Gehalt werde bei der Akkreditierung auf hundertfünfzig Gulden jährlich festgesetzt. Er aber bitte den Schreiber Kolb höflich, ein Gesuch um ein höheres Gehalt zu stellen.

Er begehre wohl einen Riesenlohn? Der Schreiber lachte und begann mit dem Kiel seine Fingernägel zu putzen. Wie viel er den wolle?

Das gleiche Gehalt wie Boll.

Er könne ein derartiges Schreiben wohl aufsetzen, nicht aber für den Erfolg garantieren, murmelte Kolb und langte nach dem Federkiel hinter dem linken Ohr. Er verdiene auch nicht mehr als hundertfünfzig Gulden, ein Riese sei er allerdings nicht!

Das Gesuch hatte Erfolg. Im »Special-Resolutionen und Decreten«-Buch der Herzoglichen Rentkammer ist unter fol. 142 folgender Eintrag zu lesen:

Dutt
Cammer Türck
Demnach Unseres gnädigsten Fürsten und Herrn Herzoglichen Durchlaucht einen Schweizer, nahmens Melchior Dutt aus dem Canton Glaris als Cammer Türcken gnädigst angenommen, und ihm die nehmliche Besoldung in qualiet quanto, wie solche einer der beiden Cammer Portiers Domick und Boll zu genießen hat, gnädigst beyzulegen geruhet; als wird solches dem Herzoglichen Renthkammer Collegio zur weiteren Verfügung hiemit in Gnaden angefüget.
Decretum Stuttgardt den 6t. December 1765

Am Jahresende, bei den Festlichkeiten, hatte Thut in seiner schönen neuen Uniform Beachtung erregt, vor Tisch hatte Serenissimus ihn herbeigewinkt und sich nach seinen Personalien erkundigt.

Der Riese, durch die plötzliche Gunstbezeugung verlegen, starrte auf die herzogliche Perücke hinunter, auf das nach oben gehobene, wie mit Mehl bestäubte Gesicht, die lurchig hervorquellenden Augen, die geblähten Nasenflügel mit den dunklen, behaarten Nasenhöhlen.

Serenissimus, auf der Brusthöhe des Kammertürken, murmelte: Wohlproportioniert, ein Hüne, gesund, jung, mit einem für Riesen unerwartet gefälligen Gesicht. Er steht meinem Hof wohl an.

Die Hofleute, in gebührendem Abstand, beobachteten das Paar: zwei auf unterschiedliche Art aus jedem gewöhnlichen Maß herausragende Männer.

Der Umstand, dass der Herzog, herablassende Worte murmelnd, zu seinem Diener emporblicken musste, wirkte komisch. Der Fürst, zusammengeschrumpft neben dem Riesen, ein pausbackiges, dümmliches Kind mit den nach oben gerichteten Kulleraugen, der hochgeschobenen Stirnhaut!

Man stieß sich mit den Ellbogen an, erstickte das aufsteigende Lachen hinter vorgehaltener Hand.

Der Herzog, sich des Grotesken der Situation bewusst werdend, sagte launisch: Merkt Euch, Thut, Ihr seid zwar der Längste, ich aber bin der Größte in meinem Reich!

Melchior nickte, wurde rot.

Der Herzog lachte, die umstehenden Höflinge applaudierten, Durchlaucht geruht, zum Jahreswechsel bei Laune zu sein.

Und jetzt küss meinen Ring, Riese.

Langsam, mit einiger Mühe, klappte Melchior zusammen, der Rumpf krümmte sich, Gelenke knackten, als bräche Holz, das sorgte bei den Hofleuten für neue Heiterkeit.

Beim langsamen Aufrichten traf es sich, dass sich Riese und Fürst Auge in Auge befanden, mit Beklemmung sah Melchior in den stahlblauen kalten Glanz, der Schauer einer Vorahnung ließ ihn frieren.

Unverschämt, tadelte später Bellecombe, ob ihm Hartmann nicht beigebracht habe, was sich gehöre? In der Nähe Seiner Gnaden, in der Sonne seiner Gunst, schlage ein Diener die Augen nieder!

Während des Festmahls, an der Wand stehend, die Hände auf dem Rücken verschränkt, kam sich Thut seltsam herausgehoben vor, ein Hof von sich wichtig nehmenden Zwergen, er sehnte sich nach den Bergen, die durch ihre Höhe ihm ein Gefühl von Menschenkleine geben konnten.

Der letzte Tag des Jahres blicke rückwärts, sagte Serenissimus nach dem Mahl, so wolle auch er am Hof für einmal die herrschende Ordnung umkehren, als aufgeklärter Fürst wolle er wissen, was seine Diener dächten!

Sie sollten frank und frei ihre Ansicht äußern über die Herrschaft, dürften sich etwas herausnehmen wie die Hofnarren in früheren Zeiten. Er, Hartmann, der Dienstälteste, beginne!

Hartmann wand sich, warf einen hilfesuchenden Blick zu den vergoldeten Rocaillen an der Wand. Solche Spielereien schätzte er nicht, in über zwanzig Jahren hatte er gelernt zu schweigen, nun wollte er sich nicht mit einem unbesonnenen Wort die in Aussicht stehende Pension verscherzen!

Oft genug hatte er erlebt, wie der Übermut des Herzogs schlagartig kippte, aus Scherz Ernst wurde, ein kleiner Spottvers, und flugs saß man wie Moser oder Rieger für Jahre in Arrest auf dem Hohentwiel!

Spreche Er, mahnte Bellecombe.

Hartmanns Blicke irrten über die Damen und Herren an der Festtafel. Schließlich blieben sie auf dem Dekolleté der Frau von Grieben haften, das bis zur Hälfte ihren dürren Busen freigab.

Offenheit ist nicht in jedem Fall zu empfehlen, sagte Hartmann mit näselnder Stimme, seine schweren Augenlider flatterten. Ich gestatte mir, das an der gnädigen Frau von Grieben zu sehen …

Stürmische Heiterkeit bei den Hofleuten. Serenissimus applaudierte.

Angefeuert von diesem Erfolg, nahm Joseppo, der Hofmohr, eines der prächtigen Blumengestecke vom Tisch, stellte es mit einer Verbeugung vor das Dekolleté, so wetteiferten die schamroten Wangen der Frau von Grieben mit dem Rot der Rosen. Thomas, der zweite Hofmohr, stülpte sich eine leere Suppenschüssel auf den Kopf, ruckte den Hals, warf schmachtende Samtblicke.

Die Toscani, die mit einem schüsselähnlichen Kopfputz dasaß, fühlte sich erkannt, der Herzog ließ den Spaß, obwohl die Favoritin schmollte, ohne Rüge durchgehen.

Dem Hofzwerg fiel nichts ein, mit einem Anlauf sprang er den sitzenden Herzog von hinten an, blieb an seinem Nacken festgeklammert wie ein Affe, von dort aus warf er, nach allen Richtungen feixend, Kusshände zu den Damen.

Sein Gesicht war greisenhaft verkniffen, der Mund, zum Kuss gespitzt, eine Schnute.

Angewidert schüttelte ihn der Herzog von seinem Hals. Ein Zeichen mit dem ringgeschmückten Finger: Jetzt, Riese, seid Ihr dran. Gesteht, was Ihr vorhin, dort an der Wand stehend, gedacht habt!

Thut sagte: Er habe sich vorgestellt, er, der Diener, sei der einzig Normale, Serenissimus hingegen mit den speisenden Damen und Herren Zwerge! Es habe ihn belustigt, ihnen zuzuschauen, ihrem Hantieren mit Gabeln, Messern, ihren überdrehten Gesten. Ein überspanntes Wichtelvolk, beladen mit Glitzer!

Hartmann, dem Thuts Rede allzu gewagt vorgekommen war, schaute auf die Stirn des Herrschers, suchte dort ängstlich nach den bekannten Zeichen des herzoglichen Unmuts.

Aber Durchlaucht sagte, der Riese beweise Geist und Witz, Gaben, die sich sonst nicht unbedingt mit Körpergröße zu paaren pflegten!

Seine Vision erinnere ihn an Zar Peter. Der habe sich den Spaß geleistet, auf der ganzen Welt nach Zwergen zu suchen, siebzig Paare habe er schließlich an den russischen Hof gerufen, Zwergenhochzeit feiern lassen.

Siebzig Paare! Ein Märchen!

Thut sieht sie vor sich: Behände Beinchen, wie von Käfern, zappeln über einen ausgerollten roten Teppich. Siebzig Zwergenfräulein erröten, hauchen das Jawort. Wichtelhochzeitstafel mit fingerhutgroßen Weingläsern, Leckerbissen auf Erdbeerblättern.

Nicht satt sehen können habe sich der Zar an den

putzigen Gesichtern, den zappeligen Bewegungen, erzählt der Herzog später bei Tisch, er habe die kleinen Menschen beobachtet bei ihren zwergischen Umarmungen, den Liebesschwüren; Liebe, Trauer, Freude, alles auf Puppenmaß.

Beim Festmahl hatte Thut ab und zu hinter Fächern, üppigen Gedecken den verstohlenen Blick einer Frau gespürt, er sah stattlich aus in der höfischen Kleidung, mit glatt rasiertem Gesicht, das Haar weiß gepudert und nach der Mode zu einem Zopf frisiert, mit fingerlangen Rollen links und rechts über den Ohren, die Hautfarbe rosig durchpulst, die strenge Nase edel, der volllippige Mund geistreich, das Auge wach. Als Lavater den Kammertürken in Zürich ein paar Jahre später mit Samtkragen, Spitzenjabot malen ließ, notierte der Physiognome neben dem in zarten Farben erstellten Konterfei: *Wäre der Untertheil des Gesichts so lang und so schwer nicht – wer könnt' an dem Verstande der Stirn, des Augs und der Augbrauen zweifeln? – Der Mund ist bescheiden – und witzig die Nase.*

Melchior hatte bedauert, dass später, da die Farben nicht gedruckt werden konnten, nicht dieses pastellzarte Bild, sondern ein strengeres Kupfer in die »Physiognomischen Fragmente« kam.

Die Blicke der Damen, teils verstohlen, teils unverschämt, verwirrten ihn, da saß auch unter den Opernsängerinnen eine neue, dunkelhaarige, deren Augen ihm gefielen, ein Stich ging ihm durchs Herz, er dachte an seine Frau.

Auch Wochen nach der Hochzeit war Anna Margreth verschüchtert, eine kleine vor Angst zuckende Maus, gefangen in diesem Felsloch. Der Bruder und die Schwägerin sparten nicht mit verächtlichen Bemerkungen, nur Magdalena, die Mutter, meinte, das werde sich geben, auch sie habe als junge Frau die Enge des Talbodens bedrückt.

Es gab sich nicht, noch nach Monaten ging Anna Margreth wie eine Fremde im Tierfehd umher, huschend, fröstelnd, auch im Sommer trug sie den Wollschal.

Melchior hatte seine Abreise nun mehr als ein Jahr hinausgezögert.

Was wartest du?, fragte der Bruder, wir stehen uns hier auf den Füßen herum.

Mit Anna wird es nicht besser, sagte die Schwägerin, merkst du es nicht? Du bist es, der ihr Angst macht.

Thut trat auf den Vorplatz, wo seine Frau in der bleichen Sonne am Spinnrad saß, ihr Gesicht war durchscheinend geworden, die mageren Schultern zuckten unter dem Schal.

Stimmt es, was sie sagen, du hast Angst vor mir?

Sie verneinte, schluchzte.

Er streckte seine Rechte nach ihrer Hand aus, zuckend, winzig wie ein Vögelchen lag sie in der seinen, sie zog sie gleich wieder fort.

Gewöhnst dich nicht?

Sie schüttelte den Kopf, presste den Mund zusammen.

Im April musste Melchior die mit Schneeflecken gesprenkelten Wiesen düngen, im Mai trieb man die

Tiere hinaus, im Juni kam der erste große Schnitt, so verfloss die Zeit.

Gegen den Sommer hin stellte sich Nacht über Nacht der Traum wieder ein: Er wachse, fülle das Haus aus, vor den Fensterschlitzen Menschen, die ihn mit Sensen und Dreschflegeln bedrohten, jedes Mal schwang er sich in hastiger Flucht in die Esche, schweißgebadet erwachte er.

Eines Morgens sagte er: Ich glaube, ich gehe.

So geh endlich, sagte die Schwägerin.

Abends fragte Melchior seine Frau: Ist es gut, wenn ich dich alleinlasse?

Sie weinte: Sie wolle zu den Eltern nach Linthal zurück.

Lass sie ziehen, sagte Magdalena. Sie stirbt sonst hier.

Melchior begleitete sie bis zum Haus des Wachtmeisters im Oberdorf, er wagte die Hütte der Schwiegereltern nicht zu betreten, das Holz war altersschwarz, die Treppen schief.

Wenn ich im Württembergischen Geld mache, kaufe ich uns ein Haus, versprach er. Dann leben nur wir zwei drin, und alles wird gut sein. Auf später denn, Anna Margreth.

Er wollte sie küssen, aber ihre Mundwinkel bebten.

Sie war zerbrechlich geworden, er befürchtete, seine Umarmung könnte sie verletzen.

Der Riese sitzt im Baum, unter dem Gefieder der Eschenblätter, der Schmerz klumpt sich zusammen, drückt in der Magengrube.

Ich fürchte mich wie du, Anna Margreth.

Schau, wie mein kleines Ich in diesem viel zu großen Körper kauert, verschüchtert kauert es, blickt hilfesuchend aus den Aug- und Nasenlöchern.

Ein Herz, auf Menschenmaß gemacht, kann diesen Körper nicht durchpulsen, nicht durchwärmen.

Anna Margreth, was rennst du davon?

Ein Wort müsste es geben, das erlöst.

Der Riese, im Zwielicht, wird eins mit den schlangenartig gewundenen lehmdunklen Zweigen.

Sein Herzschlag wird ruhiger, er hört das Kreisen der Säfte im Baumholz, das Wachsen der Schatten.

Das stumme Einverständnis der Dinge in der Dämmerung.

Einschwingen muss der Mensch sich auf diesen Klang.

9

Alles jauchzet, alles frohloket hey dem Leben eines so guten, eines so huldreichen Fürsten. Der geringste und ärmste Seiner Unterthanen hat die überzeugendste und erfreulichste Probe hievon, da ihm die Huld seines Fürsten einen beständig freyen Zutritt zu Seiner höchsten Person geöffnet hat, und jeder die unschäzbare Freyheit genießet, seine Noth bey Ihm, wie in den Schoos eines Vaters, auszuschütten ... Wie aber einzelne einer so beglükenden Huld gewürdiget werden, so genießen noch vielmehr ganze Gemeinden und Bürgerschaften der herrlichsten Früchte Seiner väterlichen Vorsorge. Die unbeschützteste und wehrloseste Wohnung des Landmanns erhalten von Seinem wachsamen Schuze eine ungestörte Sicherheit; und der von den Geschäften seines Tagwerks ermüdete Arbeiter legt sich in der unverwahrten Hütte ohne Sorge zur Ruhe, weil Carls Auge wachet ...

Pass auf, Riese, unter den schönen Worten fliegen Pfeile durch die Luft, bück dich!, flüstert der Kammerdiener Boll. Am ersten Tag des Jahres hört sich der Herzog inmitten von Rocaillen, Spiegeln die Reden der Gratulanten an, Satzgirlanden aus gedrechselten, spiegelnden Wörtern.

Die Landeskinder schauen auf die Stirn des Herrschers, versuchen Launen, Gemütsschwankungen zu erraten. So hat der Riese jeden Morgen zum Selbsanft geschaut, das Wetter ließ sich ablesen an der violetten oder rauchbraunen Färbung der Felsabstürze, an der Festigkeit oder Porosität der Wände; Nebelstreifen, Nebelhüte, Nebeldegen verrieten Föhn, Regen, Wetterumschlag.

Unter die Gratulanten haben sich, trotz des strikten Verbots des Zeremonienmeisters, Bittsteller gemischt, auch die Delegationen verstecken in ihren verschachtelten Schnörkelsätzen Vorwürfe, Klagen.

So wagt es ein Abgeordneter aus Leonberg, den allerdurchlauchtigsten Herzog untertänigst auf das Loch in den Kassen aufmerksam zu machen. Ein Offizier klagt, seit Monaten sei man mit dem Sold im Rückstand, er darbe. Bolls Schwager Joachim vom Landforstamt, auch er unter den Gratulanten, wirbelt, wie er an die Reihe kommt, buntes Wortlaub auf, ein Dorfschullehrer hat die Sätze für einen Achtelgulden aufgesetzt, wochenlang gedrechselt, unvermutet holt er zur Attacke aus: Die Wälder seien in einem lamentablen Zustand, zu Tausenden habe man Bäume ausgegraben und in Frondienst zur Solitude gebracht, dann ein zügelloses Schlagen, um leere Kassen zu füllen.

Der Zeremonienmeister setzt der Rede mit dreimaligem Aufschlagen des Stabs ein vorzeitiges Ende.

Die Stirn des Herzogs hat sich verdüstert, sein Kinn stülpt sich vor, sieht aus wie gemeißelt. Mit Unwillen schaut er auf die Reihe der Gratulanten und Supplikanten, das Ende ist nicht abzusehen, immer mehr quellen durch die Türe.

Auf seinen Wink hin prüfen Beamte die Gesichter, entfernen unhöfisch gekleidete Leute, Unzufriedene, von denen man Störung vermutet.

Nur verkleidet erhält die Wahrheit Zugang.

Philemon und Baucis, die artig knicksen, im Duett zierliche Alexandriner singen, plötzlich reißen sie ihre Vermummung weg, geben sich als Verwandte des auf der Festung Hohentwiel eingekerkerten Oberst Rieger zu erkennen. Am helllichten Tag habe man ihm im Kreis seiner Offiziere Hut und Fangschnüre abgerissen, den Degen zerbrochen, ihn ohne Gerichtsverfahren eingekerkert. Nun liege er schon drei Jahre im Verlies, der durchlauchtigste Herzog möge nun, wie versprochen, den Fall untersuchen, dann werde sich der verhängnisvolle konspirative Brief als Fälschung erweisen. Dass man im Volk den herzoglichen Berater Montmartin für den Fälscher hält, wird nicht ausgesprochen, Hofprediger Fischer, Riegers Schwiegervater und Mitglied im Großen Ausschuss, tritt vor, berichtet, der Gefangene sei in sich gegangen, empfinde, trotz der Unschuld, keinen Hass. Er bitte Seine Durchlaucht, Rieger freizulassen, ihn nicht so lange schmachten zu lassen wie den Landkonsulenten Moser, den man, über sechzig Jahre alt, erst vor anderthalb Jahren von den Ketten befreit habe.

Betretenes Schweigen.

Der Herzog gerät nicht, wie sonst, in Rage, wohlunterrichtet über die geheimen Ströme der Unzufriedenheit im Land, hat er mit einem Zwischenfall gerechnet, auf einen Wink hin wird die Verlautbarung aus Montmartins Feder verlesen, die schon nach dem Fall Moser an die Öffentlichkeit gedrungen ist: … *dass des Herzogs zärtliches Fürstenherz unermüdet in huldreichster Obsorge für das Wohl der Untertanen wache, dass Liebe und Friede sich im Land küssten und jeder unter dem Feigenbaum der göttlichen Obhut das Seinige in Ruhe genießen könne; Serenissimus sei daher nicht geneigt, von Dero unabänderlich gefassten höchsten Willensäußerung jemals abzuweichen …*

Der Zug der Diener rückt vor, einer Ordre entsprechend sollen sie stumm, mit einer Verbeugung, einem Knicks nur, ihre Aufwartung machen.

Allzu viel Zeit vom neuen Jahr ist schon verstrichen, die mit Genien dekorierte Glocke schlägt die Stunde. Die Zeit, blind für Hierarchie, vergeht für den Taglöhner gleich schnell wie für den Herrn; Sekunden, Minuten, Tage rieseln, von ihren Lebensjahren sollten ihm die Landeskinder schenken, lang ist die Liste der Amüsements für den Herrn, kurz das Leben.

Schnell also vorbei mit dem Defilee der Leibpagen, Kammerdiener, Husaren, Portiers, Saalknechte, Läufer, Heiducken, der Mohren, Mundschenke, Kaffeesieder, Jagdjunker, Jagdpagen, der Spießjungen, Dachsknechte, Bluthundsknechte, der Windmeister, Wildheger, Büchsenspanner, Falkner, der Hasenhüter, Hasenvögte, Fasanenknechte, der Trüffelgärtner. Der Zeremonienmeister und seine Gehilfen prüfen die Gesichter, winken diesen oder jenen aus der Reihe heraus, Leute, die des Herzogs schönheitshungriges Auge beleidigen könnten oder bekannt sind für ihr ewiges Lamentieren, sagt der Geheimkämmerer. Unter den Aussortierten sind der alte Kammerdiener Anschütz, die Wäscherin Renz, die Nachthafenleererin Catharina Hafner.

Bolls Schwager kam nach der Zeremonie ins Dienergemach, vor Boll und Thut machte er mit erregten Worten seinem Unwillen Luft. Nicht nur die Soldaten und Offiziere, auch er habe lange keinen Lohn mehr gesehen, dem Oberforstmeister sei bedeutet worden, er und seine Angestellten hätten sich durch *außerordentliches Holzschlagen* bezahlt zu machen!

Und dies, nachdem man sich über Forst- und Jagdfronen, Verwüstung der Gemeindewaldungen, Plünderung der Gemeindewälder beschwert habe.

Die Landschaft habe diese und andere Gravamina gesammelt, die Klageschrift über das verfassungswidrige Verhalten des Herzogs an den Reichshofrat nach Wien geschickt.

Joachims unter Wülsten versteckte Augen funkelten, die Narbe hatte sich rot gefärbt, wie ein blutiger Kratzer zog sie sich von der Schläfe zum Schlüsselbein. Der Reichshofrat habe der Landschaft in vielem recht gegeben, Grund für die Stuttgarter, die unrechtmäßige Monatssteuer zu verweigern! Der Herzog, in Rage, habe daraufhin die Residenz nach Ludwigsburg verlegt.

Am Landtag habe sich der Landesherr die Klagen nur mit halbem Ohr angehört, sich foutiert um die Soldansprüche der Offiziere. Holz müsse man schlagen, habe er geantwortet. Und wohin fließt der Erlös? Zu den Tänzern und Operisten!

Er ließ seine Hand in die Joppentasche gleiten, zog ein Zeitungsblatt hervor, las:

Avertissements der Winterlustbarkeiten 1766: Als neuer Kunstzweig des Theaters die Opera buffa aus Venedig, und zur Karnevalszeit wird der Tanzgott Gaetano Vestris wieder aus Paris kommen, coûte que coûte, neuerdings verlangt er für drei Monate 40000 Gulden, einen herzoglichen Wagen, täglich ein Gedeck von sechs Gerichten!

Irgendwo in deinem Riesenkörper muss es nicht geheuer sein, Thut, wie erklärst du dir sonst diesen schmerzhaft ziehenden Sog. Träume ziehen durch dich hindurch wie der Nachtzug der Unsichtbaren im winterlichen Tierfehd. Da nützen keine Wände, die du dir aufbaust, kein Appell an die Vernunft, das Sichschicken, das Gute-Miene-zum-bösen-Spiel-Machen.

Die junge Frau, die ihm aufgefallen ist beim Silvestermahl, steht plötzlich auf der Bühne. Vom Parterre des Theaters aus, aus der Froschperspektive, erscheint sie größer als in Wirklichkeit. Klassisch gefältelt, weiß das Gewand, das Oval des Gesichts blass, künstliche Wolken jagen hinter ihr dahin.

Thut stiehlt sich, sooft es seine Arbeit zulässt, in das für die Diener frei gehaltene Parterre, eine dunkle muschelförmige Grotte. Unter dem gluckenhaften Dach dieser mit Ziegeln bedeckten kolossalen Holzkonstruktion hegt der Herzog seine Träume, lässt sie in Szene setzen von teuer bezahlten, aus allen Kunstmetropolen gerufenen Traumfrauen, Traummännern.

Jomelli gibt ihnen Melodien, Servandoni die Architektur, die Maschinisten Keim und Spindler sind dafür verantwortlich, dass Wolken und Amor mit Flaschenzügen gehoben und mittels eigens konstruierter Maschinen bewegt werden können, auch Schlosstore, Pferde, Feuer, Blitze.

Ludwigsburg, eine perfekte Illusion.

Schlafwandlerisch nimmt man sie hin, erwachen ist gegen die Spielregel.

Im Halbdunkel, an eine der Marmorsäulen gelehnt, hört Thut die junge dunkelhaarige Frau singen, sie ist die Thalia im Stück »Il matrimonio per concorso«.

Über Thuts Kopf, in den vier Galerien, lauschen die Hofleute hingerissen den klaren, wie schwebenden Koloraturen. Mademoiselle Caterina Bonafini: sechzehn Jahre alt, aus dem venezianischen Marktflecken Lendinara. Schon als Kind soll sie in Singspielen aufgetreten sein, im Theater San Moyse in Venedig, an Christi Himmelfahrt, an den Volksfesten.

Eine reine, mühelos ansteigende Stimme.

Thut ist, als hörte er Vogelstimmen an der Linth, die Helligkeit der Berge, beschworen durch die anmutige Heiterkeit dieser Frau, ihr dunkler, wie von innen kommender Blick bewegt ihn.

Er drückt sich fester an die Säule, verschmilzt mit ihrem Schatten.

Ein mit den Schultern zuckender, schluchzender Riese, wie lächerlich.

Einmal hat Vögeli ihn in Amsterdam weinen gesehen. Schau mal an, hatte er erstaunt ausgerufen, du hast Gefühle wie unsereins? Du bist also ein gewöhnlicher Mensch, inwendig, meine ich? Das hätte ich nicht gedacht.

10

Die Toten sind mächtig. Zwar unsichtbar, aber wirklicher als die Lebendigen, die noch sterben müssen, sagt Samuel.

Er wolle in der Kutsche des Prädikanten mitfahren. Nur bis Schwanden.

Seine jüngste Schwester, jahrelang ans Bett gefesselt, sei dort gestorben, werde übermorgen beerdigt.

Die Schatten ziehen die Farben aus den Tagdingen.

Die Konturen sehen im Zwielicht verwischt aus.

Wenn wir tot sind, was geschieht mit uns?, hatte der Knabe Melchior Samuel gefragt. Müssen wir dann mit dem Wilden Heer reiten? Wird die Seele in einen verwachsenen Baum gesperrt?

Samuel schüttelt den Kopf: Das sind die Unerlösten. Die Erlösten gehen zu Gott ins Licht.

Das Leben ist kurz, hat Pfarrer Tschudi im Unterricht gesagt. Denkt immer, wenn ihr etwas tut: Es könnte das letzte Mal sein.

Gibt es Scheintote, Samuel?

Mehr Scheinlebendige, Melchior.

Mit jeder Umdrehung der Räder verändert sich das Bild: Bergwände, in der Föhnluft durchscheinend geworden, schieben sich zusammen. Eine papierene

Wirklichkeit, die zusammenfallen kann beim nächsten Wind.

Der Prädikant saß Thut gegenüber. Er war über dem Rattern des Wagens eingeschlafen, sein Kopf sank auf die Brust, die Hände hielten die Mappe fest, in der die Befragung der Riesengebärerin festgehalten war.

In Glarus läutete die Mittagsglocke, die Straßen und Plätze des Fleckens gähnend vor Leere, überdimensional in ihrer Stattlichkeit. Der Himmel hatte sich aufgehellt, Wolken zogen über den Glärnisch hin. Die Pyramide des Vorderglärnisch, dunkler, schroffer als die des Selbsanft, nahm sich Ebel vor zu skizzieren.

Der Kutscher hielt vor der Haustür des Dr. Marti.

Eine Magd führte Ebel und den Riesen durch einen mit Essensdüften gefüllten Flur. Im Besuchszimmer, wo sie eine Weile mit knurrenden Mägen warteten, stand ein Kanapee und eine in Glaskästen zur Schau gestellte Mineraliensammlung. Nach einer Weile kam der Arzt aus dem Esszimmer, Spuren einer fettigen Mahlzeit am Kinn, das Mundtuch hing ihm noch am Hals. Zu Ebels Enttäuschung nahm Dr. Marti nur flüchtig Notiz von dem Riesen. Gewiss, er wolle ihn untersuchen. Aber erst morgen in der Früh. Er müsse fort, zu einem ganz Glarus in Atem haltenden Fall. Zum neunjährigen Töchterchen des Arztkollegen und Fünferrichters Tschudi. Es habe eine seltsame Krankheit: Paroxismen, Anfälle des Delirii und Convulsionen, seit Wochen spucke es spitze Gegenstände: Stecknadeln, Nägel. Er habe das Kind vor einer Ehrenkommission nochmals zu untersuchen, ein Visum und Repertum habe er schon ausgestellt.

Ein merkwürdiger Casus. Ebel schüttelte erstaunt den Kopf. Ob er Ursachen, Natur und Beschaffenheit dieser Krankheit kenne?

Marti, ein Vierziger mit ergrautem, wuchtigem Kopf, fülliger Gestalt, warf einen zerstreuten, kurzsichtigen Blick auf den Studenten. Er wolle sich nicht von Aberglauben leiten lassen, sagte er, aber der Verdacht dränge sich auf, Tschudis Magd habe diese Krankheit durch Böswilligkeit verursacht, seit Wochen verhöre man sie im Rathaus.

Im Gasthaus Zum Adler, wo Ebel und Thut zum Mittagsmahl einkehrten, hörten sie über den Fall reden. Ganz Glarus sei in Aufregung, sagte auf Ebels Frage der Wirt. Die Magd, Anna Göldin heiße sie, werde heute Nachmittag dem Scharfrichter vorgeführt, er wolle ihr vor dem Rathaus die »Instrumenta« zeigen: Daumenschrauben, Foltersteine, die »Fiduculae«, ein Halsband mit nach innen gerichteten Stacheln, Zangen. Davon erhoffe man ein Geständnis.

An den Nebentischen verstummten die Gespräche, alles hörte dem Wirt zu, der mit genüsslicher Ausführlichkeit den Fremden Umstände und Merkwürdigkeit des Falls zu schildern begann.

Ein Mann am Nebentisch, der Ebel aufgefallen war durch vornehme Kleidung, ein kluges, breitflächiges Gesicht, brachte den Redefluss zum Verstummen. Bedächtig sagte er: Eine Hexe in einer Zeit, die sich für illuminiert hält! In einer Zeit, wo die großen Aufklärer Lessing, Voltaire, Bayle, Rousseau schon tot sind! Es könnte, fürchte ich, die letzte von einem offiziellen Gericht verurteilte Hexe in Europa werden, für Glarus ein trauriger Ruhm!

Als Ebel und Thut nach dem Essen hinaustraten, hatte sich vor dem Rathaus schon eine Menge Neugieriger versammelt, in der Mitte hatte man eine Gasse freigelassen für die Delinquentin. Ein paar Kinder spannten einen Stolperdraht für die Hexe.

Im Rathaus ging eine Tür auf. Der Weibel erschien und schaute stirnrunzelnd auf die wartende Menge.

Die Hexe kommt, rief eine Frau.

Der Weibel verschwand nochmals im Inneren, man hörte die Eisenkette rasseln.

Das Teufelsweib. Man muss es in die Ketten legen.

Dann führte der Weibel Anna Göldin durch die Gasse der Neugierigen. Er führte sie wie einen Tanzbär an der Kette. Sie ging mit unsicheren, torkelnden Schritten.

Eine Frau spuckte vor ihr aus.

Anna sah sie an, ruhig, ohne Zorn. Ihre Blicke streiften die Menschenmauer, genüsslich verengte Augen, hämische Mundwinkel.

Dann sah sie erstaunt, in einsamer Höhe, das Gesicht des Riesen.

Ihre Blicke begegneten sich.

Als sich die Menge zu zerstreuen begann, tat Thut einen Fehltritt, im Fallen riss er zwei Männer zu Boden. Er hatte zum Vordach des Rathauses geschaut, wo eine ausgespannte Bärenhaut hing, dabei den Stolperdraht übersehen.

Die Kinder kreischten vor Entzücken, er aber zitterte.

Umständlich, unter dem Gelächter der Umstehenden, rappelte er sich auf. In seiner Brust verkrampfte sich etwas.

Zu klein, zu ängstlich dieses gewöhnliche Menschenherz für diesen überlangen, allen Blicken ausgesetzten Körper.

Nachts auf dem Strohsack, in der Kammer seiner Verwandten, überlegte Thut:

Die Augen der Magd sind mir bekannt, diese dunklen, wie von einem inneren Feuer brennenden Pupillen.

Die Augen der Bonafini.

Seit der Theateraufführung haben sie sich eingebrannt in seine Tage, Nächte.

Hinter einem Vorhang im Corps de logis hat der Riese beobachtet, dass die Demoiselle in der »Wurst« sitzt, dem nach seiner Form so benannten Jagdwagen des Herzogs. Serenissimus verlangt, dass der neuaufgegangene Stern ihn begleite: Ausflüge, Reitpartien. Tage und Nächte in der Waldeinsamkeit der Solitude.

Das ist eben so, hat Boll zu Thut gesagt, die Achseln gezuckt. Die Herren nehmen sich seit jeher das Recht heraus, das Besondere für sich zu beanspruchen.

Alles, was funkelt, aus dem Gewöhnlichen herausragt, fällt ihnen auf. Erinnerst du dich an die Tochter des Landvertreters Schneider aus Kirchheim? Rote Haare hat sie gehabt, eine weiße, wie durchscheinende Haut. Der Herzog hat dem braven, in pietistischen Kreisen verkehrenden Mann zu verstehen gegeben, er fordere seine Tochter für drei Tage.

Sie ist verlobt, hat der Vater erschrocken abgewehrt.

Darauf Serenissimus: Er habe das Recht der ersten Nacht.

Der Vater ist nach Hause geritten, hat die Tochter in ein entlegenes Tal gebracht, wochenlang hat sie sich dort verstecken müssen. Erst um die Karnevalszeit, mit den neu eingetroffenen Figurantinnen aus Venedig und Paris, hat der Herzog die Rote vergessen.

Ende Februar wird es warm, die Kätzchen an den Weiden drängen aus den Knospen. Ein Scheinfrühling. Durch die blattlosen Bäume ahnt man entlegene Waldteile, der Himmel perlmuttfarben.

Eine Jagdgesellschaft in Masken.

Im Labyrinth der Taxushecken verlieren sich Jäger und Gejagte. Die antiquierten wallenden Gewänder verfangen sich in den Zweigen.

Rauschen in den Bosketten, Gelächter.

Vorjähriges Laub wirbelt auf, in der Ferne hört man eine Büchse knallen.

Thut sieht, was vor Dieneraugen hinter dem Schutz der Hecke versteckt bleiben soll: Jupiter in der Gestalt der Diana reißt Artemis das Hemd von der Schulter, die Maske fällt. Durchlaucht drückt die Bonafini ins Laub, ihre entblößte linke Brust, der zurückgebogene Hals, die Lippen zu unhörbarem Schrei geöffnet – ein Schreck durchfährt ihn, er dreht den Kopf, sieht hinter der nächsten Hecke ein anderes Paar, oh unselige Gabe der Übersicht!

Angstbilder dann hinter geschlossenen Lidern.

Jäger, die auf Weibsbilder schießen. Eine nackte, mit Blut besudelte tote Frau im Wald. Das Grab der vorjährigen Mätresse.

Zweiter Teil

Der Mensch ist ein großer Fasan in der Welt

Herta Müller

I

Um sieben Uhr morgens setzte sich Thut auf die Treppe vor Dr. Martis Haus, die Magd hatte ihn noch nicht eingelassen, der Herr müsse erst frühstücken. Das Morgenlicht zeichnete über den Dächern scharf Abstürze und Bänder des Glärnisch.

Nach einer Weile erhielt Thut Gesellschaft: ein jüngerer Mann in gelben Kniehosen, das eine Bein unförmig, mit einer Bandage umwickelt. Sein bestickter Rock und der Dreispitz, den er nach der Mode unter dem linken Arm trug, wirkten fremdländisch, aber der Dialekt verriet den Landsmann. Er sei Kaufmann, sagte er, das Jahr über mit bedruckten Kattunstoffen in England unterwegs. Ein Sturz vom Pferd in der Nähe von Hastings habe ihn fast zum Krüppel gemacht, Dr. Marti behandle das Bein mit einer von ihm selbst gemischten Salbe, er spüre deutliche Besserung. Sobald es das Bein zulasse, wolle er mit einer neuen Ladung Kattun nach England zurück. In Schwanden habe er die Eltern besucht, jetzt decke er sich in Glarus und Ennenda mit Ware ein.

Er ließ sich neben Thut auf der Treppe nieder und begann, ohne den Riesen anzustarren oder ihn mit lästigen Fragen über seinen Wuchs zu traktieren, ein Gespräch über den Missbrauch politischer Ämter im

Glarnerland. Die Landsgemeinde sei zu einer Farce geworden. Nur gewisse Familien hätten Macht, die Mehrheit des Volkes werde für dumm verkauft. Er selbst wäre gerne Arzt geworden, aber der Vater sei arm, und Stipendien flössen ja, so paradox dies sei, nur wieder den Herrensöhnen zu! Jetzt, mit zweiunddreißig Jahren, habe er den Wunsch begraben, das Leben eines Handelsmannes sei zwar unstet, aber nicht ohne Reiz!

Der Fremde lachte verbittert, die Falten, die sich scharf von den Nasenflügeln zu den Mundwinkeln eingruben, ließen ihn älter erscheinen.

Dann meinte er, Thut sei gewiss in der Welt herumgekommen, das merke man an den höflicheren Umgangsformen, der Art auch, wie er sich ausdrücke. Da komme ihn sicher Lust an, wieder einmal das enge Tal zu verlassen. Er sei ja noch im besten Alter, Mitte vierzig, schätze er. Thut solle nach der Untersuchung in den Adler kommen, bei einem Frühschoppen wolle er ihm einiges über England erzählen. Das interessiere ihn doch?

Die Magd öffnete einen Fensterflügel, winkte Thut, er könne hereinkommen.

Dr. Marti untersuchte ihn, sagte schließlich, die Rückenschmerzen seien eine Folge des übermäßigen Wuchses, er warne ihn davor, schwere Lasten zu tragen. Ein Riese habe oft keine Riesenkräfte! Gegen die Kopfschmerzen verordne er Aderlässe und Theriak. Die Aderlässe oder das Schröpfen mit Blutegeln könne ja der Student an ihm vornehmen, fügte er hinzu, denn Ebel, der im Gasthaus Zum Adler übernachtet hatte, war in diesem Moment ins Untersuchungszimmer getreten.

Dr. Marti zog den angehenden Kollegen sogleich, ohne weiter auf Thut zu achten, der beinah unbekleidet beim Medikamentenschrank stand, in ein Fachgespräch über den Heilwert gewisser Quellen. In Linthal gedenke er Bäder einzurichten, um das unter dem Braunwaldtal entspringende schwefelhaltige Wasser zu nutzen. Leute wie Thut sollten sich unter den Wasserfall stellen, das stärke den Organismus!

Das Skelett eines Riesenwüchsigen ist immer anfällig für Abnutzungserscheinungen, sagte Ebel. Er blickte zu dem nur mit einer Hose bekleideten Riesen hinüber. Ja, eine Brille oder ein Glas müssten erfunden werden, um durch menschliches Fleisch aufs Knochengerüst zu sehen, dieses Skelett interessiere ihn!

Dr. Marti nickte und betrachtete Thut. Plötzlich erhellte ein Gedanke sein Gesicht, Lachfalten schoben die Wangen zu Polstern zusammen.

Da habe er doch in einer Ärztezeitung eine verrückte Sache gelesen, sagte er zu Ebel.

In England gebe es einen irischen Riesen. Ganz jung noch, aber krank. Der bekannteste Londoner Chirurgus, Hunter, der sich um die Erforschung der Syphilis verdient gemacht habe, sei hinter dem Skelett des Riesen her. Er wolle es ihm für seine Sammlung abkaufen, schon zu Lebzeiten! Der Riese, schockiert über dieses Ansinnen, leide seither unter Verfolgungswahn. Er habe diesem Hunter – Jäger zu deutsch – mitteilen lassen, auch nach seinem Tod bekomme er das Skelett nicht, dafür sei gesorgt! Ganz England warte nun mit

Spannung auf das Ableben des Riesen und auf den Ausgang der Sache.

Die Magd musste inzwischen den Kaufmann hereingelassen haben, Thut hörte ihn hinter der Wand mit seinem Stock rastlos auf und ab gehen. Er hoffte sich endlich ankleiden und gehen zu können, aber Marti hatte nur noch Augen und Ohren für Ebel, der sich von Neuem in Eifer redete.

Die Vorlesungen in Frankfurt! Eine davon über Monstrosität. Winslow und Haller, schon in den Vierzigerjahren spezialisiert auf dieses Thema. Der Franzose Mairau habe darüber spekuliert, ob Gott, der doch alles so weise eingerichtet habe, die Entstehung der Monster dem Zufall überlassen habe. Oder seien Missbildungen ein Mahnzeichen Gottes? Gedanken, die wohl nicht abwegig seien. Habe er doch an der Universität erstaunliche Abbildungen gesehen: ein menschliches Wesen mit zwei Köpfen, vier Händen zum Beispiel, die unteren Leibesteile hätten diese Zwillinge miteinander teilen müssen. Manchmal habe das eine Gesicht Freude, das andere Trauer gezeigt, das eine habe geschlafen, das andere gewacht.

Marti stimmte zu: Auch auf den Jahrmärkten bekomme man oft erstaunliche Missbildungen zu sehen.

Er schaute endlich zu Thut hinüber, der frierend an der Wand stand. Mit einem Handzeichen bedeutete er ihm, er könne gehen.

Thut, der auf den Kaufmann warten wollte, setzte sich draußen auf die Treppe. Durch den geöffneten Fensterflügel hörte er Ebel sagen: Ja, eine Rarität! Ein

Unikum! Es darf der medizinischen Fachwelt nicht verloren gehen, um keinen Preis!

Dann leiser, eindringlicher – vermutlich war Ebel zu Marti getreten, der am Fenster stand: Wenn dem Riesen etwas zustößt, können Sie dafür sorgen, dass es nicht aus falsch verstandener Pietät …

Ich werde, soweit es in meinen Kräften steht, dafür sorgen.

Auf der Treppe sitzend, spürte Thut mit einem Mal jeden einzelnen seiner Knochen, dieses zu einer Kostbarkeit verdammte Skelett, dem die Ärzte, über seinen Tod hinaus, kein Grab gönnen wollten.

Die Lebenserwartung Riesenwüchsiger, hörte er Marti den Faden wieder aufnehmen, ist nach allen Erfahrungen nicht hoch.

Noch zwei, drei Jahre vielleicht.

Thut erhob sich mühsam, es knackte in seinen Gelenken, eine Weile stand er hoch aufgerichtet da, das Gesicht dem Berg zugewandt. Dann ging er staksig zwischen den noch schattige Kälte ausströmenden Häusern hinauf zum Adler.

In der Gaststube wartete er hinter einem Viertelliter Veltliner auf den Kaufmann.

Zwei Tage später, im klapprigen Gefährt des »Linthaler Bot« auf der Rückfahrt nach Linthal, erinnerte sich Thut an das Gespräch. Rhyner, der Kaufmann, hatte mit feurigen Worten von England erzählt: Dort müsse er sich zeigen, Bewunderung und Verdienst seien ihm gewiss. Er sei bereit, Thut mitzunehmen, das Geschäftliche der Schaustellerei wolle er übernehmen, ihm alles Unangenehme aus dem Weg schaffen. Sie würden, was die Bedingungen anbetreffe, bestimmt handelseinig. Er solle es sich überlegen. Das Tierfehd, ein Verlies. Für einen Mann, der so weit herumgekommen sei …

Hinter dem Dorf Linthal brachte der Fahrknecht sie noch die Steigung hinauf, gefälligkeitshalber, sagte er, falls er im Gasthaus auf der Höhe zu einem Wurstbrot und einem Schoppen eingeladen werde, sage er nicht Nein!

Im Schatten der Linde, die das Geviert des Wirtschaftsgartens mit weit ausgreifenden Ästen überdachte, trafen sie Samuel hinter einem Glas Most. Er war von Linthal zu Fuß gegangen und stärkte sich für das letzte Wegstück. Ja, höchste Zeit, wieder ins Tierfehd zu kommen, sagte er. Schwanden, potz Geck, ist emsig und groß geworden: Werkstätten für Schiefertafeln und -tische, Stoffdruckereien, vier- und fünfstöckige Häuser. Die Menschen wollen zu hoch hinaus!

Kennst du die Geschichte vom Turmbau, Thut? Wenn etwas einmal eine bestimmte Höhe hat, wächst es von selbst weiter. Die Menschen stehen am Fuß des Turms und rufen: Halt!

Vergebens.

2

Am Küchenfenster stehend, sah Magdalena Melchior zwischen Ebel und Samuel von der Höhe herabkommen, ein Unkundiger musste aus dieser Entfernung annehmen, der Mann in der Mitte sei von Kindern flankiert.

Wie klein er ist, wie schutzlos, hatte sie vor drei Jahrzehnten hinter derselben Scheibe gedacht. Seufzend hatte sie ihrem Sohn nachgeschaut, wie er im Schneegestöber auf Fassdauben, die mit Lederriemen an den Schuhen befestigt waren, davonglitt. Schon auf der Höhe der nachbarlichen Viehzäune war die Gestalt auf Spannengröße geschrumpft, begann sich aufzulösen im Schneerauch, den der Wind schräg über den Hang trieb.

Sie dachte beklommen an den schlecht markierten Weg, die Schneeverwehungen auf dem Hügelkamm, wo weit und breit kein Haus stand. Vor Wochen hatte er, im wattigen Dunst umherirrend, vergeblich nach einem vertrauten Dach, nach der Eiche gesucht als Anhaltspunkt; weinend, halb erfroren hatte ihn ein Bauer gefunden, auf dem Hornschlitten nach Linthal gebracht zur Schule.

Der Kirchenrat hatte darauf einen Brief ins Tierfehd geschickt: Pfarrer Tschudi wolle den schmächtigen

Fünfzehnjährigen zurückstellen, für Unterweisung und Konfirmation sei es im nächsten Jahr noch früh genug.

Die Mutter hatte sich im Pfarrhaus in Linthal für ihren Sohn eingesetzt: Er könne nächstes Jahr nicht noch einmal zum Unterricht gehen. Man brauche seine Hilfe im Stall, am Webstuhl! Er sei klein, ja, aber geistig sei er den meisten seiner Altersgenossen überlegen, das werde der Pfarrer doch bemerkt haben?

Der Pfarrer ließ, hinter seinem Schreibtisch verschanzt, die Thutin reden. Sie schaute, während sie ihre Verteidigungssätze hervorstieß, auf die pfarrherrlichen Hände, die verschränkt auf den losen, mit seiner Handschrift überzogenen Blättern ruhten, als müsste er sie vor Luftzug schützen. Unverbrauchte, wächserne Hände waren es, mit bläulichen, verdickten Adern, als flösse Tinte in ihnen.

Als nichts mehr kam, blickte er zu ihr auf mit einem Anflug von Hilflosigkeit in den Augen. Schon immer war es ihm ein Rätsel gewesen, wie die Weiber, wenn sie á tout prix etwas wollten, ihre Worte schüren konnten, dass sie glühten und Hitze ausstrahlten wie Kohlen.

So soll er halt, in Gottes Namen, mit seinem Jahrgang konfirmiert werden, sagte er schlapp.

Darauf atmete Magdalena tief, blähte wie ein Pferd die Nüstern.

Ihr Gesicht mit den breiten Wangenknochen straffte sich. Sie nickte, reichte zum Dank ihre abgearbeitete bräunliche Rechte über den Schreibtisch. Dann bewegte sie sich langsam zur Tür, mit dem Rücken voraus, wie sie im Unterricht vor vielen Jahren gelernt hatte, dass es sich für Bittbesuche bei hohen Herren geziemte. Der Pfarrer wurde in der Tiefe des Zimmers kleiner und kleiner, als entrückte ihn eine Wolke an seinem Schreibtisch, die Hand mit der Spitzenmanschette wie leblos auf dem Bündel Papier.

Wünsche sind unheimlich, hatte Pfarrer Tschudi am Sonntag gepredigt. Jeder Wunsch gebiert schnell einen zweiten. Jedes Tier kennt sein Maß. Aber der Mensch will immer mehr, ein Nimmersatt.

Vor der Befragung hatte ihr der Prädikant aus Zürich damals aus den »Physiognomischen Fragmenten« von Lavater vorgelesen: *Die durch Sehnsucht, Liebe, Hass der innersten Menschheit bewegte Einbildungskraft kann mit blitzschneller Eile – tödten und lebendig machen – vergrößern, verkleinern – den Keim von Vergrößerung und Verkleinerung ... der sich erst zu einer bestimmten Zeit, und unter bestimmten Umständen entwickeln soll, dem organischen Fötus einpregniren.*

Seid Ihr mit Eurem Leben zufrieden?

Unzufriedenheit sei es nicht, hatte Magdalena nach einigem Zögern gesagt und abwesend über den weiß gepuderten Kopf mit dem Haarbeutel geschaut. Nur, wenn sie ehrlich sei: Alles sei viel zu schnell verronnen. In den Bergen, wo die Tage kurz seien, vergehe die Zeit vielleicht noch schneller als anderswo.

Sie hielt in ihren Gedanken zurück, was sie noch weiter sagen wollte:

Es komme ihr vor, als sei das Leben irgendwie neben ihr vorbeigeflossen, wie die Linth etwa, wohin, das wisse sie nicht. Zu kurz komme ihr das Leben vor, kaum schaue man von der Arbeit einmal auf, seien schon wieder zehn Jahre vorbei.

Laut sagte sie: Beim Kinderbekommen, ja, da habe sie etwas vom Leben gemerkt. Da geschehe etwas mit einem, die Zeit fließe da gewissermaßen durch den eigenen Bauch.

Man schaue staunend zu, wie der Leib wachse und sein Inhalt der Entbindung entgegenreife; was da nach festgesetzter Frist herauskomme, wisse man nicht: Knabe oder Mädchen? Eine Nachbarin habe ihr eine seltsame Abbildung gezeigt: eine Frau, die einen grauen Wolf gebäre. Unter dem Kalenderbild die Erklärung: Die Frau müsse eine geheime Wolfsnatur gehabt haben, man untersuche auch, ob die Frau vor oder während der Schwangerschaft einem Wolf begegnet sei, möglicherweise habe sie bloß von einem Wolf geträumt, Träume, ja, die seien wohl gefährlicher und wirksamer, als man gemeinhin annehme.

Kaum hatten sich Ebel und Melchior an den von Magdalena gedeckten Tisch gesetzt, kam Samuel zum Thuthaus zurück, atemlos, warf fast die Tür aus den Angeln.

Man muss nur einmal den Rücken drehen, rief er und zeigte verzweifelt zu seinem Haus hinüber: Der Steilwald ist weg!

Melchiors Bruder, der im Stall den Lärm gehört hatte, kam und sagte verlegen: Tinner habe sich von seinem Vorhaben nicht abbringen lassen. Die Buchen am Steilhang seien von feinstem Holz, so eine Qualität habe ihm für seine Lieferung nach Holland noch gefehlt. Es sei schließlich Gemeindewald, in Linthal habe man ihm gesagt, er könne schlagen, wo es ihm beliebe!

Alles sei dann in großer Hast vor sich gegangen, die geschlagenen Stämme noch am selben Tag entrindet, zersägt und auf das Floß verfrachtet. Habe man dieses Tempo beibehalten, so treibe Samuels Steilwald wohl schon auf dem Zürichsee oder dem Rhein Holland zu.

Ebel und Melchior folgten Samuel durch den gelichteten Auenwald zur Linth.

Wo einst die Stämme der Buchen über dem Schieferdach hinangestiegen waren, Blattwerk das Licht auf den rötlichen Boden siebte, sah man jetzt vom hastigen Schlagen splittrige Baumstümpfe, abgebrochene, welke Zweige, der Waldgrund vom Herunterziehen der Stämme aufgeschürft, eine rötliche Erdnarbe, voll Geröll.

Später erinnerte sich Melchior an die unheimliche Stille der darauffolgenden Tage.

Vorbei das wochenlange Hacken und Sägen. Kein Vogelgesang, die Tage schwül.

Abends knackte es im ausgetrockneten Holz.

In der siebten oder achten Nacht brach das in den Chroniken der Talgemeinden verzeichnete Unwetter los: Zuckende, phosphoreszierende Blitze, in der steinernen Arena brach sich Hall und Widerhall.

Gegen zwei Uhr morgens dann ein ungeheures Krachen und Poltern, die Wände von Thuts Schlafstall vibrierten. Ein Erdbeben? Der Riese rappelte sich erschrocken auf. Voll böser Ahnung trat er in die Morgendämmerung hinaus.

In Stiefeln stelzte er durch die von der Linth überfluteten Kartoffelfelder. Schon aus der Entfernung sah er die Felsmasse, die den frisch gerodeten Schlipf über dem Auengut ausfüllte. Er stieg aus den Stiefeln, krempelte die Hosen hoch, durchquerte bei der Furt das in Wirbeln dahinziehende schäumende Wasser, fand Samuels Haus auf der Bergseite von einer Runse aus Erdmassen und Geröll eingedrückt. Über Baumstümpfe und Felsbrocken kletternd, schrie er nach Samuel.

Nichts regte sich.

Später kamen Männer aus den umliegenden Hütten hinzu. Bis zum Abend plagte man sich mit dem Wegschaffen des Schutts, ein verzweifeltes Schaufeln und Graben, endlich gelang es einem Burschen, von der Seite her in das verschüttete Haus einzudringen, er fand die Küche eingedrückt, von Samuel keine Spur.

Beim Einnachten hoffte kaum einer mehr, dass Samuel überlebt hatte, aber einige der Bauern, die Tinner beim Abholzen geholfen hatten, schaufelten, von schlechtem Gewissen getrieben, weiter, noch im Schein der Laternen räumten sie Schutt weg.

Anderntags, in einem lauen Nieselregen, ging die Arbeit weiter, Neugierige aus Linthal und Schwanden stießen dazu. Sie berichteten, das Unwetter habe die schon baufällige Linthaler Kirche zum Einsturz gebracht, ein Teil der Friedhofsgräber sei von den Fluten fortgeschwemmt worden. Ein neuer, sicherer Platz für die Kirche sei schon bestimmt, man wolle noch im Sommer mit dem Bau beginnen, alle Bauern der Kirchgemeinde müssten Frondienst leisten.

Das hat uns noch gefehlt, murrte einer.

Bald erfüllte das rhythmische Geräusch der Hacken und Schaufeln wieder den Talgrund.

Gegen Mittag sagte ein Bauer: Mit all der Plackerei machen wir Samuel nicht mehr lebendig. Als er das Poltern gehört hat, ist er wohl mit der Laterne aus dem Haus gegangen, um nachzuschauen, dann haben ihn die Steine erwischt, klaftertief liegt er unter dem Schutt.

Die Bauern, die aufgehört hatten zu schaufeln, nickten: Besser, man kümmere sich um die Sache der Lebendigen,; was man im nächsten Winter zwischen die Zähne bekomme, wisse man nicht, alle Kartoffeln in den niedrig gelegenen Feldern seien hin.

Der Riese, auf eine selbst gemachte, seinen Maßen entsprechende Riesenschaufel gelehnt, steht unbeweglich, mit verlorenem Blick.

Ein Zittern läuft durch seinen Leib. Ein Schüttern, Beben. Wie aus der Leibesmitte bricht ein Jaulen aus ihm heraus. Die Männer starren verlegen auf die zuckenden Riesenlippen, hören die schauerlichen, an- und abschwellenden Töne.

Ein Riese weint!

Der Bruder versucht ihn zu entschuldigen: Melchior hat an Samuel gehangen. Ist mit ihm zusammen gewesen von Kind an.

So viele Quadratzentimeter ausgesetzt den fremden Blicken.

Jede Pore an diesem überdimensionierten Körper ein Warnsystem.

Angst, Trauer eingekerkert, dem Verhältnis nach müsste ein Riesenkörper vier Augen haben, drei Münder.

Am Mittag ging der Riese mit schnellen Schritten bergan. Die genagelten Schuhe sanken im aufgeweichten Weg ein, Kot spritzte an die Hosenbeine. Nieselregen netzte sein Gesicht.

Sein Inneres war wie wund. Auch damals, als Kind, hatte er mit Schmerzen diesen Weg gemacht.

Als Vater und Mutter auf dem oberen Feld beim Heuen waren, war er im Dunkel des Geräteschuppens auf eine Hacke getreten und hatte sich am Knöchel verletzt. Humpelnd und blutend hatte er bei der Furt die Linth überquert, vor dem Auengut um Hilfe gerufen.

Samuel hatte die Wunde gereinigt, die Blutung mit einem in Arnikawasser getränkten Lappen, einen Spruch murmelnd, gestillt.

Unter dem Verband hatte die Wunde gestochen, pulsierend gezogen.

So schlimm, Bub? Melchior nickte stumm, schaute den Nachbarn mit tränenblinden Augen an.

So komm, ich zeige dir die Wehwand. Dort geht der Schmerz weg.

Bei den Stadeln war Melchior hinter Samuel den Hang hinaufgeklettert, das letzte, steilste Stück auf allen vieren. Samuels Arme und Beine, die vor ihm Halt an Wurzeln und Ästen suchten, waren ledrig und braun wie das raschelnde Laub.

Plötzlich die Felswand. Rinnsale liefen schimmernd über sie, in der Mitte eine violette, von Quarzadern durchzogene Klamm.

Tut es noch weh? Dann schrei!, befahl Samuel.

Los! Lauter!

Die Wand warf die Schmerzlaute zurück, wunderbarer als jedes Echo, Töne wie Siegelscherben, in Facetten gebrochen.

Spürst du den Schmerz noch?

Nein.

Samuel nickte. Das ist die Wehwand. Verrate den Platz nicht! Wenn einer ohne echten Schmerz gegen die Wand ruft, verliert sie ihre Kraft. Es ist dann nur noch ein gewöhnliches Echo.

Später war Melchior noch einmal bei der Wehwand gewesen, nach dem Sommer seines plötzlichen Wachsens, an einem milden Spätherbsttag.

Allein war er vor der Wand gestanden, jäh die Einsamkeit vorausahnend, die ihm die unfreiwillige Übersicht über alle menschlichen Belange verschaffen sollte. Die Hände trichterförmig vor den Mund gelegt, brüllte er sein Weh heraus, bis er ausgepumpt, wie bewusstlos, ins Gras sank.

Lange lag er da, ohne Erinnerung, fühllos.

Als er nach einiger Zeit zu sich kam, spürte er die Wärme der Erde langsam in sich dringen, in diesen überlangen, ihm unverständlich gewordenen Körper, eine Eidechse huschte über den Knöchel, wo noch ein rötliches Mal war von jener Wunde aus der Kinderzeit.

Erlöst, in federnden Sprüngen, hatte er den Rückweg genommen über vermooste Platten und Furchen voll bräunlichem Laub. Hinter dem Haus stand die Mutter im umzäunten Gemüseäckerchen und hackte Kartoffeln aus. Zufrieden schaute sie in sein seit Langem wieder vergnügtes Gesicht. Hast rote Backen, Bub. Wo kommst denn her? Magst einen Brocken frisches Brot?

Jetzt ging er wieder zur Wehwand hinauf, viele Jahre war er nicht mehr dort gewesen. Das schnelle Aufwärtsgehen hatte ihn erschöpft, er setzte sich an die Böschung, die Augen suchten zwischen dem Unterholz nach der Abzweigung.

Etwas, ein tieffliegender Vogel vielleicht oder ein fallender Tannenzapfen, hatte seinen Blick hinauf zum Wegstück gelenkt, das hinter einem Felsvorsprung sichtbar war, sein Blick wurde starr.

Ein Mann von Samuels Größe und Gestalt schritt dort talwärts, den Rücken gekrümmt unter dem hölzernen Traggestell, die Kapuze tief im Gesicht.

Samuels Traggestell, Samuels Kapuze!

Jetzt entzog sich der Wanderer hinter dem Felsvorsprung seinen Blicken.

Melchior überlief es kalt.

War es nicht Samuel, der ihm erzählt hatte, manche Verstorbene seien in den drei ersten Tagen nach ihrem Ableben noch der Erde verhaftet, trauten sich nicht, durch das Tor zu gehen in die Anderswelt? Nebelfetzen trieben schräg über die Weiden hin, die Schieferdächer der Heustadel schimmerten.

Nach einer bangen, gedehnten Minute tauchte die Gestalt wieder auf. Sie ging nach Berglerart schwingend, fast stampfend, das Gesicht auf den Weg gerichtet.

Ein Steinwurf noch.

Samuel …

Der Wanderer hebt den Kopf. Die Augen liegen im Schatten der Kapuze, die Mundfurche ist dunkel.

Samuel.

Er umarmt den Totgeglaubten, vergewissert sich durch eine handfeste Umarmung, dass er aus Fleisch und Blut ist, keine Erscheinung.

Sie halten dich für tot, Samuel!

Später hatte Samuel erzählt, wie er gewarnt worden war: Tage vor dem Steinschlag die Unruhe im Hang, ein feines Rieseln, als füllte sich eine unterirdische Sanduhr.

Trupps von Ameisen, von der zähen, kleinen roten Sorte, haben sich über Steine und Baumstrünke davongemacht zum Wald.

Die Katze hat ihr Junges im Maul aus dem Haus getragen.

Am Vortag dann ein fassgroßer Stein, der aus heiterem Himmel den Abhang herunterkollert, von einem Baumstrunk, knapp vor der Hauswand, aufgehalten wird.

In der Gewitternacht, in Kleidern neben der Sturmlaterne wachend, hört er zwischen Donnerschlägen wieder dieses Rieseln, nur stärker jetzt. Ächzen in den Balken, der Wind pfeift durch die Gefettköpfe. Ein

Stein prallt mit dumpfem Schlag gegen die Rückwand des Hauses. Vor dem Herd beginnt die Granitplatte zu beben, zu klopfen wie ein vom Dampf gehobener Topfdeckel. Von Entsetzen gepackt, klettert Samuel aus dem Stubenfenster und lässt alles zurück. Die Sturmlampe verlöscht, blind, durch eine Wand von Regen, findet er den Weg zur Sandalp.

Die Kiesgrube, ein weit aufgerissenes Maul, als Achtjähriger hatte Melchior auf dem Wiesengelände daneben mit seinem Bruder Ziegen gehütet. Einmal hat er sein Ohr an die atmende warme Erde gelegt, nach innen gehorcht.

Was hörst du?

Es klopft und schnauft.

Im Schatten eines Haselstrauches haben sie sich ausgedacht: Ein dicker Mann ist dort drinnen eingesperrt, der Eingang des Stollens, in dem er Gold gesucht hat, verschüttet; der Dicke liegt auf dem Schmerbauch, den ringförmigen Kinnen, schnauft, pocht, klopft von innen gegen das Gestein.

Im Lauf der Jahre war das Loch der Kiesgrube vergrößert, im östlichen, felsigen Teil durch einen Plattenbruch erweitert worden, dort mussten die Männer der Talschaft, kaum hatten sie das Heu unter Dach, Steine brechen für den Neubau der Kirche.

Ja, es eile, insistierten die Behörden, ein Neubau brauche seine Zeit, von der alten Kirche könne man nur noch den Taufstein und zwei Glocken verwenden, zum Glück gelangten aus allen evangelischen Ständen der Schweiz Liebesgaben nach Linthal.

Der Stillstand, der die zum Frondienst verurteilten Bauern um sich versammelt hatte, gab durch den Kirchenvogt bekannt: Der Grundstein, ja, diesmal an einem sicheren Platz, in der Hofstatt des Ratsherrn Thomas Stüssi.

Die Linth schwelle von Jahr zu Jahr bei Unwettern bösartiger an. Das Wasser, ein heidnisch teuflisches Element, das mit seinen Fluten wütend gegen die Kirche anrenne.

Dem Teufel schiebt man zu, was man selbst verursacht!, rief da Samuel aus der hinteren Reihe der Männer. Seit Jahrzehnten rodet man den Wald, begradigt die Wildbäche. Der Boden kann das Wasser nicht mehr schlucken, die Alpen übersäuern, bald wächst nur noch Farn, Wacholder und der giftige Germer. Und da staunt man noch, wenn die Linth das Tal überschwemmt.

Ein paar Bauern klatschten zögernd. Die anderen blickten ängstlich auf die Herren des Stillstands, die missmutig auf die armselige Gruppe schauten, immer häufiger gab es in letzter Zeit in Versammlungen aus den Reihen der Bauern solche vom Protokoll und dem schuldigen Respekt abweichende Wortmeldungen.

Dass die Überschwemmungen mit den Rodungen zusammenhingen, könne man nicht beweisen, sagte darauf der Kirchenvogt.

Seit Jahrhunderten, das lasse sich aus den Chroniken ersehen, habe die Natur ihre Kaprizen! Zähmen müsse man sie! Der Mensch mache sich die Erde untertan, heiße es schon in der Bibel. Er rechne mit dem rückhaltlosen Einsatz eines jeden männlichen Talbewohners.

Ebel, der in diesen Tagen nach Glarus reisen wollte, sagte Thut beim Abschied, er solle an die Ermahnungen des Dr. Marti denken. Steine zu schleppen sei nichts für ihn!

Mit dem Wunsch, vom Frondienst dispensiert zu werden, kam der Riese jedoch beim Stillstand, auch bei den Verwandten, schlecht an.

Wenn der alte Samuel, den man für tot gehalten hat, mithilft, wird sich der Riese doch nicht drücken wollen!

Schnell hieß es: Thut markiert, seit er in Ludwigsburg gewesen ist, den Vornehmen, er pflegt seine Hände, rasiert das Gesicht, dreht Locken über den Ohren! Fehlt nur noch, dass er zum Steineschleppen seine grüne Hofuniform anzieht!

In der Kiesgrube gibt Thut schnell den Widerstand auf. Er lässt sich die schwersten Steinbrocken und Platten über ein schräg gestelltes Brett auf die Schultern manövrieren. Gebückt empfängt er die Last. Mit gebeugten Knien, mit beiden Händen die Platte im Gleichgewicht haltend, geht er die dreißig Schritte hinunter zum Weg, wo das Fuhrwerk bereitsteht. Acht, zwölf, fünfzehn … Er zählt die Schritte, während die Felsplatte den Hals schiefdrückt, die Kante wie ein Messer in die Schultern schneidet. Siebzehn, achtzehn …

Nach dem zwanzigsten Schritt wachsen Träger und Last zusammen: Das Gesicht, kreidig vom Steinstaub, erstarrt zur Maske. Die Hände sind blutig aufgerissen, Ströme von Schweiß fließen an ihm hinunter. Die letzten Schritte dann, zum Abladen der Last, rückwärts.

Der Kirchenvogt steht auf dem Fuhrwerk, dirigiert: Rechts, Riese, bück dich tiefer, brav so, ja.

Nachts in seinem Schlafstall fahren ihm glühende Sägen durch das Rückgrat.

Sie entasten, entrinden ihn.

Ein Baum, der die Schinder anlockt, weil er mit seinem Wipfel über alle hinaus ragt: qualvoll zu Kleinholz gemacht, in Hölzer zu fünf Fuß zerhackt, klafterweise verkauft.

An einem Morgen war kein Pferd da für das Fuhrwerk, der Kirchenvogt brauche es, den Hausrat seiner Tochter, die einen Weber geheiratet habe, nach Hätzingen zu bringen.

Der Riese kann ja ziehen, schlug einer der Bauern vor, darauf brach ein Gejohle los, sie stießen und schoben ihn vor die Zugseile, legten ihm ein aus Lederriemen hastig improvisiertes Geschirr an, trieben ihn: He ruck! Vorwärts. Zeig, was du kannst, Riese!

Wie immer konnte er sich nicht wehren, er zog, wie sie es verlangten, mit dunkelrotem Kopf; der Hals schwoll an, Adern traten heraus. Ein kleines Stück brachte er den Wagen vom Fleck.

Da rief eine Donnerstimme von hinten: Seid Ihr wahnsinnig? Menschenschinder!

Die Köpfe flogen herum, niemand hatte den fremden Reiter beobachtet, Thut erkannte ihn: Rhyner aus Schwanden. Hoch zu Pferd, hager, mit seinem englischen Reisehut, wirkte er auf die Bauern wie ein Herr.

Schnell wurde der Riese aus den Zugriemen befreit.

Nach einem kurzen Wortwechsel entfernten sich die beiden, der Kaufmann zu Pferd, der Riese zu Fuß, auf der Straße zum Tierfehd konnte man sie bis zur Wegbiegung verfolgen, die Köpfe der beiden Männer schwebten, wie auf Stangen gehisst, auf gleicher Höhe.

3

Dieses eingesperrte Stück Himmel über sich ertragen, das, je tiefer das Jahr sinkt, immer grauer wird, speifarben.

Eingeklemmt zwischen den Felsen hängt es. Etwas pocht dahinter, der gehetzte Herzschlag einer in die Falle gerannten Maus.

Der Himmel sei ihr zu fad, zu schwäbisch, sagte die Bonafini zum Freiherrn von Buwinghausen. Ihr fehle das oberitalienische Licht.

Thut konnte sie abends an der Tafel beobachten, von seinem Standort bei der Tür, mit abwesendem Blick saß sie da, ohne die Speisen anzurühren, der Herzog ließ ihr vergeblich Platten bringen mit Fasanenzungen, Froschkeulen, Brüstchen von jungen Waldschnepfen. Ihr Gesicht wurde spitzer, verlor das rundlich Kindliche.

Einmal sah Melchior sie durch eine offene Flügeltür auf ihrem Ruhebett sitzen, den Arm aufgestützt, mit einem weißen Blatt in der Hand. Tränen rannen über ihre Wangen, der Herzog, fast unsichtbar im rauchigen Goldton des Boudoirs, beugte sich hinab, fasste nach ihrer Hand. Melchior schnitt der Anblick des vor Trauer aufgelösten Gesichts ins Herz, heißer Kerzentalg floss aus dem Zinnleuchter zwischen seine Finger, er merkte es nicht.

Am anderen Tag hieß es, die Demoiselle habe eine Depesche bekommen, ihr um ein Jahr jüngerer Bruder sei am Fieber gestorben.

Die Depesche hatte sie mit Verzögerung erreicht, der Bruder war längst begraben, eine Heimfahrt nach Lendinara unbegründet. Man sah sie nun oft verweint, sie hatte den Bruder geliebt, er war ihr fast ein Zwilling, ein unzertrennlicher Spielgefährte gewesen.

Nur auf der Bühne kam Leben in sie, die Stimme gewann an Volumen und Schmelz.

Um das Heimweh seines Lieblings zu stillen, ließ Serenissimus mit einer Kalesche die Mutter aus Italien kommen. Er wies ihr, trotz des Protests einiger mit der Toscani befreundeter Höflinge, eines der Häuschen vor der Schlossanlage zu, duldete die »Madame Mère« auch bei feierlichen Gelegenheiten an seiner Tafel, obwohl es hieß, die dralle kleine Frau in ihren rüschenbesetzten Trauerkleidern regiere bei Hof mehr als in ihrem Spezereiladen in Lendinara. Je mehr Signora Elena, die Mutter, auftaute, bei Tisch mit lauter Stimme radebrechend parlierte und ihre Vorzugsstellung genoss, umso melancholischer wurde die Tochter.

Den Verdacht, die Melancholie könnte ihre Ursache in einer Schwangerschaft haben, zerstreut der herzogliche Leibarzt.

Der Herzog verdoppelt die Anstrengungen.

Fährt sie hochderoselbst, vor aller Augen, kreuz und quer in der »Wurst« spazieren.

Denkt sich Vergnügungen aus.

Lässt Salz aus der württembergischen Saline Sulz auf die Parkwege streuen, lädt ein zur Schlittenpartie.

Die Demoiselle gewinnt in solchen Stunden ihre Munterkeit zurück, übermütig kann man sie sehen, ihr Lachen tönt durch die Büsche.

Die Toscani, die immer noch den Titel der »Première maîtresse en titre« führt, macht dem Herzog eine Szene: Diese Sechzehnjährige, ein Skandal. Launisch und eigensinnig. Was für einen Geschmack er habe, sich an einem so unreifen grünen Ding zu delektieren?

Zur Beschwichtigung der Diva muss der Herzog am Geburtstag der Toscani tief in die Tasche greifen: ein edelsteinverziertes Halsband im Wert von zwanzigtausend Gulden, genau der Betrag, den er von der Landschaft als Vorschuss für die Militärausgaben verlangt hat.

Nicht nur die Bonafini, auch der Herzog wurde in diesem Jahr 1766 von Melancholie ergriffen, nachts, wenn er schlafen wollte, dröhnte ihm das Lamento der Beamten und Offiziere im Kopf, die abermals keine Besoldung bekommen hatten, den Gagenrückstand auf achthunderttausend Gulden bezifferten, er hörte die Klagen der Landvertreter, die seine *wollüstigen Depensen* kritisierten, seine Bauten, die Ausgaben für den Marstall, das Theater. Wenn die Stimmen ihn verfolgten, nicht aufhören wollten, stand er auf und setzte sich, in einen Morgenmantel gehüllt, an den Schreibtisch seines Antichambre, Melchior oder ein anderer Kammerdiener, der die Nachtwache hielt, musste in den Leuchtern die Talgkerzen anzünden. Man sah ihn dasitzen, die Pläne der

Solitude in der Hand, er starrte abwesend auf die Wand, dunkle Schatten lagen unter seinen Augen.

Da schlug die kleine, von Genien umstandene Uhr Mitternacht, die Genien aus grünlichem Jaspis rückten, von einem versteckten Mechanismus bewegt, zur Seite, die beiden Flügel der mittleren Tür aus preußischblauem geädertem Lapislazuli gingen auf, und in drei holprigen Rucken, begleitet vom Surren des unsichtbaren Zahnrads, kam ein Tödlein heraus und schwang seine silberne Sense.

Landschaftsabgeordnete hatten dieses Wunderwerk bei einem lombardischen Uhrmacher fabrizieren lassen, in der Hoffnung, das Geschenk mache den Landesvater für ihre Begehren geneigt, die Militärforderungen zurückzustellen und auf die in sechs Klassen eingeteilten Verfassungsbeschwerden einzugehen.

Nach vielen Wochen gemeinsamer Deputation waren bis im Mai nur die drei ersten Beschwerden der ersten Klasse erledigt, die Hofkommission hatte Prügel in den Weg geworfen, und die Reichshofräte, anderweitig beschäftigt, fanden es unmöglich, die fürchterliche Menge der Akten zu lesen. Relation und Konklusum blieben aus. Gehe das so fort, erklärte der Abgeordnete Hauff, so werde man in zwanzig Jahren noch nicht fertig werden …

Immerhin hörte man aus dem Mund der Kammerdiener, das Präsent stehe in Ehren, in allernächster Nähe des Herzogs, Serenissimus betrachte, zur mitternächtlichen Stunde am Schreibtisch sitzend, nachdenklich das spannenlange, die Zähne bleckende Tödlein.

Dem Klang der zwölf Schläge nachlauschend, im unruhigen Schein der Kerzen, hatte der Herzog plötzlich eine Vision von seinem eigenen Tod: Überklar, als schwebte er darüber, sah er sich im Bett, der Arzt an der Seite des Lagers griff nach seinem Puls, er sah seinen unbedeckten Bauch, aufgetrieben wie bei einer Gebärenden, röchelnde Laute drangen aus seiner Kehle, die Zunge lag gedunsen und blau im weit aufgerissenen Mund.

Noch halb gelähmt vor Entsetzen, ergriff er die Klingel, schüttelte sie wild, verlangte, als der aufgeschreckte Kammertürke hereinstürzte, nach Papier, Tinte, Löschsand. Als das Gewünschte kam, fuhr der Gänsekiel kratzend, in großer Behändigkeit über das Blatt:

Befehle an die Forstämter, Anordnungen an Weyrink für den Bau der Solitude, an Spindler und Colomba für das geplante Theater. Aufruf an das neu zusammengesetzte Geheimratskollegium für die Winteranlage, die Kasse musste von der Landschaft gefüllt werden für das Karls- und Hubertusfest, ein Jagdfest sei in Heidenheim am 19. November auszurichten. Auch solle der Geburtstag der von Eifersucht geplagten Toscani auf das Solenneste gefeiert werden. Balthasar Haug, den Verwalter des Kirchenguts, beauftragte er, den Erzieher des Sohnes der Toscani und »anderer ähnlicher Jugend« zu bezahlen. Auf einem nächsten Papier wird Haug für die prompte Erledigung immediat zum Professor am Stuttgarter Gymnasium gemacht, was kümmert es Serenissimus, dass dort kein Posten frei ist, »Arrangements« sind das, er hat das Lieblingswort von Montmartin übernommen.

Nach diesem Trommelwirbel von Befehlen ruhte der herzogliche Gänsekiel, Serenissimus straffte sich, er atmete frei durch, das Tödlein ist weg, für die nächsten dreiundzwanzig Stunden zwischen der Flügeltür aus Lapislazuli verschwunden.

Die Solitude, sein Lieblingsprojekt.

Vor Jahren hat er diesen stillen Platz auf der Jagd entdeckt: fünf Eichen, ein freier Blick über die sich devot hinstreckende Landschaft seines Herzogtums – die Gäu, die Filder, in der Ferne Ludwigsburg.

Noch stehen erst die Kavaliersbauten, die wie eine Kulisse das künftige Schloss hinterlegen sollen, er sieht es im Geist aus schneeweißem Stuck, schwebend über einem Unterbau aus breit gespannten Arkadenbögen, herabschwingende Freitreppen, eine Wolke hoch über seinem Untertanenland. Serenissimus in all dem weißen Blendwerk wie auf dem Olymp.

Der Gedanke eines »retraite«, eines Ortes der inneren Einkehr, wo er nach seinen eigenen Worten hofft, *vom Getümmel und den Täuschungen der Welt sich erholend, Stunden der Muße erleben zu können*, wird in den Stunden der rastlosen Befehle durchkreuzt: Ein Theater muss her, ein Fasanengehege, ein See mit Nebenschlösschen, ein Irrgarten, Orangerien, später wird er zudem den Traum einer Militärpflanzschule verwirklichen.

Noch ist es friedlich dort oben, vom neuen Schloss erst der Sockel und ein Obergeschoss aus eichenem Fachwerk zu sehen.

Der Herzog zieht sich mit der Demoiselle zurück, logiert in einer einfachen Kammer im Kavaliersbau, zwischen bemalten, fast bäurischen Möbeln und Zitztapeten, die Dienerschaft ist auf das Notwendigste reduziert.

Der Gemütszustand der Bonafini hellt sich auf. Sie ertrage, gesteht sie, unten im Schloss die vielen so pietistisch trostlos blickenden trübnasigen Gesichter nicht.

Generaladjutant Freiherr von Buwinghausen reitet mit dem Herzog und der Demoiselle täglich auf die Jagd, auf dem Pirschweg nach Einsiedel schießen sie einen Zwölfender. Der Freiherr schwärmt von der Art, wie locker die Bonafini im Sattel sitzt.

Thut sieht sie zwischen Buchenzweigen, eine fesche Jägerin im eng anliegenden roten Kamisol, im kurzen, an den Schenkeln endenden grünen Rock.

Das rötliche Haar knistert, er denkt an die Elmsfeuer über dem fauligen Holz nachts im Tierfehd. Dunkle, polierte Knopfaugen wie ein Waldtier, immer in Bewegung.

Am Abend steht Thut mit dem Leuchter in der Hand im Treppenhaus, Serenissimus, in bester Laune von einer Theateraufführung kommend, bleibt vor ihm stehen. Sagt dann, zu dem Riesen emporblickend, im Ton wohlwollender Herablassung:

Wir beide, Riese, sind zur Übersicht bestimmt. Du, von der Natur mit einer baumlangen Statur versehen, überblickst das Treppenhaus. Ich, durch göttliche Fügung mit dem Privileg hervorragender Geburt und

Geistesgaben ausgestattet, sehe das Herannahen einer illuminierten Zeit. So ist es: Während die Gipfel der Menschheit, die großen Denker, schon besonnt sind vom sieghaften Licht der Vernunft, sind die Niederungen noch in Dunkelheit und Schlaf befangen.

Die träumerischen Stunden auf der Solitude sind gezählt: Der Fluchtort hat sich herumgesprochen.

Bittsteller belästigen ihn mit Depeschen und Gesuchen, die Frechsten, die am Tor abgewimmelt werden, kommen auf seinem Ausritt hinter den Bäumen hervor.

Die Stimmung verschlimmert sich mit dem fortschreitenden Jahr: Auf der Vergleichsdeputation in Stuttgart anfangs September verweigern die Vertreter der Landschaft Vorschüsse für die herzoglichen Winterausgaben.

Zu dem Ärger über die halsstarrigen Bauern kommt hinzu, dass es auf der Solitude nicht vorwärtsgehen will. Weyrink, den delikaten architektonischen Problemen nicht gewachsen, geht begriffsstutzig hinter die Umsetzung der sich immer wieder ändernden herzoglichen Ideen und Entwürfe. Serenissimus denkt daran, ihn in badische Dienste zu schicken und La Guêpière hinzuzuziehen, der in Paris den »goût grec« lanciert.

Ärger auch mit dem Heer der Arbeiter.

Trupps von missmutigen, ausgedienten Soldaten.

Ihre Klagen über das sandige, wasserlose Gelände, ihr Schneckentempo reizen den Auftraggeber. Er treibt sie persönlich zur Eile an. Hasst ihren stumpfen Blick, die dumpfen, schlappen Bewegungen.

Mit diesem Menschenmaterial eine Einöde in ein Paradies verwandeln?

Eine Geduldsprobe.

Im November lehnen die Landvertreter den von seinen Geheimräten verfassten »Generalvergleichsplan« ab mit der Begründung, die herzogliche Steuererhöhung, die großen Ausgabeposten seien nicht mehr zu schlucken!

Was verstehen diese schwäbischen Bauern von fürstlichen Ansprüchen? Ihre Träume enden, wenn es hochkommt, bei der Sonntagshose, beim Huhn im Topf.

Aus Trotz lädt Serenissimus am 19. November dreihundert Personen zu ein paar fröhlichen Jagdwochen nach Heidenheim ein.

Zudem plant er, um den Unannehmlichkeiten mit den halsstarrigen Bauern zu entgehen, eine längere Reise. Sich davonmachen. Mitten aus den Verhandlungen.

Montmartin, der eigentlich vor sieben Monaten zur Erleichterung des Vergleichs entlassen worden ist, kommt nach Heidenheim zur Beratung, verspricht, als Statthalter des Fürsten seine »Arrangements« zu treffen.

Der Reiseplan wächst mit dem schon winterlichen Nebel, wuchert weiter auf Ausritten.

Erst soll das Ziel Konstanz sein. Der Bodensee, findet der Herzog, hat eine besänftigende Kraft.

Aber nicht zu dieser Jahreszeit, sagt die Bonafini. Der einzige Ort, wo der Winter zum Amüsement wird, ist Venedig. Die Vorbereitungen für auf Karneval sind im Gang. Wenn schon, dann für Wochen, Monate, sagt der Herzog. Ich will einen Palazzo mieten. Das Theater muss mit, auf den Lagunen soll es spielen, die Demoiselle singt wieder an den Orten ihres ersten Ruhms.

Venedig, ein brokatener Traum, durch schwäbischen Nebel schimmernd.

4

Hundert Schritte nur, dann schieben die Berge allen Ausbrechgelüsten einen Riegel. Und hinter dem Tödi, dem Selbsanft?

Wieder ein Berg und wieder einer. Kalkstöcke, Ketten, Reihen mit Felswänden aus Granit.

Ein Vogel müsste man sein. Mit den Schwalben fliegen, die sich pünktlich, am Tag von Maria Geburt, auf der nachbarlichen Scheune zum Abflug sammeln. Gegen die Lombardei hin kann das Auge schweifen, das Licht wird golden, hatte der Fremde zu Magdalena gesagt.

Magdalena blickte vom Spinnrad auf, die Hände sanken in den Schoß. Hinter ihrem Rücken hörte sie den Kaufmann mit ihrem Sohn reden, sie hatte ihnen auf dem Tisch unter dem Vordach Speck hingestellt; als sie Apfelmost in die Gläser gießen wollte, hatte Rhyner abgewinkt, schnell eine Weinflasche aus der Joppentasche gezogen.

Wörter drangen zu ihr, klangvolle, fremdartige Namen von Orten, die sie nicht kannte, nie kennenlernen würde. Sie war alt, ihr Leben bald zu Ende, aber der Riese, ihr Sohn, sollte packen, was das Leben ihm noch bot.

Kaum war sie es recht innegeworden, war ihr Leben verflossen im Einerlei, nur manchmal hatte sie ein feines Reißen gespürt, als regte sich da etwas Ungeborenes, das hinausdrängte. Ein Vogelton konnte dieses Gefühl auslösen oder abends der Anblick eines wie im Feuer brennenden Schneefelds.

Was starrst du an die Wände? Bohrst mit den Augen ein Loch? Ihr Mann hatte sie geneckt: Vielleicht bringe sie so ein Loch zustande wie drüben in der Felswand ob Elm eines sei, Martinsloch heiße es, zweimal im Jahr schaue die Sonne herein, verfange sich in dem Loch, strahle wie ein Stern!

Zu den Vorsprüngen, grünen Bändern des Selbsanfts hatte sie geschaut; der Mann aus Treviso hatte sich nicht wieder blicken lassen, ein kalter Wind blies, die Höhen waren schon verschneit. Vielleicht war er längst über den Pass, südwärts, das Linthal im Rücken, das seine Arme nach Norden ausstreckt, dem Winter zu.

An einem Abend, als sie vom Emden auf dem Felsband zurückkamen, war er auf der Bank gesessen mit rotem Kopf, fiebrig glänzenden Augen. Hustenstöße machten unverständlich, was er in gebrochenem Deutsch zu erklären versuchte.

Magdalena stellte schnell Rechen, Wetzstein und Sense in die Scheune und führte den Fremden in die leere Kammer des Riesensohns, ihr Mann war einverstanden, einen Kranken oder Verletzten pflegt man, so will es Brauch und Christenpflicht.

Der Kranke machte ihr durch Zeichen begreiflich, dass sie einen Absud kochen solle aus gelb blühenden, von ihm gesammelten und getrockneten Blumen.

Zu essen? Nichts.

Zwei Tage lag er still, die Augen zur Decke gewandt. Magdalena hatte die andern mit Kartoffelkörben und Hacken aufs Feld ziehen lassen, sie blieb im Haus, wachte am Bett. Am dritten Tag fing er an, in einer fremden Sprache zu sprechen, klangvolle, mit vielen Vokalen durchsetzte Wörter, er richtete den Oberkörper auf, sprach eindringlich, wie farbige Tücher flatterten die fremden Wörter durch die Kammer.

Er war hier und doch nicht hier, auf den Anruf der Bauersleute reagierte er nicht. Magdalena saß auch den darauffolgenden Tag am Bettrand, den weiten Gang zum Arzt zu machen, getraute sie sich nicht. Alle, die aufzubieten waren, hackten unter einer dünnen, schon brüchig gewordenen Sonne Kartoffeln aus auf dem Acker an der Linth. Der Kranke wurde ruhiger, viele Stunden lang, so kam ihr vor, lag ein unbewohnter, fiebernder Leib im Bett ihres Sohns, der Geist war ausgeflogen aus seinem Gehäuse, weilte in Venedig oder Treviso oder wer weiß wo, ein weißer, adlerähnlicher Vogel, dachte sie, sie ließ das Fenster offen, damit er zurückfand, sie lockte ihn mit monotonem Gesang, dann und wann rieb sie mit Essigwasser die Glieder des wie leblosen Körpers ab.

Am fünften Tag endlich schien er von weither zurückzukehren, er schlug die Augen auf, blickte ihr nach, wenn sie vom Bett aufstand, die Teetasse wegräumte. Sie hatte gewonnen. Die Strahlen der Oktobersonne zitterten auf dem Bettlaken, bleichten ihm das Haar, Sole, sagte er, lächelte. Heja, Sonne, sagte sie, lachte zurück. Seine Haare waren wirklich weißer geworden, das Gesicht knochiger, älter.

In den nächsten Tagen erzählte er von Venedig. Die Kuppeln glänzten dort golden, die Kanäle mit den Palästen seien im Abendlicht rot! Ihr Geist ergänzte, was sie nicht verstand, ihr ernsthaftes Zuhören schien ihm gutzutun. Seine Augen hatten Glanz bekommen, Bilder waren darin von Städten am Meer, Ebenen unter südlichem Himmel. Wie in einem Ziehbrunnen bleiben die Dinge drin, die man einmal gesehen hat, dachte sie. Sie schloss die Augen, stellte sich Niegesehenes vor. Schaudernd ahnte sie, was für Möglichkeiten ein Menschenleben bot, verlochte man es nicht hinter den Bergen.

Kaum war das Fieber vorbei, wollte er gehen, da half kein Zureden, er sehe noch blass aus, sei schwach auf den Beinen. Zum Abschied schenkte er ihr einen großen, in einer Höhle am Limmern gefundenen Kristall, Geld wollten ihr Mann und sie nicht nehmen.

Die Leere, die darauf entstand, zehrte an ihr.

Samuel, der nach Feierabend herüberkam, sah sie nachdenklich an. Kennst du die Sage vom Venediger?, fragte er. Ich habe sie von meinem Großvater. Ein Venediger hat auf einer Alp im Muotatal seltene Steine gesammelt, ein Senn ist ihm dabei, ohne auf seinen Vorteil zu achten, behilflich gewesen. Im Herbst ist der Fremde über die Pässe in seine Heimat zurück, aber zum Dank hat der Venediger den Senn, mitten im Winter, auf wunderbare Weise nach der Lagunenstadt geholt. Sieben Jahre hat der Bursche bei dem reichen Mann in einem Palast gewohnt. Als er nach dieser langen Zeit Heimweh bekommen hat, ist er an einem Morgen in seinem Bett im Muotatal aufgewacht, nur eine Nacht sei vergangen, hat seine Mutter gesagt, aber der Bursche schwört, er sei nicht im Traum, nein, in Wirklichkeit sei er sieben Jahre fortgewesen, alles wisse er über die Lagunenstadt, ein Kundiger solle ihn prüfen. Der Pfarrer kommt, der Senn nennt Straßen, Häuser, die Namen vornehmer Leute, ein weit gereister Kaufmann bestätigt es: Alle Aussagen stimmen mit der Wirklichkeit überein.

Magdalena nickt. Während der Arbeit am Spinnrad gehen ihre Blicke zum Fels, sie sucht eine Landschaft mit Goldlicht, Kuppeln.

Magdalena, was starrst du. Neuerdings spinnst du einen Schneller weniger im Tag.

Zu den Stunden Zuflucht nehmen, wo man keinem gehorchen, niemandem dienen muss: Nachts, wenn der Mann schläft, liegt sie auf dem Rücken, die Augen offen.

Am Morgen sind die Augen gerötet von der sandigen Dunkelheit.

Die Nächte: ein Niemandsland zwischen der Fron der Tage. In den Träumen lebt man ein zweites Leben, die Tagwelt verblasst, rückt weg an einen fernen Horizont. Mühelos gleitet die Träumerin von hier nach dort, den eigenen Schatten kann sie ziehen sehen, tief unten über Felder, Seen, Berge.

Die Anderswelt, zum Greifen nah.

Lagunen. Paläste. Wasserstränge.

Sie sitzt in einem geschnitzten Kahn. Fremdes Leben zieht vorbei, komm, lockt eine Stimme, schlüpf in mich, zieh mich an wie ein Kostüm. Später hat sie im Traum auch Melchior besucht.

Ludwigsburg? Wie kannst du nur so einen törichten Wunsch haben, hatte ihr Mann gesagt. Weggehen, Besuche machen, das ist etwas für feine Leute. Wer besorgt, wenn wir weg sind, die Felder, sitzt am Spinnrad?

Den Körper nach Art der Nachtfahrenden im Bett lassen, mit offenem, glasigem Blick, während man auf Reisen geht. Hexerei das, pass auf. Ihr Mann wälzt sich im Schlaf, psst, verrat ihm kein Wort.

Der Prädikant hat etwas gewittert, ist nochmals zurückgekehrt, hat seine Fangnetze ausgelegt. In der Hand wartet der spitze Gänsekiel.

Ob sie, die Magdalena Thut, träume nachts im Bett?

Wie die Federspitze, kaum hat sie ein Wort fallen lassen, davoneilt. Die Feder quietscht, hechelt. Ein Jagdhund auf einer blutigen Spur.

Der Prädikant streckt im Schreibeifer die Zunge heraus. Er bosselt, dreht an dem, was sie gesagt hat, macht aus einem Wort hundert.

Wes Natur ihre Träume seien?

Der Prädikant runzelt, als sie nicht damit herausrücken will, seine Stirn, er beobachtet, wie sie den Kopf zum Fenster dreht, schnauft.

Dieses Bauernweib. Verbohrt.

Er malt auf seinem Blatt das Fragezeichen nach. Der Punkt schwillt an, ein schwarzer Ball.

Und? Es komme ihm vor, sie verschweige etwas.

Sie träume kaum. Und wenn, so habe sie meist den Inhalt bis zum Morgen vergessen.

Er müsse einen Traum haben. Einen einzigen wenigstens. Hier, für die leere Stelle zwischen den Fragen.

Sie seufzt wieder.

Er malt weiter am Punkt. Die Oberfläche wölbt sich. Schillert giftig schwarz. Streckt schwarze Spinnenbeine aus.

Alle Weiber, sagt er in einer Pause in der Küche zu Ebel, reden zu viel. Jene, die nicht nach außen reden, reden nach innen. Das ist schlimmer.

Die Sätze, Wörter fallen in die Schweigsamen hinein. Unterhöhlen dort alles.

5

Auch im Leben eines Fürsten gilt es, Perspektiven aufzureißen, sagte Serenissimus zum Freiherrn von Buwinghausen: Tiefeneffekte, Staffagen, »echappées de vue«. Ausblicke suchen zwischen dräuenden Wolken, Lichtbündel lenken auf den eigenen Ort.

Gegen Ende 1766 ein Exodus von hundertvierzig Personen nach Süden: Generäle, die Toscani, die Bonafini, Hoforchester und Theater, ein Teil der Livreedienerschaft: Läufer, Kammermohren, Kammertürken.

Sieben Wagen rollen voraus mit Silber und Schmuck, Geschenke an den Dogen. In Eile sind vor der Abreise alle Schatullen geleert worden, achtzigtausend Gulden, das meiste Gelder vom Soldatenloskauf, nimmt der Herzog in bar mit, jeden Monat sollen die herzoglichen Kassen fünfzigtausend nachliefern, den Forstämtern wird angelegentlich empfohlen, durch Abholzen hunderttausend zu beschaffen, obwohl der Kaiser in Wien auf die Klagen der Landschaft hin die sinnlosen Rodungen verboten hat.

Der Freiherr von Buwinghausen hatte zur Reisevorbereitung abends auf der Solitude dem Herzog aus dem 1740 erschienenen »Forestiere illustrato« vorgelesen. Thut, den Leuchter in der Hand, hörte staunend, dass Venedig auf zweiundsiebzig Inseln steht, dass vierhundert Brücken sich über Kanäle spannen. Er stellte sich alles blau vor: himmelsblau, wasserblau, bewegt von Ebbe und Flut, ein Wassertraum.

Nun waren, anfangs Januar, die Kanäle gefüllt mit sich kräuselndem silbernem Dunst; wo der Nebelschleier riss, erblickte er die mit Ochsenblut bemalte Mauer eines Palastes, dicke Eisenringe und Pfähle, an denen Gondeln befestigt waren, den Bogen einer Brücke, wie mit einem Metallstift geritzt.

Der Herzog bestimmte für die ersten Erkundigungsgänge, die er zu Fuß, mitten unter den flanierenden Veneziani zu machen gedachte, den langen Thut als Begleiter, zwei, drei Schritte solle er hinter ihm gehen, die Aufmerksamkeit von ihm wegziehen.

Sie schritten durch die Gassenschluchten, traten dann, in der plötzlichen Helle wie erlöst aufatmend, auf den Markusplatz hinaus, von der Mole her brachte der Wind den Geruch nach Fisch und Fäulnis. Auf der Südseite, bei der Neuen Prokuratie, betrachtete der Herzog die Geschäfte und Stände für Galanteriewaren, unter den Arkaden, in einem geschützten Winkel, wurden Kaffee und Branntwein ausgeschenkt, Gaukler zeigten ihre Kunststücke. Auf dem Platz, überflattert von Tauben, war ein Gedränge von Menschen, Serenissimus sprach die Vermutung aus, dass der Doge oder einer der Nobili vielleicht Geburtstag feiere, aber man belehrte ihn, dies sei ein gewöhnlicher Sonntag, nichts Außergewöhnliches, er müsse zur Zeit des Karnevals hierherkommen, dann herrsche ein noch viel ärgeres Gedränge.

Hierauf erklomm Thut hinter dem Herzog den Turm von San Marco, fünfhundertzweiundachtzig Stufen zählte er, oben atmete er tief durch, ihm war, zum ersten Mal fülle er diesen Riesenkörper aus, seine Mutter, seine Geschwister sollten ihn sehen können: Allein mit seinem Fürsten auf dieser Aussichtskanzel, blickte er auf die rötlichen verschachtelten Dächer, die Inseln; in der Ferne, durch ein Nebelloch, konnte er die verschneiten Bergspitzen sehen.

In der zweiten Woche, als sie bei einbrechender Dämmerung durch die Via San Vitale schritten, kam ein schön aufgeputzter junger Mann mit bordierter Weste auf den Herzog zu, begrüßte ihn mit ausgesuchter Höflichkeit, sagte: Falls Euer Durchlaucht Verlangen nach einem besonderen Amüsement, einem Spiel in interessanter Gesellschaft hat, führe ich ihn nicht zum gemeinen, sondern zu einem exquisiten Palazzo dei Ridotti. Ein auserlesener Zirkel von Nobili delektiert sich dort, man lässt aber auch Fremde zu von Distinktion, über die man sich zu informieren weiß.

Ob man um Geld spiele?

Der junge Mann nickte.

Serenissimus, den wohl die Möglichkeit lockte, seine Barschaft zu vermehren, ließ den jungen Mann vorausgehen. Der Palazzo lag an einem der Seitenkanäle, auf den ersten Blick machte er einen unbewohnten, abweisenden Eindruck, durch die dicken Vorhänge hinter den Fenstern zu ebener Erde drang kein Lichtschein.

Der Ratsherr Golther, der mit Thut zusammen den Herzog begleitete, wollte seinen Herrn zurückhalten, aber da rissen Lakaien, die mit Turbanen und Pumphosen, ganz à la turque, bekleidet waren, ein Portal auf. Ehe sie sichs versahen, befanden sie sich in einer Flucht von erleuchteten Sälen, an kleinen Tischen aus blauem Lapislazuli und grünem Malachit wurde Pharao und Bassetta gespielt. Neben dem Eingang saß an einem mit Leder überzogenen »Demilune« der Bankhalter hinter seinen Geldtürmen, das weiß gepuderte Gesicht auf Augen- und Nasenhöhe von einer Kürbismaske verdeckt. Ausrufe wie »Va banque!« und »Va tout!« und das gedämpfte Klirren der Münzen zogen den Serenissimus an einen der Tische; umringt von unbekannten, teils maskierten Gesichtern begann er zu pointieren.

Der Herzog gewann, einige der Zuschauer applaudierten. Flüsternd, hinter vorgehaltenen Fächern, unterhielten sich die Damen im Hintergrund über den Fremden. Ein nach Husarenart silberverschnürter Lakai strich, mittels eines Rechens, das Geld vom Tisch, der Herzog verwendete es für seinen nächsten Einsatz. Die nächsten Spiele verlor er, Golther musste für ihn tief in die Geldkatze greifen. Der Husar fegte das Geld fort mit unbewegter Miene, als reinigte er einen Platz von Unrat und Herbstlaub. Mein Jahresgehalt, dachte Thut, schmerzlich erinnerte er sich daran, dass er zu Jakobi nur einen Teil ausbezahlt bekommen hatte, die fürstliche Schatulle sei leer, hatte man der Livreedienerschaft gesagt, sie auf nächstes Jahr vertröstet.

Als das Spielglück ausblieb, entschloss sich der Herzogg – wohl auch wegen der flehentlichen Blicke und geheimen Zurufe des Kammerherrn Golther, die Geldkatze sei leer –, den Palazzo zu verlassen.

Auf einen Wink des Kassiers trat ein alter, in kostbaren Brokat gekleideter Mann auf den Herzog zu, er schob die Halbmaske hoch und zeigte ein von Fettpuder und Schweiß fleckiges Gesicht. Er habe die Ehre, im Namen der Signoria von Venedig dem erlauchten Gast mitzuteilen, der Doge werde ihn nächste Woche empfangen. Der Herzog war erfreut, auf sein Begehren, der Signoria seine Aufwartung zu machen, hatte er bisher keine Antwort bekommen. Er wusste, Länge und Art seines Aufenthaltes hingen von der Gunst des Dogen ab.

Mit Sänften voller Geschenke fand sich der Herzog mit seinem Gefolge an dem bezeichneten Tag zum Empfang im Dogenpalast ein. Während ihm in einem der Prunksäle Audienz gewährt wurde, stand Thut draußen auf der Treppe Wache. Von diesem Übersicht gewährenden Standort aus beobachtete er mit Erstaunen, dass die Veneziani ungeniert hinter Arkaden und in Winkeln des prächtigen Gebäudes pissten, Uringestank vermischte sich mit dem Geruch nach fauligem Holz und Brackwasser aus dem nahen Kanal.

An der Mauer des Palastes sah Thut Löwenköpfe aus Stein, Briefkästen seien das, sagte man ihm, jedermann könne Zettel mit Anklagen in die geöffneten Mäuler werfen, Anzeigen gegen bestechliche Beamte, über Schmuggel von Mehl und Getreide oder unerlaubtes Schlachten.

Untersuchungsrichter würden den Sachverhalt prüfen. Erweise sich die Klage als berechtigt, so bekomme der Denunziant ein Geschenk.

Schwerverbrecher sperre man auch unter dem Dach dieses monströsen Gebäudes ein, im Winter kämen sie unter den Bleidächern fast um vor Kälte, im Sommer vor Hitze. Schaudernd blickte Thut später von der Mole aus zur Seufzerbrücke empor, Pracht und Macht warfen auch hier Schatten.

Der Empfang durch den Dogen und einige seiner Senatoren war ein Erfolg gewesen: Karl Eugen fühlte sich von seinesgleichen geehrt und estimiert.

Als Gegengeschenk erhielt er vom Großen Rat der Republik einen kostbar gearbeiteten reliefartigen Stadtplan von Venedig, den er später in einem der Säle auf der Solitude aufstellen wollte. Die Signoria denke auch daran, zu Ehren des erlauchten Gastes zur Karnevalszeit ein Fest zu geben.

Der Karneval erreichte am »giovedi grasso« seinen Höhepunkt mit dem alljährlich wiederkehrenden Stierfest zu Ehren des Dogen. Maskentreiben auf dem Markusplatz.

Feuerwerk am helllichten Tag auf einem bogenartigen Gerüst hoch über der Piazetta. Drei Stieren wurde der Kopf abgeschlagen. Ein Mann ließ sich an einem Seil außen am Turm von San Marco hinaufziehen, oben setzte er sich in eine als Barke verkleidete Maschine, von dort aus streute er auf die Schaulustigen Sonette zu Ehren des Dogen und feuerte Pistolenschüsse ab.

Thut mischte sich, als die Darbietungen zu Ende waren, allein unter die Maskierten. Dem Herzog war das tumultartige Treiben an diesem Tage zu gefährlich, da es gestattet war, am »giovedi grasso« unter den Mänteln Waffen zu tragen: Dolche, Degen, Büchsen, ein Tag also, prädestiniert für blutige Abrechnungen, Fehden, Morde. Standesunterschiede gab es keine mehr, nur wer keine Maske trug, wurde gering geschätzt. So hatte sich Thut, um Anrempeleien zu entgehen, eine Bautta, die spitze schwarze Mütze, und den Tabarro, den schwarzen Mantel, angezogen, sein Gesicht hatte er geweißt, die Augenbrauen mit Kohle nachgezogen. Er ging, eine gespenstische, hünenhafte Erscheinung, langsam zur Rialtobrücke, beobachtete, am Geländer stehend, das Kommen und Gehen: Schäfer, Schäferinnen, Mohren, Edelleute, aber auch abstoßende Gestalten wie Pestkranke mit aufgemalten Pusteln und Pestbeulen, Tode und falsche Bettler mit widerlichen Ausschlägen, blutigen Wunden.

Er stand in dem ziehenden Menschenstrom wie in einem Fluss. Es war ihm, er sähe die ganze Menschheit in ihrer Vielfalt in Strudeln vorbeitreiben, vielleicht gingen auch die Hofleute von Ludwigsburg, der Herzog selbst, unkenntlich unter ihren spitzen Kapuzen, an ihm vorüber.

Einer stieß ihn an. Der weiß geschminkte Mund unter der Kürbismaske fragte etwas, was Thut nicht verstand.

Eine rothaarige Zigeunerin streckte ihre Hand aus nach seinen Beinkleidern.

Ihr Begleiter tastete an den Riesenbeinen hinauf, als suchte er den Ansatz von Stelzen. *E davvero un gigante!* Er lachte, als habe er sich selbst übertölpelt.

Die Zigeunerin riss jetzt an seinem Mantel, ein Stau entstand, Thut blickte plötzlich auf viele ihn umringende Masken hinunter.

Da entstand eine neue Bewegung, die Köpfe drehten sich nach einem der Galanterieläden in der Mitte der Brücke, aus dem jetzt eine zweite Riesengestalt trat, eine Frau mit braunen Locken und einer Schmetterlingsmaske, die ihre Stupsnase und einen kleinen, zu einer roten Kirsche geschminkten Mund freiließ, langsam, wie über den Köpfen schwebend, kam sie auf Thut zu, die Gaffer machten ihr freiwillig eine Gasse. Ehe sichs Thut versah, hatte sie seine Hand genommen, sie zog ihn zwei, drei Schritte zur Mitte hin, machte staksige Tanzschritte, ein Zigeuner improvisierte auf seiner Guitarre eine Melodie, Thut und die Unbekannte bewegten sich im Tanz.

Die Masken hatten ihnen Platz gemacht, genossen hingerissen das Spektakel.

Ein Riesenmenuett.

Thut bewegte sich immer geschmeidiger, vor ihm das Gesicht der schönen Riesin, zwischen den Pailletten der Maske suchte er ihre Augen.

Sie tanzten selbstvergessen, Aug in Aug. Einmal tat sie einen Fehltritt, sie schwankte, stieg von den Stelzen, sofort schwang sie sich wieder hinauf, die Zuschauer klatschten.

Plötzlich war sie, wie sie gekommen war, in der Menge verschwunden, die Zuschauer lösten sich rasch auf. Er suchte sie im Gedränge, auch ohne Stelzen hätte er sie wiedererkannt: ihre lachenden Augen, den Schwung ihres Mundes, die olivfarbene Haut. Ziellos irrte er nach Einbruch der Dämmerung durch die Stadt. Im Schein der Straßenlaternen warfen die Passanten Riesenschatten, sie narrten ihn an Hauswänden, lockten ihn unter Bögen und in entlegene Winkel, er stand auf den Anlegeplätzen der Gondeln und schaute in die Gesichter der Ankömmlinge, verwirrt suchte er nach der fremden Riesin.

6

Bruchteile von Sekunden braucht ein Gedanke. Da schwirrt er, ein Pfeil aus dem Hinterhalt, auf sein Ziel zu. Der Atem holt die Weite herbei, Augen, Ohren, Tastsinn sind geschärft. Gedachtes wird greifbar, wirklicher als die Wirklichkeit.

Sieben Jahre beim Venediger, so schnell vergangen wie eine Nacht, hatte Samuel gesagt.

Magdalenas Aufmerksamkeit kehrte zum Spinnrad zurück, sie hörte wieder Rhyners Stimme hinter ihrem Rücken, laut sprach er, wie gehetzt. Sie dachte an das Flackern in seinen Augen, es hatte ihr nicht gefallen. So viel verstand sie, dass er fort wollte mit Melchior; sie wollte den Reiseplänen ihres Sohnes nicht im Wege stehen, auch wenn sie sterben sollte, während er fort war. Hier, im Tierfehd, in der Enge, ginge er zugrunde.

Als Rhyner fort war, verschluckt samt seinem Pferd vom abendlichen Dunst, der aus der Senke der Linth aufstieg, setzte sich der Riese neben die Mutter an sein Spinnrad.

Zwei oder drei Schneller soll jeder täglich spinnen, sein Essen verdienen, so will es der Brauch. Der Bruder und die Schwägerin kamen vom Feld, der Bruder trug die Sense über der Schulter, die Schwägerin den Rechen.

Der Bruder schaute hinter den Spinnern auf den Tisch und sah die schmal gewordene Speckseite: Aha, der Riesenbruder sitzt am Speck, während unsereiner nach dem Frondienst noch aufs Feld muss! Und die Schwägerin, die mit gerunzelter Stirn die leere Weinflasche entdeckte, keifte: Die Mutter hofft wohl, er wächst ihr noch ein Stückchen? Ihr flotter Riesensohn! Soll er sich doch auf der Kirchweih in London oder China zeigen, je weiter weg, desto lieber.

Schweig!, rief Magdalena.

Die Schwiegertochter streckte ihr die Zunge heraus.

Thut erhob sich vom Spinnrad, machte eine drohende Geste. Da schwang sie den Rechen gegen Thut.

In der Astgabel der Esche überlegte der Riese: Böse ist er ihnen nicht, es ist für sie schwer, mit einem umzugehen, der alle überragt.

Seit er etwas von der Welt gesehen hat, erscheint ihm das bisher Vertraute in einem anderen Licht. Er kann ihre Stühle, Betten, ihre Gabeln, Messer, Werkzeuge nicht mehr gebrauchen, kann nie mehr zurück, so sehr er sich auch duckt, in ihre enge Welt. Er kann nicht ohne Arg einfach da sein im Herkömmlichen, ist nie mehr ganz einer von ihnen, ein Auge blickt in die Ferne, sieht alles von außen, sie merken das, es macht ihnen Angst.

Er will zu Anna Margreth nach Linthal. Sie ist doch seine Frau. Mit ihr reden möchte er, hören, was sie zu der geplanten Reise nach England sagt.

Vielleicht hat sie sich anders besonnen? Will, nach

so viel Jahren, wieder bei ihm sein? Dann würde er hierbleiben, ihr ein Häuschen bauen, mit den letzten gesparten Gulden von Ludwigsburg.

Er macht sich noch am selben Abend auf den Weg nach Linthal, klopft an. Ein leises: Herein. Er stößt langsam die Tür auf, blickt ins Leere. Wo bist du, Anna Margreth?

Da.

Sie steht im Dämmerlicht des Flurs, klein, verschüchtert. Wie kann er ihr sagen, was ihn plagt? Er wünscht sich eine Frau nach seinem Maß: Auge in Auge, Mund an Mund, Herz an Herz.

Anna Margreth, willst du wieder bei mir wohnen?

Sie senkt den Blick, schüttelt unmerklich den Kopf.

Die fremde Riesin.

Ein Verdacht, dass es die Demoiselle gewesen sein könnte, die Bonafini. Ihr wäre eine solche Vermummung zuzutrauen. Zurück in Venedig, hat sie wieder ihren alten Schalk. Die flinken schwarzen Augen, die Lebendigkeit auch, mit der sie sich im Tanz gedreht hat.

Im Galanterieladen jedoch, mitten auf der Rialtobrücke, aus dem die Riesin gekommen war, sagte man auf seine Fragen, sie sei, ihrer Sprache nach, wohl eine Frau aus dem Volk gewesen, aus niederen, vielleicht zweideutigen Kreisen.

Stundenlang war er die Kanäle entlanggegangen, nach Einbruch der Dunkelheit auch in die engen, nur sechs Fuß breiten, übel beleumdeten »calli«, wo die Nymphen von Venedig, als Prinzessinnen verkleidet, durch ihre Zofen die Passanten ansprechen lassen, naive Fremde laufen willig ins Netz: zu einem Ballvergnügen in einem der verfallenen Palazzi am untern Kanallauf.

Auch Thut hatte sich hereinwinken lassen, stand zu seiner Überraschung in einem gut eingerichteten, hell erleuchteten Saal, sah eine Versammlung schöner Frauen, unmaskiert, nach neuester Mode gekleidet und mit Schmuck beladen. Sie ließen sich zum Tanz einladen. Schokolade und Sorbets wurden serviert wie in den Sälen der höheren Kreise.

Thut konnte nichts Ungebührliches beobachten. Erst nach Mitternacht, erzählte ihm später ein Kammerherr, seien die Frauen auf Freier aus, verschwänden dann paarweise aus dem Saal mit ihren Buhlen.

Nach einer Weile kam eine der Frauen auf den Riesen zu, erkundigte sich nach seinen Stelzen, flattierte ihm, er musste, während er in ihr grobes, dick gepudertes Gesicht schaute, an die schöne Riesin denken, die er, halb zu seiner Erleichterung, halb zu seinem Schmerz, nirgends hier entdeckt hatte.

Er entschuldigte sich, ging eilig, vom Seewind gepeitscht, durch dunkle Gassen davon.

Auch später, bei dem von der Signoria zu Ehren des Fürsten stattfindenden Ball im Obergeschoss der Oper von S. Grisostomo, schaute er den ganzen Abend nach ihr aus; das sei wohl sinnlos, sagte ihm einer der Diener, die Frauen der guten Gesellschaft trügen an jedem Tag des Karnevals eine andere Maskierung.

Und die Demoiselle?

Nach dem Gesang der Mädchen aus dem frommen

Haus der »incurabili«, ein Überraschungsgeschenk der Signoria an die Adresse des Fürsten, sang sie eine Thalia-Arie aus »Il matrimonio per concorso«.

Es war das Lied, das er in Ludwigsburg zum ersten Mal aus ihrem Mund gehört hatte.

Erneut war er zu Tränen gerührt.

Was für eine Frau, was für ein engelsgleicher Gesang. Er durfte sich ihr nicht einmal in seinen Träumen nähern.

Mit einem nie abreißenden Reigen an Vergnügungen ging die Zeit dahin. Am Karnevalsball hatte Karl Eugen die Signoria vollends für sich eingenommen mit einer Vorstellung seines Theaters auf der bengalisch beleuchteten Lagune, mit Blumen für die Damen und Zierrat neben den Gedecken, für das er allein tausend Gulden ausgab.

Die Signoria ernannte ihn zum Ehrenbürger der Stadt. Um sich standesgemäß zu revanchieren, erlaubten sie ihm, *nach seinem eigenen feinen Geschmack ein Casino bei S. Gerónimo anzulegen*, die Republik steuerte zum kostbaren Interieur einen Kristallspiegel aus der Fabrik von Briati bei.

Seinen ursprünglichen Plan, auf der Insel Murano zu bauen, hatte er aufgegeben, die Familie Barbarigo überließ ihm zur Miete ihr Landhaus mit dem klingenden Namen Marocco, vier Stunden von Venedig entfernt Richtung Padua in einer für Villen bevorzugten Gegend an der Brenta.

Für die Gartenanlagen des Marocco und den Bau des Casinos zog der Herzog den erst zwanzigjährigen

Reinhard Ferdinand Heinrich Fischer zu, einen Stuttgarter, bei La Guêpière hatte er Architektur studiert.

Mit Festen hatte man Licht und Farbe in die düsteren Winterwochen gebracht, jetzt, Ende Februar, klarte der Himmel auf, die Wasseradern bekamen einen perlmuttfarbenen Schimmer. In den winzigen Höfen blühten Mimosenbäume mit gelben, stark duftenden Pompons, in den Gassen hörte man Kinderlachen und das schilpende, balzende, sehnsüchtige Pfeifen der vielen gefangenen Vögel, die in ihren Käfigen an den Hausmauern hingen.

Die Frauen bestellten neue Kleider, Ausflüge wurden geplant, Karl Eugen machte mit Fischer zusammen Pläne für eine Umgestaltung der Gärten des Marocco: Pavillons, Teiche, Lauben für heitere Feste.

Geld, seufzte er, Geld!

Das Casino war noch nicht bezahlt, die Miete für den Palazzo in der Stadt stand aus, die Gläubiger drängten. Der Herzog hatte in den letzten Wochen Eilkuriere nach Stuttgart und Ludwigsburg geschickt, das wenige, das sie aus den Kassen ergattern konnten, schmolz wie der Schnee auf den Gipfeln der Dolomiten, die man von den Türmen der Stadt am bläulichen Horizont sah.

Montmartin und Commerell mahnten in versiegelten Briefen dringend zur Heimkehr und *endlicher solider Einrichtung*, es gäre im Land, man verzeihe dem Fürsten nicht, dass er in Venedig sinnlosen Aufwand betreibe, während die Beamten und Offiziere darbten. Zudem erwarte der Geheime Rat die versprochenen Reduktionsvorschläge.

Der Herzog wischte die Schreiben wütend vom Tisch. Hatte er nicht an Lichtmess, um den guten Willen zu zeigen, den Mitgliedern der französischen Komödiantengruppe und dem Ballettmeister Noverre gekündigt *zur Erleichterung der herzoglichen Rentkammer*?

Die ewigen Maskeraden begannen ihn anzuöden, selbst die Regatten konnten ihn nicht mehr aufmuntern. Nachts saß er mit Fischer an den Plänen für die Solitude, der Schwung des jugendlichen Architekten, der willig auf seine Vorschläge einging, tat ihm gut, die Fenster blieben die ganze Nacht erhellt, mehr als vier Stunden Schlaf erlaubte sich der Herzog nicht.

In einer schlaflosen Nacht beschloss er schließlich die Flucht nach vorn: höchstpersönlich nach Ludwigsburg. Inkognito. In größter Eile. Zwei Leibwächter, sonst keine Begleitung. Der Riese? Zu auffällig.

Thut atmet auf. Die langen Kutschenfahrten bekommen ihm nicht. In der feuchten Luft Venedigs haben sich seine Gelenkschmerzen verschlimmert.

Eines Morgens blieb der Platz des Herzogs an der Frühstückstafel leer. Gerüchte kursierten. Erst später erfuhr man Tatsachen: Am 10. März 1767 tauchte der Herzog unvermutet auf der Solitude auf. Wie ein Lauffeuer verbreitete sich diese Nachricht, Soldaten, unbezahlte Beamte drängten herbei, auf herzoglichen Befehl wurde das Areal durch Truppenketten abgesperrt. Nur wer sich vom Dienst loskaufen wollte und Geld brachte, wurde von den Posten durchgelassen. Unterdessen durchsuchte der Herzog im Landschaftshaus in Ludwigsburg die Schatullen. Die Ordinari- und

Extraordinari-Kassen der Landschaft waren leer, nur im Tresor einer Sonderkommission befanden sich noch dreitausend Gulden.

Bevor die Landesvertretung begriffen hatte, was da vor sich ging, war der Herzog mit dem entwendeten Geld fort, unterwegs nach Venedig.

Das Geld war ein Tropfen auf einen heißen Stein. Mit den wärmeren, längeren Tagen vermehrten sich die Gläubiger, bedrängten den noblen Gast, wurden hartnäckig wie Bremsen: Der Traum einer noblen Gegenwelt löste sich auf. Plötzlich interessiert sich der Herzog für das, was nördlich der Alpen vor sich geht: Der Wiener Hof und die Landschaft, die nun unter gewissen Umständen bereit sind, die ominösen hunderttausend zu zahlen, drängen auf Rückkehr.

7

In Heidenheim, der ersten Stadt innerhalb der Landesgrenzen, platzte die Nachricht von der Rückkehr des Landesherrn in die Lethargie eines verschlafenen Sommernachmittags. Der Bürgermeister, ein langsamer Mensch, hörte die Neuigkeit aus dem Mund des herzoglichen Stafettenläufers, erschreckt blickte er zum Bild in der Kanzleistube empor mit dem rosigen, gedrungenen Kopf des Serenissimus, nickte zerstreut, erteilte dann, den stahlblauen Blick des Landesvaters im Nacken, seine Befehle.

Als hätte er mit einem Stecken in einem Ameisenhaufen gewühlt, brach blinde Betriebsamkeit los, ein Essen für achtzig Personen musste bereitet, eine Rede aufgesetzt, eine Ehrenpforte aufgestellt werden, wer, wie, wo, der Bürgermeister schwitzte, kam in Atemnot. In der Aufregung war kein Schlüssel aufzutreiben, der zugleich schwer, schön geformt und altertümlich genug aussah, um als Stadtschlüssel zu gelten, ein Arzt, der dem Bürgermeister Tropfen für das flatternde Herz gab, erlöste ihn aus der Not, indem er ihm den Schlüssel zu einem im Weinberg stehenden Taubenturm borgte, der würdig genug aussah für die herzogliche Hand.

Der große Tag – der 1. Juli 1767 – brach strahlend an. Schon gegen zehn Uhr ließen die Levkojen und

Rosen an der hastig errichteten Ehrenpforte die Köpfe hängen. Auch die Bürger wurden, je mehr es gegen Mittag rückte, des Wartens müde, sie standen gesonntäglicht in zwei dunklen Trauben links und rechts der Pforte. Trotz Magenknurren wagten sie es nicht, nach Hause zu gehen, die meisten von ihnen wünschten sich den Herzog zurück, hatten vergessen, dass die Widerwärtigkeiten, unter denen sie litten, schon lange dauerten, sie glaubten, der Landesvater werde Ordnung und bessere Zustände herbeiführen, was war ein Land ohne das wachsame Auge des Serenissimus.

Endlich traf der Zug ein, an der Spitze die Vorreiter, dann die Karossen mit dem Herzog und seine Suite.

Trabanten in roter, mit Silber bestickter altspanischer Tracht, Leibjäger in grünen, goldbesetzten Röcken, Leibhusaren in roten, pelzverbrämten Wämsern. Das Volk klatschte. Man stand sich auf den Füßen, um den Herzog im Ausschnitt des Verschlags zu sehen: Das Gesicht unter der weißen Perücke erschien röter als auf dem Bild in der Kanzleistube, ungesund, gealtert. Als Serenissimus, in huldvoller Geste winkend, den Kopf drehte, stand das herzogliche Zöpfchen, von der Papilotte umwickelt, schmächtig vom gedrungenen Kopf ab.

Bald wandte sich die Aufmerksamkeit der Menge dem Pagen an seiner Seite zu, raunend wies man auf seine dunklen Locken, die unter einem frechen, schräg aufgesetzten Käppchen hervorquollen. Die aufgeworfenen Lippen des Knaben standen halb offen und rot im weißen Gesicht. Mit angehaltenem Atem sah man zu, wie der Page hinter dem Herzog aus dem Wagen stieg, nahm die geschmeidige Hüfte zur Kenntnis, die ranke Halslinie, die angedeutete Brust unter der knapp sitzenden Uniform.

Von dem »schönen, verkleideten Kammerdiener« des Herzogs hatte man auch in Heidenheim gehört. Das also war sie, die Bonafini!

Der Herzog ging auf den Triumphbogen zu, unter dem kurzbeinig und verlegen der Bürgermeister stand, das Seidenkissen mit dem Stadtschlüssel an die vorgewölbte Leibesmitte gepresst.

Die Demoiselle hielt schnuppernd die Nase hoch, atmete tief die schwüle, stickige Luft ein, so viel Staub hatte sie schlucken müssen auf dem grässlichen Weg über die Alpen, es war ihr übel, sie verzieh sich nicht, dass sie nicht dortgeblieben war, wo sie sich daheim fühlte, in Venedig.

Sie bewegte sich mit schwankenden Schritten auf die Ehrenpforte zu, ihr linkes Bein war nach der langen Fahrt wie fühllos. Mit entzündeten, vom Straßenstaub tränenden Augen sah sie den kurzbeinigen Bürgermeister, hinter ihr stieß sie die Frau des Kammerherrn Golther in den Rücken als Zeichen, sie solle schneller gehen.

Dicht hinter dem Herzog stand sie nun unter der Pforte, die Blumen dufteten schwer und faulig. Stockend, ab und zu nach Luft schnappend, sagte der Bürgermeister seine Rede auf. Er hielt das Kissen schräg vor dem Bauch, mit jedem Satz glitt der Schlüssel ein Stück weiter abwärts.

Die Menge luchste, drängte.

Ein paar der Levkojen hatten sich in der Sonne glasig aufgelöst. Violette Schleimtropfen rannen zu Boden. Kleine Insekten mit regenbogenfarbigen Flügeln durchschwirrten die süßlich riechende Luft. In der Totenhalle von Lendinara, eingehüllt in solche Duftwolken, hatte sie als Kind für eine tote Gespielin gebetet, die langsam gleitenden Rosenkranzperlen zwischen den Fingern.

Endlich konnte der Herzog den Schlüssel zum Taubenschlag des Stadtmedikus in Empfang nehmen.

Die Bonafini spürte wieder die Püffe der Golther im Rücken. Hinter der Ehrenpforte stieg Brechreiz in ihr auf, sie trat zur Seite, Thut, der hinter der Golther gestanden hatte, eilte herbei, fing die Schwankende auf. An die Beine des Riesen geklammert, erbrach sie sich. Eine Zofe drängte Thut mit Fausthieben weg. Das sei ihre Sache. Die Bonafini bestand darauf, das Riesenhosenbein weiter festzuhalten.

Eigensinnig! Kindisch!, schimpfte die Zofe.

Die Bonafini schaute auf die Steilfalten zwischen den Augenbrauen, das verkniffene, pietistische Gesicht. Sie mochte es nicht leiden. Trotzig wischte sie sich mit dem Handrücken über den brennenden Mund. Machte ein paar Schritte. Ließ das Hosenbein nicht los. Hörte, im Schatten des Riesen gehend, das Gemurmel hinter ihr, die Toscani zur Frau des Kammerherrn Golther sagen: Der schöne weibliche Kammerdiener! Wetten, er ist schwanger.

Der Riese sieht zwischen den Ästen Quellwolken treiben. Seine Finger gleiten über die Borke, die Kuppen befühlen Plättchen, Schuppen wie bei einer Schlange, auf der Wetterseite hat sich Moos angesetzt. Der Bruder, breitbeinig neben dem Schlafstall, schaut in die Esche, ruft: Wo bist du, Riese? Hockst da oben wie ein alter Uhu!

Hast du gemerkt, wie morsch die Äste sind? Mit der Esche ist nicht mehr viel Staat zu machen, auf der Wetterseite, gegen den Hof zu, ist das Holz brüchig, nach jedem Sturm kann man die Äste zusammenlesen. Der Baum kommt in die Jahre wie unsereins. Umhauen sollte man die Esche, Kleinholz daraus machen für den Winter. Vor den Höfen im Obort stehen Linden, die wirken freundlicher, stattlicher!

Der Bruder dreht den Kopf zur Seite, Pferdegetrappel kündet das Nahen eines Fuhrwerks an. Thut hat es schon vor einer Weile entdeckt, auf dem Schuttkegel des Fuhrbachs, der letzten Bodenwelle vor dem Loch. Auf dem Bock, an seinem Strohhut zu erkennen, Ebel. Magdalena kommt mit Speck und Most aus der Küche, der Herr Student wünscht vor dem Haus zu frühstücken.

Luft! Ebel reckt die markante Nase. Hier könne er wieder atmen. Glarus, so klein es sei, komme ihm mit den vielen Fabrikbetrieben allzu betriebsam vor, zudem sei der Flecken voller Schaulustiger gewesen, alles wegen dieser Magd, der Anna Göldin. Am 18. Juni sei sie hingerichtet worden, in den ausländischen Zeitungen lese man schon Proteste. Ein Hexenprozess, dem wohl der zweifelhafte Ruhm zukomme, der letzte zu sein in Europa, und dies anno 1782!

Die Göldin tot? Thut schaut ihn entgeistert an. Er sieht das Schwert in der Hand des Henkers, sieht die

Frau vor sich, ihre Augen. Schwarz und anklagend, Brunnenschächte.

Noch zwei, drei Tage, sagt Ebel zu Magdalena, dann müsse er zurück nach Frankfurt, die Vorlesungen wiederaufnehmen.

Untätig sei er während seiner Schweizer Reise zwar nicht gewesen – er zeigt auf das Notizbuch, den Skizzenblock.

Manches, was er skizziert und beschrieben habe, werde er später wohl publizieren, ein Buch schwebe ihm vor mit dem Titel: »Schilderung der Gebirgsvölker der Schweiz«. Mehr noch als der Arztberuf locke ihn die Tätigkeit des Reiseschriftstellers. In einem Jahr gedenke er wiederzukommen, er wolle seine Beobachtungen ergänzen.

Thut blickt auf die mahlenden Kiefer des Studenten, wundert sich über die nimmermüden, hungrigen Augen. Auch er werde vielleicht bald reisen, sagt er. Ein Kaufmann wolle ihn mitnehmen nach England. Die Entscheidung müsse schnell fallen, am Ende der Woche hätten sie Fahrgelegenheit auf einem Floß, wenn sie länger säumten, sei es zu spät für die großen Märkte in London und Bristol.

Und die Schmerzen?

In England brauche er keine Stämme und Steine zu schleppen, sagt der Riese.

Beim Auengut kletterte Samuel mit zwei Vertretern des Stillstandes und seinem Verwandten aus Schwanden über die Schutthügel.

Wieder aufbauen? Nein!, hörte Thut Samuels zornige Stimme.

Warum nicht? Der Hang hat sich beruhigt, sagte der eine der Vertreter, ein Fabrikarbeiter aus Schwanden.

Der Schlipf lag trügerisch still. Lehmfarben die kahle Erde, aus ein paar Baumstrünken schossen neue Triebe.

Der Kanzleischreiber stocherte mit einem Stock in dem Schutthaufen, stieß auf etwas Hartes, beförderte einen verbeulten Blechnapf ans Licht. Man werde ihm helfen, die Hütte wieder aufzubauen, redete er Samuel zu, der Stillstand habe Unterstützung, auch finanzielle, zugesichert.

Es kommt noch mehr Geröll herunter, sagte Samuel.

Aha, er sei wohl Hellseher? Der Weber machte eine Grimasse, lachte.

Ich deute nur die Zeichen.

Der Schreiber tippte sich hinter Samuels Rücken mit dem Zeigfinger an die Stirn.

So wohne doch bei uns in Schwanden, versuchte der Verwandte einzurenken.

Im Alter solle man keinen mehr verpflanzen. Er ziehe sich lieber auf die Sandalp zurück.

Unsinn, schimpfte der Schreiber. Er solle an den Winter denken, den Schnee. Wenn er bocke, lehne der Stillstand alle Verantwortung ab.

Mit vorsichtig stelzenden Schritten gingen die drei Männer über das Geröll davon.

Zu Thut sagte Samuel: Wie will mein Schwager, der Fabrikler, wissen, ob der Hang zur Ruhe gekommen ist?

Der geht, den Blick zu Boden geheftet, im Morgengrauen zur Fabrik, kommt heim, wenn es dunkel ist. Merkt nicht, ob es Frühling ist oder Herbst. Früher, als junger Bauer, hat er noch die Wolken nach dem Wetter befragt. Hat darauf geachtet, wie sein Vieh frisst, wie der Bach rauscht, ob es knackt im Holz. Seit Menschengedenken Zeichen für den, der sehen und hören kann. An der Maschine sind seine Augen trüb, die Ohren stumpf geworden, aber er muss nicht in Wind und Regen stehen. Verdient, ob es Wachswetter ist oder nicht, seine paar Gulden.

Und solche Leute sitzen im Stillstand. Krämer, Fabrikarbeiter!

Machen Kleinholz aus den Tagen, Rahmen für Schreibtäfelchen aus dem Wald!

Abends blieb es noch lange hell. Der Selbsanft leuchtete wie von innen heraus, immateriell. Die Familie hatte sich schon um neun Uhr zur Nachtruhe zurückgezogen. Ebel las in Thuts ehemaliger Schlafkammer seine in Glarus gemachten Notizen über Landsgemeinde, Ämterwahl, Gerichte und Verfassung, Mousseline-Weberei, Stoffdruckerei. Er bedauerte, dass er in den Jahrbüchern von Glarus kaum etwas über die historische Entwicklung des Gewerbefleißes hatte in Erfahrung bringen können. In seinem Buch wollte er der Industrie im Glarnerland einen eigenen Abschnitt widmen.

Er setzte sich an den wackeligen Tisch, schrieb:

Wer die Täler von Glarus bereist, wandert durch eine große Fabrik von lebendigster Betriebsamkeit.

Diese armen, zwischen fürchterlichen Felsen verborgenen Hirten, von jeder Unterstützung und Anfeuerung entblößt, haben sich durch ihre Geistesregsamkeit und Ausdauer mehrerer Gewerbezweige zu bemeistern gewusst und bieten das auffallende Beispiel eines der industriösesten Völker dar.
Weiber und Männer sitzen am Spinnrade, im Thal so wie in den Sennhütten auf den Alpen. An einem Haus zwischen Linthdorf und der Pantenbrücke sah ich einen wahren Herkules das Spinnrädchen drehen.

Am Morgen sagte Ebel zu Thut: Seltsam, ich habe einen ähnlichen Traum gehabt wie in der ersten Nacht. Bauern mit Dreschflegeln und Heugabeln standen unter einem Baum und blickten zornig in die Krone hinauf. Die Äste schwankten, Laub wirbelte davon. Da habe ich zwischen den Zweigen einen großen Vogel gesehen mit geflecktem dunklem Gefieder und gelben Augen. Zu fünft haben sie den Stamm geschüttelt, einer versuchte hinaufzuklettern. Da ist der Vogel aus dem Baum geflogen, lautlos, gegen die Talöffnung hin.

Nun weiß ich, was ich zu tun habe, sagte der Riese.

8

Magdalena und Ebel hatten Rhyner und Thut auf einem Fuhrwerk bis zum Ausgang des Tales begleitet, Ebel wollte bei der Ziegelbrück die Postkutsche nehmen, der Riese und der Kaufmann bestiegen das Floß.

Noch zwischen den Schifferhütten und dem Lagerhaus lief es auf eine Sandbank auf, die Flößer stocherten mit Stangen im seichten Wasser, schimpften, die Linth führe jedes Jahr mehr Geschiebe mit, schon müsse man Frachten mit Pferden flussabwärts ziehen!

Thut stand mit dem Gesicht zur Anlegestelle, langsam glitt das Ufer zurück, die Gestalt seiner Mutter schrumpfte, füllte sich im gleißenden Gegenlicht mit Schwärze. Der Gedanke, er würde sie vielleicht nie mehr wiedersehen, schnitt ihm ins Herz.

Die Linth wand sich zwischen Kies und Sandbänken dahin. Flimmernd stand das Wasser zwischen dem Schilf, Teufelsnadeln schossen wie Webschiffchen, machten ein Gewirk aus Lichtfäden.

Rhyner, mit dem Rücken an der Kombüse, hatte eine Flasche an den Mund gehoben, der Most rann ihm über das Kinn. Er stieß einen wohligen Laut aus, blinzelte in die Sonne, so sollte es immer sein, nicht wahr, Riese?

Thut nickte.

Er blickte auf sein zitterndes Spiegelbild, noch immer sah es ansehnlich aus, nur unmerklich hatte das Auge an Glanz eingebüßt, die Haut unter den ergrauten Schläfen an Straffheit verloren. Unmerklich auch, als habe die Zeit keine Strömung, waren seine mittleren Jahre in Ludwigsburg vorbeigeflossen. Nur an seiner Umgebung, die sich veränderte, konnte er das eigene Altern bemerken.

Die Demoiselle, die Bonafini, hatte ihn an den Ablauf der Zeit gemahnt. Er sah ihr Gesicht, ihren jugendlichen Körper von Mal zu Mal weiblicher, runder. Die Bewegungen langsamer, der Gang gesetzter.

Wie aufgewirbeltes Laub trieben Wochen, Monate vorbei.

Der Sommer vergeht, schwäbischer Nieselregen überstäubt die Wälder. Grau versinkt das Schloss im Dunst. Schimmel kriecht im Hof die Mauern hoch. Im Innern verlieren sich die Zimmerfluchten, die Flure im Halbdunkel. Auf Schritt und Tritt diese langnasigen, pietistischen Köpfe. Bücklinge. Nuschelstimmen.

Vor einem Jahr ist der Herzog aus dieser schummrigen Novemberstimmung nach Süden gereist. Wut steigt in ihm hoch, dass die Vertreter der Landschaft, die Abgeordneten der Höfe von Wien und Preußen es zustande gebracht hatten, ihm den Futterkorb hochzuhängen, ihn zurückzubeordern aus Venedig wie einen ungezogenen Jungen.

Einen Possen will er ihnen spielen. Farbkleckse setzen in dieses fade Einerlei. Ein Klein-Venedig, mitten auf ihren von Arkaden umstandenen Marktplatz: Karneval. Venezianische Messe. Alles in Masken.

Da werden die Braven Maulaffen feilhalten, die Stirnen runzeln, näselnd von Aushöhlung der öffentlichen Moral reden.

Karneval? Die Bonafini jubelt.

Wie wirst du dich verkleiden, Riese?, fragt sie.

Thut denkt an Venedig, an seinen Tanz auf der Rialtobrücke, wird verlegen.

Ich weiß was! Die Schwangere lacht, prustet. Ein Säugling sollst du sein, Thut. In einem ungeheuren Kinderwagen! Und weißt du, wer den Wagen schieben wird? Der Zwerg!

Serenissimus findet den Einfall ravissant. Keim, der Theatermaschinist, soll den Kinderwagen bauen.

Ein paar Wochen später begegnet man Thut als Wickelkind im Schneetreiben von Ludwigsburg.

Zu Beginn des Jahres konnte es jeder sehen: Die Demoiselle erwartet ein Kind, der Leibarzt des Herzogs hat den Geburtstermin auf den Hochsommer gesetzt. Vorbei die Zeit der Pirsch und der Männerkleider. Doch Karl Eugen hängt unvermindert an ihr: seinem geretteten Stück Venedig.

Er gibt Ordre, zwei Gondeln zu bauen; ein Gondoliere aus der Lagunenstadt soll einem Mann namens Kopp das Rudern nach venezianischer Art beibringen. Kopp, ein seeuntüchtiger Schwabe, lässt das Boot kentern und bringt das Kunststück fertig, im putzig kleinen See von Monrepos zu ertrinken.

Da sieht Joseppo, der Hofmohr, seine Stunde nahen.

Er sei oft auf hoher See gewesen, jedenfalls fühle er sich dem Amt eines Gondoliere gewachsen. Im Herbst zeigt er Sachverstand: Er streicht, um die Gondeln wintertüchtig zu machen, ihre Unterseite mit Bleiweiß-Unschlitt.

Im April stehen die Apfelbäume rund um den See von Monrepos in Blüte. Der Herzog fährt mit der schwangeren Demoiselle über den Teich. Das Schloss spiegelt sich darin. Die überlebensgroßen Steinfiguren, Abbild der vier Jahreszeiten, zittern auf den Wellen, für den Sommer steht ein Schnitter mit einer Sichel.

Thut, der das Gartenportal bewacht, beobachtet das Paar in der Gondel.

Caterina Bonafini. Dahin ihre kindliche, an eine Heckenrose mahnende Wildheit; sie ist lieblicher, reifer geworden.

Der Herzog legt den Arm um sie. Ein eingefangenes Wild in seinem Gehege. Er tätschelt es, nennt es beim Kosenamen. Im Hauptsaal des Schlosses Belvedere malt Guibal am Deckengemälde: Adonis verabschiedet sich von Venus, um auf die Jagd zu gehen.

Im Glück des Augenblicks zu verweilen, diese Gabe ist Serenissimus nicht geschenkt. Er will noch pompösere Boote, rotgolden, mit Sonnendach, so etwas hat Venedig noch nie gesehen. Im Boot, mit der Bonafini, wird ihm zudem die lächerliche Kleinheit des Sees bewusst. Die Form des Tümpels, eine halbe Ellipse, reizt zur Vergrößerung. Hastig entsteht der Plan: Fünfhundertsiebzig Meter lang soll der neue See werden. Zu diesem Zweck muss man den hundertdreizehn Morgen großen Eglosheimer See trockenlegen, sein Wasser in den Schlosssee leiten. Militärstrafgefangene sollen im sumpfigen Gelände das Seebett erweitern.

Die Demoiselle schaut von einer Bank im Schlosspark den Grabarbeiten zu. Einer der jungen Arbeiter hat Mühe, die mit Steinen und Schlamm beladene Schaufel zu heben, er taumelt, will sich setzen, der Aufseher scheucht ihn mit der Reitgerte an die Arbeit zurück. Thut, am Gartentor, sieht die Bonafini plötzlich aufstehen und zu den Arbeitern hinübergehen, die Zofe will sie zurückhalten, zeigt protestierend auf die Seidenschuhe, die mit jedem Schritt tiefer in den Morast sinken. Die Demoiselle reißt sich los, spricht mit einem der Soldaten.

Später verteidigt sie sich: Er hätte ihr verstorbener Bruder sein können, unglaublich, wie ähnlich das dunkel gelockte, widerspenstige Haar. Franz heiße er, ein neunzehnjähriger Deserteur aus Hofen. Am Tag darauf versucht er vor der Bonafini einen Kniefall, schaut sie mit fieberglänzenden Augen an, bringt sich nicht wieder hoch.

Der Aufseher stürzt herbei.

Er hat Fieber, sagt die Demoiselle.

Der Aufseher zuckt die Achseln: Viele sind krank.

Aber das geht doch nicht. Ihr Blick wird vorwurfsvoll, die Unterlippe schiebt sich trotzig vor.

Dann ab mit ihm ins Lazarett, sagt der Aufseher. In den Notunterkünften hinter dem Schlosswald liegen sie schon zu Dutzenden. Sumpffieber! Der junge Deserteur aus Hofen kommt nicht mehr.

Wo ist er?, fragt die Bonafini nach einer Woche den Aufseher.

Der Mann streicht sich mit dem Handrücken über den Schnauzbart, blickt weg, schaut in das opalisierende Licht über dem Sumpf.

Tot?

Er nickt.

Es spricht sich bei den Hofleuten und der Dienerschaft herum: Sechzig Strafgefangene haben sich bei Monrepos ihr Grab geschaufelt.

Die Demoiselle mag nicht mehr in den Gondeln sitzen. Der Herzog, in einem plötzlichen Wechsel der Laune, lässt den Plan fallen. Gibt Ordre, die Gondeln zum Bärensee zu bringen.

Dieser ruhige Mai.

Die Hofleute in Ludwigsburg langweilen sich. Sonst haben sich im Mai die Festivitäten gejagt: Blumenfeste, Venusbälle, Mondscheinpartien. Der Herzog, der sich mit der Bonafini auf die Solitude zurückgezogen hat, meldet sich für den Sommer in Ludwigsburg ab, am 16. Mai werden im Hauptschloss Küche und Keller geschlossen.

Neben der Schwangeren wird Serenissimus ruhiger, fast häuslich. Als bekomme *er* das Kind, lachen die Hofleute. Doch es geht dem Herzog schlecht: Ständig ist er erkältet, hat Diarrhö, wirkt schlaff. Der Leibmedikus Breyer verordnet eine Vipernkur.

Viel ist für die Diener nicht zu tun auf der Solitude. Ein kleiner, beinahe schon familiärer Kreis. Abends spielt Durchlaucht wie ein Bürger Quinze, aus Frankreich kommt anfangs Mai ein neues Billard. Der Freiherr von Buwinghausen schreibt am Tisch in sein Tagebuch, Serenissimus hat ihn dazu ermuntert.

Es ist wenig, was es zu berichten gibt: *Der Herzog kam halb 10 Uhr mit der Mademoiselle wieder zurück, und nunmehro ist niemand bey dem Herzog hier als Obrist v. Schenk und ich. En quatre Quinze gespielt.*

Die Bonafini strickt auf einer Bank beim Fasanengarten, Rosafarbenes und Himmelblaues wächst zwischen den auf italienische Manier unter die Arme geklemmten Stricknadeln.

Für den Garten hat der Herzog einen exquisiten indischen Fasan erworben, mit rotgoldenem Gefieder, etwas Vergleichbares gibt es kein zweites Mal in Europa, hat Karl Eugen zu ihr gesagt, er mag Fasane, auch die ordinären darf niemand schießen, nur er. Bei lauem Wetter fährt Serenissimus in der »Wurst« bis zum Studentenbäumle spazieren, auf Wunsch auch in den Weißen Thier- oder in den Saugarten. Der Geruch der Orangenbäumchen, die man vorige Woche aus dem Gewächshaus ins Freie gestellt hat, liegt schwer und fremd über den Gärten, erinnert sie an das Landhaus bei Venedig. Nach einem Unwetter bleibt Caterina Bonafini, auf Anraten des Leibarztes, vom 9. Juni an in Ludwigsburg, um die Niederkunft abzuwarten.

Am kommenden Tag schon rücken die Schauspieler des Hoftheaters an, Besucher kommen, unter den Gästen fällt ein junges Fräulein von Bock auf.

Aha, die Vipernkur schlägt an, grinst Boll.

Das Fräulein, Tochter des Obermarechals, erweist sich als harmlos. Wie immer bevorzugt Karl Eugen die

Damen des Theaters, fast täglich speisen die Demoiselles Missieri, Bonani und Kurtzin an seiner Tafel.

Ablenkung, zu der ihm der besorgte Leibarzt geraten hat?

Welche von ihnen hat seine Gunst? rätseln die Diener. In neun Monaten sind wir klüger.

Trotz der Ablenkung sind die Gedanken des Herzogs bei der Bonafini, zwei Tage später ist er mit Major von Schwarzenfels unterwegs nach Ludwigsburg, besucht die Freundin, kommt gerade noch rechtzeitig zurück zur Opera buffa ›11 Philosopho‹.

Am Vorabend des Johannisfests besichtigt eine angeregte Gesellschaft das Fasanengehege, Missbehagen stellt sich ein über diese Gäste, die gleichgültig durch die neuen Gärten streifen, die Demoiselle von Bock, eine große, drahtige Person, hat den indischen Fasan mit Apfelbrocken gefüttert.

Tags darauf liegt er neben seinem vollen Futterteller, Koliken, sagt der Fasanenmeister L'Anglois, vermutlich geht das seltene Tier ein.

Verärgert, sehnsüchtig nach der Freundin, verlässt der Fürst am späten Abend die Solitude, die Wachen erschrecken. Serenissimus beharrt darauf, gegen seine Gepflogenheit allein zu reiten.

Ohne einen Cavalier bey Sich zu haben nach Ludwigsburg und kamen Nachts um 2 Uhr wieder. Sie stiegen bei Mslle Bonafini ab und allarmirten die Schloss- und Haubtwacht, welche Sie aberallert angetroffen haben, notiert am andern Tag Buwinghausen.

Fast täglich reitet der Herzog nach Ludwigsburg,

wilde Wehen haben sich eingestellt, die Demoiselle fürchtet sich vor der Geburt, Serenissimus hält Händchen.

Man mokiert sich am Hof, wundert sich. Bis anhin habe der Herzog seine schnell wechselnden Mätressen für sein mit Amouretten umstelltes Bett gebraucht. Von den Schäferstunden abgesehen, habe er die Pirsch den Weibern vorgezogen, in Männergesellschaft gejagt, getäfelt, gebechert.

Womit sie ihn nur fesselt? Er folgt ihr auf den leisesten Wink, dieser Italienerin, dieser Krämerstochter aus Lendinara! Als zöge sie ihn sanft, unmerklich. Eine Bestie am Seidenfädchen.

Er wird sich noch mit der Demoiselle ins Wochenbett legen, heißt es in Ludwigsburg.

9

Das Floß hatte, in der Ebene zwischen Walen- und Zürichsee treibend, Kaltbrunn erreicht.

Das Dorf war nach den langen Regengüssen vom Wasser der Linth überschwemmt, im Erdgeschoss stand es drei Spannen hoch, die Bewohner stiegen durch die Fenster im ersten Stock aus und ein. Die Luft war verpestet, Schmeißfliegen, Bremsen, Mücken fielen über alles Warmblütige her. Rhyner, dem hier einmal eine Frau gefallen hatte, dirigierte das Floß auf der überschwemmten Straße bis vor das Haus, an der Hausmauer hinauf rief er nach seiner Bekannten.

Sie erschien am Fenster, krank, abgezehrt, die Haare unordentlich unter der Haube. Sie müsse ihren Vater pflegen. Die meisten im Dorf seien krank, wie jedes Jahr nach den großen Gewittern. Wenn sie nur endlich den geplanten Kanal erstellten. Während man sich darum zanke, wie viel jeder der anstoßenden Kantone zahlen müsse, raffe das Fieber jedes Jahr einen Teil der Einwohner weg!

Ob er herauf kommen wolle? Rhyner winkte ab. Unter diesen Umständen komme er lieber auf der Rückfahrt vorbei. Wann? In einem halben Jahr vielleicht oder auch in einem! In England vergehe einem die Zeit im Flug!

Thut lachte versonnen.

Wohin treiben wir?, dachte Thut später auf dem Floß, irgendetwas zieht das Leben unaufhaltsam in eine Richtung. Die Nachmittagssonne fiel schräg, ließ das Wasser gleißen wie Spiegelglas.

Nie mehr an Land gehen. Nur noch Beobachter sein, alles an sich vorbeigleiten lassen, Häuser mit Gärten, Mühlen, Schmieden, die Geräusche der Betriebsamkeit. Winken, wenn kleine, dunkle Gestalten drüben winken. Aus der Ferne ist auch ein Riese kein Riese mehr, die Dinge verlieren an Größe mit jedem Schritt Entfernung.

Bei einer Ortschaft am Zürichsee will Rhyner um jeden Preis an Land gehen, er zeigt durch Schilfgras auf eine Anzahl Dächer, dort, das stattliche, rötliche, der Bären, ein wilder Durst überkomme ihn inmitten von so viel Wasser!

Ein Fischer hilft, das Floß an einem Weidenstrunk zu vertäuen, sie sollten lieber nicht an Land kommen, warnt er, im Ort herrsche die Ruhr. Fast jedes Jahr trete die Krankheit während der Julihitze auf, wenn der Hundsstern, der rötliche Sirius, am Himmel erscheine.

Der Sommer, ein Schnitter, Thut weiß es, hat das Steinbild wie eine Warnung im Spiegel des Sees von Monrepos gesehen.

Auch seine Frau sei erkrankt, fährt der Fischer fort. Sie klage über Bitterkeit im Mund. Die Zähne seien von brauner Fäulnis überzogen, die Zunge trocken und gelb, auch habe sie Schmerzen in der Herzgegend, galliges Erbrechen. Rhyner hört mit halbem Ohr hin, starrt auf das rötliche Wirtshausdach zwischen den

Zweigen. Eine Weile später sieht Thut ihn auf von der langen Floßfahrt steif gewordenen Beinen zwischen Obstbäumen davonstaken.

Um Mitternacht kehrt er betrunken zurück, kotzt im Schilf, liegt ausgestreckt, mit entblößter Brust, im Mondlicht. Thut findet keinen Schlaf, hört ihn schnarchen. Das Wasser schmatzt. Wolken von Mücken tanzen unter den Uferbäumen.

Drei Tage später wälzt sich Rhyner nachts im Fieber, am Tag sitzt er bleich und schweigsam hinten auf der Ladefläche, kotzt ins Kielwasser. Die Flößer tuscheln.

Kurz vor Basel ist er wieder protzgesund, steht breitbeinig zwischen den Seesäcken, legt den Handteller über die Augen gegen den Glanz der Abendsonne und späht ans Ufer: Einen Durst habe er! Die Flößer, auf eine Abwechslung erpicht, legen an. Nur ein Stündchen, auf einen Becher, hat Rhyner gesagt, drei Stunden sind vergangen, von Rhyner keine Spur.

Wem hast du dich anvertraut, Riese?, sagt der Flößer. Thut schluckt die Klagen, die Wut herunter, schaut alle halben Stunden auf die Taschenuhr.

Am Morgen, während das Floß rheinabwärts treibt, ist Rhyner zurück. Schuldbewusst streicht er um Thut herum. Fragt angelegentlich nach seinem Befinden. Stopft ihm, gegen das Rückenweh, einen Seesack in den Rücken. Lässt mit Worten, wie ein Jongleur, schillernde Bilder aufsteigen von England.

Thut hat sich längst beruhigt, lieber im Schlepptau von Rhyner, denkt er, als von Vögeli, diesem Griesgram.

Die Kutschfahrt nach Calais ist eine Abwechslung nach den vielen trägen Tagen auf dem Floß. Der Himmel ist gesprenkelt mit Wolken, die Richtung Kanal ziehen. Sie sind die einzigen Passagiere, Rhyner summt vor sich hin, Thut kühlt sein Gesicht im Fahrtwind.

Rhyner, der Reisefuchs. Er findet das billigste Paketboot zur englischen Küste. Stell dir vor, Thut, nur eine halbe Karolin pro Person! Allerdings ist einiges in Kauf zu nehmen: dass die Matrosen herumlungern, gierig nach ein paar Talern Trinkgeld, den Geizigen lassen sie Felleisen, Nachtmützen, Stöcke, Pistolen, Lebensmittel und die in Calais gekauften Burgunderflaschen verschwinden. Auch der Kapitän hat seine Schliche, bittet nach stürmischer Überfahrt die Passagiere, eine Meile vor der Küste in eine schwankende Schaluppe umzusteigen, er scheue Kosten und Gefahr einer Landung!

Die Passagiere lassen eilig einen Hut kreisen, der Kapitän, vom Klingeln der Taler umgestimmt, lässt Kurs auf die Küste nehmen.

In Dover warteten in der Postkutsche nach London schon vier Passagiere, zwei Plätze also wie nach Wunsch noch frei. Die englische »stagecoach« sah elegant aus mit den Jalousien, glänzenden Türschlössern, vertrauenerweckend solide die hohen Vorderräder, die eisernen Achsen.

Thut bückte sich, wollte sich hinter Rhyner in das mit Plüsch ausgeschlagene Innere zwängen. Da begehrte das fülligste der drei Frauenzimmer auf:

Der Lange verbrauche Platz, Luft! Sie bestehe auf ihrer commodité! Ihr Mann, ein Perückenmacher aus

Dover, in einen Bratenrock mit gelben Aufschlägen gekleidet, unterstützte seine Frau mit einer Tirade von Schimpfwörtern.

Komm nur, sagte Rhyner und zog den Riesen ins Gehäuse. Und mit einem Augenzwinkern zu der jungen Zofe gegenüber: Keine Angst, der Riese lässt sich zusammenklappen!

Thut, jetzt neben der Mamsell, das Kinn fast auf den Knien, die Arme an den Leib gepresst, lieferte den Beweis.

Das junge Ding, rotblonde Locken unter dem Strohhütchen, kicherte. Rhyner, dem kaum ein Rock gleichgültig blieb, zeigte sich von der Mamsell angetan, witterte, schnüffelte, erfuhr, noch waren sie keinen Meter weit gefahren, das nötige Drum und Dran: Dorothy hieß sie, war Zofe bei einer reichen Verwandten, einer alten Lady, die steif, aber nicht unfreundlich, im Winkel des Wagens saß.

Der Kutscher ließ anfahren, polternd ging es über das Kopfsteinpflaster von Dover: Die Kutsche schwankte. Wie ein Schiff auf dem stürmischen Kanal, lachte Rhyner. In einer Kurve, um einem entgegenkommenden Fuhrwerk auszuweichen, bremste der Kutscher unvermittelt, die Reisenden prallten aneinander, die Dicke, die von der Bank gerutscht war, kreischte.

Der Kutscher hielt an und sprang vom Bock. Sein Kopf erschien im Fenster.

Nicht zum Aushalten!, rief die Dicke, so eng zusammengepfercht! Keine Meile gedenke sie weiterzufahren!

Einmal außerhalb der Stadt, sei die Chaussee in

besserem Zustand, beschwichtigte der Postillion. Er blieb ruhig, musterte die Reisenden, sagte dann zu Rhyner: Ob sein Begleiter nicht, wie es in England Brauch sei, *outside* reisen wolle? Auf dem Dach sei es luftiger, koste auch nur die Hälfte.

Thut kroch aus dem Gehäuse, stieg aufs Dach, hier saßen schon zwei Handwerksburschen mit ihren Felleisen. Rhyner zog es, vermutlich des Frauenzimmers wegen, vor, im Innern zu bleiben.

Über Land wurde die Straße besser. Thut hatte noch nie eine so breite, angenehme Chaussee gesehen, durch die mit eisernen Reifen beschlagenen Karrenräder fast glatt gewalzt. Ungewöhnlich viele Kutschen waren unterwegs, die Pferde trabten schnell dahin, obwohl die Kutscher auffallend selten zur Peitsche griffen. Auch die vier Pferde vor ihm reagierten schon auf die Stimme des Postillions und auf den leisesten Druck seiner Stiefel auf das Fußbrett des Bocks. Zur Landstraße hin waren Spritzbretter angebracht. Damit die Reisenden nicht besudelt werden vom spritzenden Kot, klärt ihn Rhyner später auf, Fußgänger sehe man hingegen in diesem Land kaum, das nötige Geld, wenigstens auf dem Dach einer der vielen Postkutschen mitzufahren, habe hier jeder.

Ja, wohlhabend erschien alles, das konnte Thut von seiner hohen Warte aus im Abendlicht sehen. Wohltuend grün die Landschaft, auf den Weiden der sanften Hügel Schaf- und Rinderherden, wohlgenährtes, kräftiges Vieh, das Land offen.

Einer der Handwerksburschen zieht Thut am Ärmel, zeigt auf gigantische Steinplatten im Feld. Wie Mahnmale stehen sie gegenüber im Kreis. Violett und rauchgrau vor dem bläulichen Himmel.

Tausend Jahre, alt, sehr alt, sagt der Bursche langsam auf Englisch, Thut versteht.

Die Schatten der Steine im Gras.

Viel Raum, Weite um jedes Gehöft, um jeden Baum. Hier muss nicht, wie in der engen Talsohle zu Hause, alles sich ducken, klein bleiben.

Der Kutscher zieht die Zügel, bockstill plötzlich die Pferde, Schaum um die Mäuler, die Flanken zittern. Aus der Wirtschaft am Weg kommen zwei Stallburschen, flott sollen die Pferde gewechselt werden, dann geht es, sagt der Kutscher, bis Mitternacht weiter.

Köstlicher Pastetenduft dringt aus der Wirtschaft, aber Thut mag sich nicht neben dem Perückenhändler und seiner dicken Frau in die enge Stube drücken.

Es zieht ihn die Böschung hinauf zu dem einsamen Baum. Der Stamm steigt kraftvoll an, durchschneidet die Linien der Hügel, die Krone schwimmt im tintigen Blau. Thut schwingt sich ins Geäst. Drüben andere Bäume, in Gruppen steigen sie die Hügel hinan, zusammen und doch jeder für sich.

Nach Süden verliert sich die Straße zwischen Hügelwellen. Thut verfolgt sie mit den Blicken. Das Wegband, das er in den letzten drei Wochen mit Rhyner zurückgelegt hat, schnurrt wie ein Gummiband zurück.

Im Tierfehd haben sie jetzt Wildheu eingebracht, wer weiß, wie schnell der erste Schnee auf die Bergbänder fällt. Im September schneiden sie das Emd. Im Oktober führen sie Mist, setzen dampfende Haufen auf das Feld, verzetteln sie mit den Forken, schon wird der Himmel grau, Schneewolken ziehen auf, die Zeit der Abgeschiedenheit beginnt. Während daheim alles seinen Gang nimmt, man an Ort tritt, Jahr für Jahr, ist er, der Riese, herumgekommen: Berlin, Venedig, Amsterdam, Ludwigsburg, die Solitude, Dover.

10

Am Rande der Welt schaukelt er auf dem Baum, am dämmerigen Horizont nur noch ein dumpfes Dröhnen, ein zuckender roter Punkt.

Als Ei im Mutterleib beginne der Mensch, hatte der Prädikant zu Magdalena gesagt, winzig klein, so wie der Einzelne später ein Punkt sei, verloren in der Welt. Dann wächst das Menschlein, hört Stimmen, ahnt Licht, wächst, stößt an, drängt heraus. Nach Ablauf der Frist wird es hinausgestoßen aus der Engnis, fallen gelassen an irgendeinem Punkt auf dem Erdenrund, und ihn hat seine Mutter ausgerechnet zuhinterst im Tal geboren, im Loch.

Wenig Welt ist ihm zugefallen. Bergwände begrenzen den Blick, die Schritte. Nochmals wachsen, nochmals geboren werden zwischen den Flanken der Bergketten, hinausgestoßen werden aus dem engen Schlauch des Tals. Kaufmann hätte er werden können anstatt Riese, aber die Seinen hätten ihn kaum ziehen lassen. Nimm die Mistgabel, melke, bleib zu Haus und nähre dich redlich vom Spinnrad, vom verkauften Heu, ein Bauer bleibt auf der Scholle.

Könnte eine Frau ein genaues Verzeichniß führen von den kraftvollen Imaginationsmomenten, die während ihrer Schwangerschaft ihre Seele durch schneiden, sie könnte vielleicht die Hauptepochen von dem philosophischen, moralischen, intellectuellen, physiognomischen Schicksale ihres Kindes zum voraus erkennen.

Der Befrager hatte sich durch den Regen gekämpft, in städtischen dünnen Schnürstiefeln. Angst hatte er gehabt, die Räder des Wagens blieben in der überschwemmten Wiese stecken.

In der Küche zog er die Stiefel aus und streckte die Füße zum Feuer. Sein nasser Mantel, der am Ofen zum Trocknen über der Schnur hing, machte die Luft stickig.

Die Mutter sei noch an der Arbeit, sagte Melchior. Ob ihm ein Enzianschnaps gefällig sei?

Endlich erschien Magdalena, am Arm einen Eimer mit Hühnerfutter. Sie müsse noch die Kuh melken. Das Tier sei krank, dulde niemand in der Nähe als sie. Man müsse ihm zureden, eine Geduldsprobe. Ein Tier reagiere, wenn es nicht gesund sei, eigenwillig wie ein Mensch.

Magdalena verschwand und kam nicht wieder.

Der Prädikant wurde nach einer Weile ungeduldig. Er zerrte seine Socken über die von Wärme gedunsenen Füße, stieg in die immer noch feuchten Stiefel. Dann spitzte er mit einem Federmesserchen einen Schreibstift.

Er habe nicht viel Zeit, müsse noch nach Schwanden zurück.

So solle er doch in den Stall, schlug Melchior vor. Die

Mutter werde wohl mit ihm reden können, während sie melke.

Sie trafen Magdalena in der grünlichen Dämmerung des Stalls, leicht gebeugt saß sie auf dem Melkschemel, den runden Kuhbauch vor der Stirn.

Der Prädikant stellte sich bei der Tür auf, um das Licht, das durch die obere Luke fiel, zu nutzen, Melchior musste ihm wie ein Kanzleidiener Notizpapier und Schreibfeder halten.

Sie habe ihm gesagt, dass sie ihren Erstgeborenen im Winter ausgetragen habe, eröffnete er die Befragung.

Das stimme, sagte sie abwesend.

Mit gleichförmigen Bewegungen strich sie über die Zitzen der Kuh, der Milcheimer war noch immer leer.

Was sie besonders gerne getan habe in jenem Winter?

Heusäcke gestopft, sagte sie. Dabei rieche man noch einmal den Sommer. Zudem schlafe man gut unter solchen Kissen. Die richtige Mischung der Kräuter sei wichtig. Salbei stärke die Nerven. Frauenmantel halte Krankheiten fern.

Während er kratzend schrieb, sah sie das Felsband vor sich, wo das Wildheu wuchs, vier, fünf Schritte breit, dann der Abgrund, der Schwager hatte ihren Mann mit Steigeisen an den Füßen abgeseilt. Das Heu hatten sie in ein Netz geschlagen, ihr Mann brachte es vorsichtig zutag: ein schwankender, riesiger Ballen Heu auf zwei sehnigen krummen Beinen.

Und das Kind? Habt Ihr dem Ungeborenen etwas gewünscht, Frau? Dass es ein besseres Leben haben solle?

Kennt Ihr eine Mutter, die nicht den Wunsch hat, ihrem Kind möge es besser gehen als ihr? Sie lachte kurz, es tönte wie ein kräftiges Einschnaufen, dann klopfte sie der Kuh mit der Handfläche rhythmisch auf den Rücken.

Es war Winter damals, dachte sie. Zaunhoch Schnee. Man geht im Kreis. Sinnt allem nach, dreht jedes Wort misstrauisch, bevor man es ausspricht. Das Leben versackt. Was man versäumt, verpasst hat, das soll später das Kind leben, wozu sonst hat man ein Kind.

Die Kuh drehte ihr den Kopf zu, muhte, ein Milchstrahl zischte in den Eimer.

Der Prädikant schloss mit einem Seufzer das Heft.

Weitermachen könne er bei diesem schlechten Licht nicht. Zudem regne es immer noch, er müsse wahrscheinlich ein weiteres Mal kommen.

Er sagte noch einiges auf seine zähe, langweilige, nörgelnde Art, Thut reichte ihm das Papier.

Die Reisegesellschaft kommt aus dem Gasthof. Sie rufen nach Thut, stehen im Lichtkegel der Tür. Der Stallbursche hebt die Laterne, zeigt die Böschung hinauf. Dort! Im Baum!

Sie blicken hinüber. Mit einem Mal klettern sie alle auf den Hang hinauf, auch der Perückenmacher schafft es, ringt oben, unter dem Nussbaum, nach Atem.

Das Laub riecht streng in der Dämmerung.

Man sucht den Kopf, den Nacken, nach Augen zwischen den Blättern – runde, in der Nacht leuchtende Augen müssten es sein, Uhuaugen, denkt die kleine Zofe –, nach Riesenfüßen, Riesenarmen, Riesenschenkeln, sie sind im Gewirr der Äste, der eiförmigen Blätter nicht auszumachen, die Dämmerung hat einen gleichmacherischen Schmelz.

Ein Vexierbild: Der Riese im Baum.

Melchior, aus seinen Erinnerungen auftauchend, nahm die Reisegefährten wie durch einen Schleier wahr, quakende Frösche im Gras unter dem dämmrigen Zelt der Äste. Unter ihrem Hallo und Klatschen glitt er am Stamm hinab, der Perückenmacher zeigte auf die Taschenuhr, sie kämen heute seinetwegen spät zu Bett.

Die Pferde schnaubten.

Weiter ging es, in eine abendlich bläuliche Welt. Bald wurden Bäume, Hügel und Weg vom blaugrauen Nachtrauch verschluckt. Thut sah von seinem Hochsitz aus nur die fahl schimmernden Pferderücken, ahnte Schenkel und Hufe in wirbelnder Bewegung.

Ihm war, als hätte das Gefährt vom Boden abgehoben, flöge mit ihm durch weglose, bräunliche Dunkelheit.

Gegen elf Uhr nachts hielt das Gefährt vor einem Gasthof. Lichtschein drang durch die Luken der Fensterläden, über der Tür schwang an einer eisernen Kette ein weißer Hirsch. Den späten Gästen wurde noch eine warme Mahlzeit vorgesetzt. Reinlich alles, stellte Thut fest, Teller und Zinnschüsseln blank, das Gesinde bediente aufmerksam und still. Am Nachbartisch tranken drei Männer ihr Bier, schweigsam, jeder in eine Zeitung vertieft. Schon beim Eintreten waren Thut die Zeitungen auf dem Schanktisch aufgefallen. Rhyner, der sein Erstaunen bemerkt hatte, sagte, in

England läsen auch Leute aus dem Volk die politischen Nachrichten.

Es waren nicht genügend Schlafstuben da, Rhyner und Thut mussten die ihre mit dem Perückenmacher und dessen Frau teilen. Dem Riesen war das Bett zu klein, er bedauerte, dass er nicht, wie die beiden Handwerksburschen, sein Nachtquartier in der Scheune hinter dem Gasthof genommen hatte. Als alle schliefen, legte er seine Matratze auf den Boden, seine Barschaft hatte er, auf Rhyners Empfehlung, unter dem Kopfkissen versteckt.

Am Morgen ließ sich der Perückenmacher mit seiner Frau vierzig Kilometer vor London in einer ländlichen Ortschaft zwischen Fachwerkhäusern absetzen, sie müssten zu einer Erbteilung, sagte er bedeutungsvoll beim Abschied.

Nun ist Platz und Luft für dich, steig ein, Riese!, rief Rhyner. Wenn du dich noch weiter auf dem Dach zur Schau stellst, wird niemand mehr auf der Fair seinen Geldbeutel ziehen.

Thut kroch in das rote Plüschgehäuse, der süßliche Geruch des Perückenmachers lag noch in den Polstern, die Jalousien wurden von Rhyner bis auf einen Spalt zugezogen. Damit waren auch die alte Dame und ihre Zofe zufrieden, besser für unsere Sicherheit, sagte die Lady, jetzt komme der gefährlichste Teil der Reise. Im Umkreis von London wimmle es von Spitzbuben.

Thut, der wenig Englisch verstand, ließ sich das von Rhyner übersetzen.

In diesem reichen, wohlgeordneten Land? Thut staunte. Wohl eine Folge des amerikanischen Kriegs, meinte Rhyner. Überall sehe man entlassene Soldaten. Bei den Räubern könne man, fast wie bei den ehrbaren Leuten, drei Klassen unterscheiden. Die Vornehmsten: die Pickpockets, zu Deutsch Beutelschneider. Ihrer Kleidung wegen könnte man sie mit Leuten von Stand verwechseln; gefährlicher die Highwaymen oder Straßenräuber. Sie gingen meist beritten und zu zweit vor. Der eine richtet die Pistole auf den Kutschenverschlag, der andere nimmt sich den Postillion vor. Sie fordern Geldbeutel, Uhren, Schmuck.

Das schlimmste Gesindel aber: die Footpads. Zu Fuß, wie der Name besagt, lauern sie ihren Opfern im Hinterhalt auf, verüben für ein paar Schillinge einen Mord.

Dorothy, die das Wort Footpads aufschnappte, berichtete von einem Fall, den die Zeitungen aufgegriffen hatten. Rhyner bemerkte, wie sie sich in Angst redete, und legte rasch den Arm um ihre Schultern. Sie riss sich los, bemerkte schnippisch: Sie sei verlobt, das wisse er doch? Noch ein halbes Jahr in Stellung, und dann habe sie ihre Aussteuer beisammen. Ihr Liebster verdiene nicht schlecht, arbeite auf einer Kanzlei. Im Frühling werde geheiratet! Sie schüttelte die roten Locken, in ihre Augen kam Glanz und belebte das etwas knochige Gesicht auf eine hübsche Art, auch Thut gefiel es, sie anzuschauen.

Je näher London und wohl auch ihr Liebster rückte, umso gesprächiger wurde Dorothy, die alte Dame ließ sie gewähren.

Gut, dass der Riese bei uns ist, plapperte Dorothy. Wenn ein Highwayman in die Kutsche schaut, wird er vor Schreck sofort Reißaus nehmen!

Die alte Dame nickte, ein Lächeln zog ihre Wangen zusammen. Ich werde euch an der Bartholomew-Fair besuchen, versprach Dorothy. Merkwürdig, London scheint die Riesen anzuziehen! Der Freund meines Bräutigams ist Butler in einem vornehmen Lokal am Stadtrand, dort zeigt sich ein irischer Riese. Ganz jung soll er sein, aber todkrank. Und einen Riesendurst soll er haben, sich nach jeder Vorstellung besaufen! Sie lachte.

Rhyner machte die Erwähnung einer Konkurrenz sofort hellwach. Wie heißt er, der Riese?

Das Mädchen wusste es nicht. Sie werde sich erkundigen, versprach sie.

Thut sah durch den Spalt der Jalousie Reihen uniformer Backsteinhäuser, zwischen den Fugen der Steine lag Kohlenstaub, ein Schleier wie von feinem Staub war auch in der Luft.

An der Einfahrt zur Stadt musste der Kutscher, da es Sonntag war, doppeltes Weggeld bezahlen. Die breiten Straßen schienen wie ausgestorben. Die zahlreichen Verkaufsläden waren geschlossen, aber Thut wunderte sich über die Auslagen in den Fenstern, noch nirgends hatte er so schön zur Schau gestellte Waren gesehen, in den Metzgereien lagen Schweinsköpfe und Würste lecker drapiert auf sauberen Tellern, vor jedem Ding stand ein Schildchen mit einem Preis.

An Sonntagen herrscht in London Friedhofsstille, sagte Rhyner. Läden und Lokale, alles zu. Der Londoner geht zur Predigt und spaziert nachher, allein oder *en famille*, im Park. In einer Wirtschaft lässt er sich ein Glas Tee oder Dünnbier bringen, auch hier eine Ruhe wie in einer Kirche, kaum einer spricht mit einem Fremden, daran muss man sich als Ausländer gewöhnen …

Sie fuhren nun durch eines der vornehmen Wohnviertel. Die Straßen wie mit der Schnur gezogen, dachte Thut, auf den Gehsteigen von acht oder zehn Fuß Breite kaum ein Mensch. Die meisten kehren erst an diesen Wochenenden aus der Sommerfrische zurück, meinte die Lady. Wer Geld habe, sagte sie zu Rhyner, ziehe nach dem 4. Juni, dem Geburtstag des Königs, aufs Land. Die Villen seien den Sommer über nur von Mägden und Wächtern bewohnt. Auch sie habe, während ihrer Abwesenheit an der Küste, Wächter dingen müssen, die Polizei kümmere sich wenig um Sicherheit.

Auf ihre Empfehlung hin bezogen Rhyner und Thut ein Logis an der Suffolkstraße, unweit des Haymarktes.

Reinliche Zimmer und nicht teuer, hatte sie gesagt. Thut kam sein Kämmerchen vor wie ein Futteral, er konnte sich kaum darin drehen.

Zu klein, zu teuer, schimpfte Rhyner, wir suchen uns in der Nähe der Fair eine billigere Unterkunft. Wir müssen sparen, aber nicht mehr lange, Thut!

In Smithfield, nahe am Fairground, mieteten sie am nächsten Tag zwei Zimmer im ersten Stock, jedes nur eine halbe Guinee die Woche. Für ein Zugeld war die Zimmerwirtin bereit, sie abends zu verköstigen. Bei der durch die lange Reise zusammengeschmolzenen Barschaft war dies den beiden willkommen, schweigend löffelten sie am ersten Abend die Fischsuppe, als Nachtisch gab es einen klebrigen Grützepudding. Als Rhyner vom Tisch aufstand, verspürte er in seiner Leibesmitte noch ein bohrendes Gefühl, das sich durch die verlockenden Fleischgerüche, die von einer Garküche durch das offene Fenster drangen, verstärkte. Er erinnerte sich, auf der Herfahrt das Lokal in derselben Häuserzeile gesehen zu haben, Black Eagle hieß es, hinter dem trüben Fenster war ihm eine große Arakflasche aufgefallen.

Er, Thut, dürfe sich auf keinen Fall draußen blicken lassen, schärfte er ihm ein. Sie müssten sich ihren Schlummertrunk in ihrem Zimmer genehmigen. Er wolle in einem Lokal in der Nähe zwei Flaschen Ale holen, sagte er und verschwand.

Thut zog sich in sein Kämmerchen zurück. Er legte sich auf den mit Seegras gefüllten Schlafsack auf den Boden, spürte den zerrenden Schmerz im Rückgrat, mit geschlossenen Augen machte er sich mit dem Schmerz vertraut, sprach auf ihn ein, als versuchte er ein widerspenstiges Tier zu zähmen.

Hinter dem Fensterglas hörte er eine Fliege summen, der schwere Pudding lag wie ein Pflaster in seinem Magen. Er wartete lange. Rhyner kam nicht.

Am Morgen fand ihn Thut, wie damals auf dem Floß, mit bleiernem Katzenjammer ausgestreckt nebenan.

Die Witwe ließ eine Bemerkung fallen beim Frühstück, sie habe ihn heimkommen hören, betrunken, sie verbitte sich das, habe ein anständiges Haus.

Rhyner, zerknirscht, gelobte Thut Besserung. Stürzte sich, wie um alles gutzumachen, sogleich in einen Wirbel von Beschäftigung, während der Riese dazu verurteilt war, auf dem Zimmer die Eröffnung der Fair abzuwarten. Ein Zimmermann musste gefunden werden, der bereit war, nach Maß eine Schaubude zu machen. Eine Lizenz war nötig, um Thut während vierzehn Tagen zu zeigen. Der Beamte trug in sein Register nicht, wie Thut vorgeschlagen, »giant« ein, sondern »tall man«. Die Kosten betrugen für Ausländer das Doppelte: acht Schillinge.

Der Kostenvoranschlag für ein neues Riesenkostüm, angefertigt von einem erstklassigen Schneider, war schwindelerregend. Lassen wir das einstweilen, meinte Rhyner und nötigte Thut, zur Probe in die alte Landsknechtsuniform zu steigen.

Gewachsen bist ja nicht, oder?, witzelte Rhyner.

Trotzdem war die Jacke eng geworden über der Brust, schnürte den Riesen ein wie ein Korsett.

Halt dich gerade, sagte Rhyner. Seine Stimme tönte angespannt.

Thut schaute an sich herab: Das leuchtende Rot war verblichen. Über dem Gürtel fehlten zwei Knöpfe.

Die Wirtin wird sie annähen, sagte Rhyner.

Noch waren die Tage sommerlich warm, der Aufenthalt im engen Gefängnis des Zimmers bedrückend. Die Witwe ermunterte Thut jeden Abend, sich in ihr Wohnzimmer zu setzen, aber sie kam ihm wie eine Spinne vor. Über eine Handarbeit gebeugt, umgarnte sie ihn mit Fragen in einem übertrieben gedehnten, eigens für ihn versimpelten Englisch.

Unterdessen wuchs vor dem Fenster die Budenstadt, ein spiegelndes, kristallartiges Gebilde. Die verschieden hohen Kuben der Buden blinkten im letzten Licht des Tags. Der Geruch nach frisch gebackenem Ingwerbrot drang herein. Der Riese sehnte sich danach, hinunterzugehen in den Trubel der hämmernden, zimmernden, Kisten schleppenden Kirmesleute. Dieses lebendige Eingesperrtsein. Dieses verdammte Darüberstehen.

Er schrie plötzlich vor Wut auf die Wand ein.

Die Wirtin rief erschrocken nach Rhyner, der unten auf der Straße bei einer Gruppe Zimmerleute stand. Er kam heraufgekeucht, in jedem Arm eine Flasche Bier. Tröstete:

Übermorgen geht es los, Thut. Du wirst Geld wie Heu machen.

Schäumend schoss das Bier ins Glas.

Eine eigene Equipage wirst du dir leisten können, Thut, speziell angefertigt. Nach deinem Maß. Wirst dich nicht mehr ducken müssen. Stell dir vor, was für Augen sie machen werden im Tierfehd, wenn du in deiner Karosse vorfährst!

Schnell war unter solchen Reden das Bier getrunken, aber der Abend dehnte sich lau und warm, Rhyners Durst meldete sich von Neuem.

Ich hole noch einmal zwei Flaschen, sagte er.

Der Riese steht am Vorhang.

Die Dämmerung steht hinter ihm. Zwischen halb geöffneten Lidern sieht er ein ungeheures Gefährt durch den Abend schweben, halb Gondel, halb Kutsche. Es hat einen vergoldeten, geschnitzten Schiffsbug und gleicht in seiner schlanken, schnittigen Form der »Wurst«, dem Jagdwagen des Herzogs.

Die Höhen von Ludwigsburg schieben sich heran wie eine Kulisse. Er sieht das Gefährt zur Solitude fahren, vergnügte Frauen in den Plüschpolstern. Neben Thut die Bonafini im knapp sitzenden Jagdkostüm.

Ein Traum. Er könnte Wirklichkeit werden, Rhyner beteuert, mancher habe auf dem Rummelplatz in nur einer Woche dreißig Pfund verdient.

Der Wind zerrt am Vorhang, bauscht ihn, Thut schreckt zusammen. Was für ein armseliger Träumer bin ich geworden, denkt er. Nur weil der einzig lohnende Traum nicht wahr werden kann: ein gewöhnlicher Mann zu sein, der eine Frau hat, die er liebt, eine redliche Arbeit, ein eigenes Dach über dem Kopf. Zu was habe ich es gebracht in meinen sechsundvierzig Jahren? Unbehaust bin ich, unbeweibt. Trage auf dem Jahrmarkt dasselbe Gewand wie vor zwanzig Jahren neben Vögeli in der Bärenkiste.

Im Wohnzimmer roch es nach Fischsuppe. Die Witwe nähte die zwei Knöpfe an die Landsknechtsuniform, sie hatte den Stuhl ans Fenster gerückt, um das letzte Licht des Tages zu nutzen. Ihre Nase hing wie ein Vogelschnabel über dem Riesenrock. When does the show begin?, fragte sie den Riesen und biss mit den Zähnen den Faden durch. In two days. Thut hob zwei Finger, lachte.

11

Am ersten Tag der Fair wurde Thut von Rhyner unter einer Decke, in die Auglöcher geschnitten waren, durch die Menge geführt; ein Auftritt, der, wie Rhyner vermutet hatte, seine Wirkung nicht verfehlte. Er ging in gelben Beinkleidern voraus, die seine Beine krumm und dünn erscheinen ließen, er trug eine Eulenspiegelmütze und Eulenspiegelschuhe mit Schellen. Noch immer hinkte er ein bisschen auf dem linken Bein. Durch den Blechtrichter vor dem Mund tönte seine Stimme laut und plärrig:

A-t-t-e-n-t-i-o-n please! The famous Swiss giant! The man mountain!

Halb entsetzt, halb amüsiert wichen die Leute zurück. Sie blieben stehen, und Thut machte es Spaß, die Gaffer mit kamelartigen, plumpen Schritten, wilden Sprüngen zu erschrecken.

Durch die Augschlitze hatte er eine herrliche Übersicht über den Platz. Gedrängt, man hätte auf den Köpfen gehen können, schob die Menge sich zwischen Schaubuden und Ständen durch. Tausende mussten es sein, der Kleidung nach aus allen Schichten und Ständen, Peer und Bauer, auf der Chaussee fuhren ländliche Leiterwagen neben vergoldeten Karossen. Auch der Livestockmarket im Hintergrund war schwarz von

Menschen. Gerüche schwappten herüber nach Chesterkäse, Stockfisch, indischen Gewürzen.

Viel zu schnell waren sie vor der für den Riesen gezimmerten Schaubude angelangt.

Schon wieder trennte ihn ein Vorhang von den Menschen. Dunkelrot, wallend, theatralisch.

Der Riese sah vor dem Tuch Rhyners Schatten hin- und hergehen. Der Impresario schlug die Werbetrommel. Rief nach dem letzten Wirbel wieder durch den Trichter: Ein Riese! Ein wandelnder Berg!

Thut wunderte sich, dass er so lange trommeln, schreien musste.

Als er es endlich aufgab, drang ein dünnes Rinnsal von Neugierigen durch den Spalt des Vorhangs. Eltern waren dabei mit Kindern, auf ihr Geheiß hin musste Thut die Arme heben. Ein klein gewachsener Vater ging mit seinem Kind auf dem Arm darunter durch. Als Höhepunkt spazierte Rhyner mit einem geöffneten Regenschirm unter den Riesenarmen, er mogelte, um nicht anzustoßen, zog die Arme an den Leib, ging in den Knien.

Nach fünf oder sechs schlecht besuchten Vorstellungen schloss Rhyner die Kiste mit einem Brett, nagelte ein Plakat daran: Abendliche Galavorstellung sieben Uhr! Er setzte sich hinter dem Vorhang neben den Riesen. Aus einem Versteck zauberte er zwei Flaschen Stoutbier. Flautezeit, meinte er. Nach dem Abendessen wird mehr los sein.

Thut musste in der Bude zurückbleiben und warten, bis Rhyner aus dem Black Eagle etwas zu essen brachte. Rhyner drängte sich nach einer halben

Stunde auch wirklich mit geräucherten Fischen und Brot über den Rummelplatz, wurde aber, bevor er seine Bude erreichte, durch den Anblick einer fantastisch dekorierten Schauhalle abgelenkt. »Der erstaunliche Satyr oder Der äthiopische Wilde« hieß es über dem Säuleneingang. Darunter, auf einem farbenprächtigen Plakat, ein grauenerweckendes Monster. Auch jetzt, zur Flautenzeit, stand eine Menschenschlange vor der Kasse. Rhyner stellte sich an. Im Inneren sah er im Dämmerlicht ein Ungeheuer mit bläulichem Gesicht, merkwürdigen Streifen auf dem Rücken.

Das Wesen gab auf keine seiner Fragen Antwort, ging, als er es mit einem Stock anstieß, auf allen vieren, die Schultern hochgezogen.

Ein Bluff. Das hatte er doch gewittert!

Und auf so etwas fielen die Menschen in Scharen herein, daneben hatte ein gut gewachsener, intelligenter Riese keine Chance!

Auch die Abendvorstellung verlief für Thut und seinen Impresario enttäuschend. Eine Handvoll Menschen, die den Riesen an den Hosenbeinen zerrten, ihm auf die Füße spuckten, einfältiges, armseliges Volk. Vor der Spätvorstellung hörte Thut ein paar halb betrunkene Streuner um den Eintrittspreis von einem Viertelschilling feilschen.

Am nächsten Tag ging es nicht besser.

Am Abend, im Black Eagle, verriet ihm ein junger Bursche, der beim »äthiopischen Wilden« als Kassier angestellt war, für eine Flasche Arak, dass es sich bei dem Monster um einen Mandrillaffen handle, der für die Vorstellungen menschenähnlich zurechtgemacht würde.

Am dritten Abend erschien Dorothy wie versprochen mit ihrem Bräutigam, einem aufgeweckten jungen Kanzleischreiber namens James. Nach der letzten Abendvorstellung bat Rhyner die beiden, mit ihm in den Black Eagle zu kommen, er halte sie dort frei. Dorothy sah hübsch aus mit ihrem schwarz-weißen Kleid und ihrem roten, aufgesteckten Haar. Vergnügt, aber stiller als auf der Kutschenfahrt, saß sie neben ihrem Liebsten und nippte an einem Glas Punsch.

Nach dem zweiten Glas Bier bekam Rhyner seinen wehleidigen Dackelblick. Die beschissene Schau mit dem als Monster verkleideten Mandrillaffen schnappt mir alles Volk weg, sagte er.

Das glaube ich nicht, sagte der Kanzlist.

Ob er daran gedacht habe, Thut in der Presse anzukündigen? Und ob er gedruckte Handzettel verteilt habe?

Als Rhyner erstaunt verneinte, meinte James: Man dürfe eine solche Sensation, wie sie Thut darstelle, nicht neben Taschenspielern und Possenreißern auf dem Jahrmarkt zeigen. Riesen führe man in London in eleganten Schauräumen vor.

Im Moment habe Thut wohl auch zu große Konkurrenz. In Charing Cross seien die sogenannten Knipe Brothers zu sehen, die aber – ein in der Presse veröffentlichtes Kupfer von Kay zeige es deutlich – einen halben Kopf kleiner seien als der Irländer Charles Byrne.

Ganz London spreche von Byrne, auf den Rat seines cleveren Agenten nenne er sich O'Brien und gebe sich als Nachkomme von Brien Boreau aus, dem legendären irischen König, der um das Jahr 1000 gelebt habe.

Wie groß ist er denn, dieser irische Riese?, fragte Rhyner nervös.

Die Reklamen und Handzettel sprechen von acht Fuß, drei Inches. Das dürfte übertrieben sein. Mein Freund, der im Sadler's-Wells-Theater Butler ist, behauptet, Byrne mache sich größer durch Schuhe mit übertrieben dicken Sohlen. Wie groß ist denn Thut?, fragte Dorothy.

Umgerechnet auf englische Maße dürften es sieben Fuß, neun Inches sein. Das aber ohne jeden Bluff, sagte Rhyner. Das Gespräch hatte ihn erregt, seine Mundfalten vertieften sich, die Augen bekamen einen grüblerischen Ausdruck.

Zeigt sich dieser Byrne im Moment in London?

James nickte: Schon seit April. Einmal da, einmal dort, immer an ersten Adressen. Cane-Shop zum Beispiel, beim Cox's Museum, Spring Gardens. Am längsten aber in der James Street am Strand, Nummer 30, gegenüber Sommerset House. Ab und zu tritt er auch im Sadler's-Wells-Theater auf. Mein Freund Georges hat mich auf ein Ereignis am kommenden Samstag aufmerksam gemacht: Byrne soll gleichzeitig mit dem berühmten polnischen Zwerg Graf Borulawski auftreten, eine Vorführung, die unter dem Patronat des Duke und der Duchess von Devonshire steht, den Gönnern des polnischen Grafen. Ganz London redet davon.

Rhyner war aufgesprungen. Dafür muss ich Karten bekommen, zwei, für mich und Thut. Könnt Ihr mir die besorgen, James? Er packte den jungen Mann heftig am Arm. Dorothy lachte über sein Ungestüm.

Der Eintritt ist zwei Schilling für die Galerie, sagte der Kanzlist. Die Logen für drei Schilling seien wohl schon an die Nobility vergeben. Sie sollten sich frühzeitig vor der Vorführung um halb sechs einfinden, er sorge dafür, dass Georges ihnen die Karten persönlich aushändige.

Spät abends kam Rhyner noch in die Schlafkammer des Riesen, rüttelte ihn wach.

Langes Elend, Thut! Du wirst deine Konkurrenz sehen! Den irischen Riesen Byrne! Ihr müsst euch nebeneinanderstellen, dann wird sich zeigen, wer von euch beiden der Längste ist.

Thut schaute ihn schlaftrunken an, witterte seine Bierfahne. Plötzlich war er hellwach.

Rhyner setzte sich neben ihn, erzählte. In seinen Schilderungen wurden die Sohlen des Konkurrenzriesen immer höher. Er bekam eine steil toupierte Perücke.

Rhyner stellte ihn auf ein für das Publikum unsichtbares Podest, Byrnes Charakter wurde immer hinterhältiger.

Er wolle sie beide messen, rief Rhyner, auch diese Knaben, die sich in Charing Cross zeigten. Ein Wettmessen der Riesen, wie es London noch nie erlebt habe.

In den nächsten Tagen waren Thuts Gedanken bei Charles Byrne. Während Menschen in sein hölzernes Gefängnis kamen, ihn betrachteten wie ein exotisches Tier, stand er da, schaute abwesend, das Lächeln gefror auf seinen glatt rasierten Wangen.

Ob der andere ein paar Inches größer oder kleiner war, beschäftigte ihn nicht. Diese Sorgen überließ er Rhyner.

Ihn interessierte Byrne als Schicksalsgenosse. Zum ersten Mal im Leben sollte er einem Menschen begegnen, der Gleiches litt, der aus allen menschlichen Bereichen herausgewachsen war, ein Schauobjekt.

Er wollte mit Byrne reden, Auge in Auge, sehen, wie sich der andere bewegte, wie er im Raum stand.

Im andern sich erfahren wie in einem Spiegel.

Freilich, Byrne war jung, zweiundzwanzig, Thut mehr als doppelt so alt. Ein langes Wegstück war er dem Jüngeren an Erfahrung voraus.

Warnen wollte er ihn: Noch bist du jung, kannst noch Weichen stellen. Hüte dich vor Menschen wie Vögeli, Rhyner, die dir einreden, etwas Besonderes zu sein! Mit deinem außergewöhnlichen Wuchs stellen sie dich zur Schau. Das Ergebnis ist kläglich. Auch wenn du noch so viel Geld zusammenrackerst, du verpasst es, Mensch zu sein. Von Jahrmarkt zu Jahrmarkt ziehst du. Du bist der große Solitär. Wer liebt dich? Leer, ungelebt verrinnen die Jahre.

Rhyner hatte sich da und dort über Charles Byrne erkundigt. Wusste jetzt, dass er um 1760 geboren war im irischen Littlebridge; Eltern, wie bei Thut, von normalem Wuchs.

Ein geschäftstüchtiger Mensch namens Vance hatte ihn in Irland und Schottland gezeigt, seit dem Frühling war er in England. Zuerst hatte Vance ihm für ein paar Wochen einen Posten als Türsteher im königlichen St. James Palast verschafft. An Festen stand er vor dem Hauptportal in goldverzierter Uniform. Was Rang und Namen hatte, lernte den riesenwüchsigen jungen Mann kennen. Die feine Gesellschaft sprach von ihm. Bald hieß es überall, der arme Junge sei krank! Habe nur noch kurze Zeit zu leben. Der Chirurgus Hunter von Earl's Court sei jetzt schon hinter seinem Skelett her. Der vierundfünfzigjährige Arzt, berühmt für seine Syphilisforschungen, seine Blutuntersuchungen, sehe es als künftiges Glanzstück seiner in ganz England berühmten medizinischen Sammlung.

Nichts als Lügen, schimpfte Rhyner. Die Krankheit, die mitleiderregende Geschichte über den Verfolger hat sich Vance ausgedacht. Auf diese Weise ist Byrne in aller Munde. Jeder will ihn, so lange er noch lebt, gesehen haben! Eine solche Agonie zieht sich endlos hin. Der angeblich Todkranke verdient viel Geld, kauft sich ein Landhaus, kann sich schonen und wird uralt!

Er und Thut hingegen verdammt, sich abzurackern. Und fielen sie eines Tages tot um über all den Strapazen, weine ihnen niemand eine Träne nach …

Einmal hat Rhyner Arzt werden wollen. Davon geträumt, den Menschen durch seine Kunst zu helfen. Das ist lange her. Aber vielleicht kann er Thut helfen. Wenigstens ein sorgloses Alter soll er haben. Er, Rhyner, wird von diesem gerissenen Vance lernen: Zu seinem eigenen Profit und zu Thuts Nutzen einen kleinen Skandal riskieren im Sadler's Wells. Es könnte eine Wende sein, in seinem und Thuts Leben.

12

Das Sadler's-Wells-Theater, ein zierliches, lang gestrecktes Gebäude im Landhausstil, lag zwischen hohen Bäumen, Mauern friedeten das Grundstück ein, ein Säulengang führte zum Portal.

Die Besitzer des Etablissements, hatte man Rhyner gesagt, stellten das Unterhaltungsprogramm mit Gespür zusammen, scheuten keine Kosten, jeden Abend füllten sich die Logen mit einer Gesellschaft, die nicht nur sehen, sondern auch gesehen werden wollte.

Eine Stunde vor der Vorführung fanden sich Rhyner und Thut bei der Kasse ein.

Sie fragten nach Mister Georges, mit wehenden Rockschößen erschien er, Mitte dreißig, eine stattliche Erscheinung.

Er begrüßte sie mit distanzierter Höflichkeit. Ja, James habe von ihnen erzählt, davon, dass einer der beiden Gentlemen ein Riesenwüchsiger sei.

Nein, sie seien selbstverständlich Gäste des Hauses. Mit einer kleinen Auflage allerdings – die Direktion wünsche, dass die Herren sich die Aufführung von der Requisitenkammer aus ansähen, die Sicht auf die Bühne sei von dort aus so gut wie aus den teuersten Logen! Er habe schon eine Flasche kühlen Wein aufstellen lassen – ein Präsent des Sadler's Wells …

Rhyner schwieg einen Moment verwirrt, wagte dann Protest: Er ziehe es vor, mit Thut im Schauraum zu sitzen. Am Schluss der Vorstellung könne dem Publikum Gelegenheit gegeben werden, die beiden Riesen zu vergleichen.

Der Butler lächelte kühl, seine Zähne zeigten sich unter dem sorgfältig getrimmten Schnauzbart.

Gerade das, meine Herren, möchte die Leitung des Hauses verhindern. Ein auserlesenes Publikum kommt hierher, um das angekündigte Programm zu sehen. Nicht um einem Skandal beizuwohnen.

Aber bedenkt doch, welch eine Sensation!, ereiferte sich Rhyner. Auf diese Weise könne das Sadler's Wells, ohne eine weitere Gage zu zahlen, von einem zweiten Riesen profitieren!

Wir sind ein Theater, kein Jahrmarktsbetrieb, sagte Georges würdig. Sie waren unterdessen die Treppe zu den Logen hinaufgestiegen, zwischen Separees, die, wie Vogelkäfige mit roten Seidentapeten ausgeschlagen, über dem Schauraum hingen, schloss der Butler ein Kämmerchen auf: Hier, bitte.

Rhyner zögerte. Das Jabot des Butlers blendete wie Schnee. Darüber das glatt rasierte Kinn, die wie polierten Wangen. Rhyner sah sich daneben, dampfend vor Aufregung, bäuerisch, derb. Gegen diese Gewandtheit vermochte er nichts, er trat ein, der Riese folgte.

Georges schien erleichtert. Er goss Wein in zwei Gläser, schlug einen persönlicheren Ton an. Er bitte um Verständnis. Die Direktion fürchte Byrnes Gefühlsausbrüche. Der Riese trinke nicht nur zu viel, er leide auch an Verfolgungswahn. Nicht zu verwundern, ja!

Schuld daran seien Menschen, die ohne Mitgefühl von diesem verängstigten, seinem Schicksal ausgelieferten übergroßen Jungen profitieren wollten. Die Geschichte von Hunter, von der ganz London spreche, brauche er ihnen wohl nicht zu erzählen.

Nur dies: Vor ein paar Tagen sei ein gewisser Wilson in die Garderobe eingedrungen. Steht, nach der Vorführung, einfach vor dem Riesen. Der Chirurgus lasse grüßen und daran erinnern, dass er Byrnes sterbliche Überreste erwerben wolle.

Eine Autopsie liefere der Wissenschaft wichtige Informationen. Byrne könne auf diese Weise anderen Menschen helfen.

Byrne habe darauf reagiert wie ein großes Kind. Getobt, um sich geschlagen. Er pfeife auf die Wissenschaft, er wolle leben! Nie werde Hunter sein Skelett erhalten. Es reiche, dass man in Irland die Leiche des Riesen Cornelius Magrath gestohlen habe und dessen Skelett schamlos in Dublin ausstelle. Als Junge sei er vor dem Glaskasten mit Magrath gestanden. Ohne zu ahnen, dass er selbst einmal ein Riese werde …

Thut war bleich geworden, das von Lavater erwähnte besondere Lineament auf seiner Stirn vertiefte sich. Georges, der seine Erregung wahrnahm, wandte sich an ihn:

Da ist noch ein Störenfried. Ein Rivale. Patrick Cotter heißt er. Ire wie Byrne, gleich alt, fast gleich groß.

Dieser Cotter nehme es sich heraus, ebenfalls unter dem Namen O'Brien aufzutreten. Für seine Reklame kopiere er Byrnes Handzettel und Inserate. Ein schlauer Fuchs. Rechne mit dem baldigen Ableben des kranken Rivalen. Sei Byrne erst einmal tot, verschmelze er einfach mit seiner Kontur, als habe es Charles Byrne nie gegeben. Alles, was Byrne für seinen Ruhm getan habe, habe er für den Doppelgänger getan.

Thut, von dem Gehörten noch mehr aufgewühlt, wandte sich mit Heftigkeit an Georges: Ich muss mit ihm nach der Aufführung sprechen. Nicht als Rivale! Als Schicksalsgenosse.

Das komme auf Byrnes Verfassung an, meinte der Butler, gerne werde er ihn, wenn sich das Theater geleert habe, zu der Garderobe des Riesen führen. Nun aber fülle sich das Haus, er müsse sich empfehlen.

Sie hörten, wie der Butler die Türe zuzog, den Schlüssel drehte. Rhyner fuhr auf. Sein Gesicht färbte sich rot: Sie seien Tölpel. Dass sie sich das gefallen ließen!

Erst nach dem zweiten Glas Wein wurde er ruhiger: Prost, Thut! An so einem feinen Ort werden auch wir zwei einmal auftreten!, sagte er zwischen zwei Schlucken.

Thut hörte die gespielte Fröhlichkeit heraus, längst war er vertraut mit dem Mienenspiel des Selbstzweifels, dem Flackern der Augen, den eingekerbten Schatten um den Mund.

Zwei Jahre später, in Wien, löste Rhyner sein Versprechen ein. Zu spät.

Aus dem Fensterchen konnten sie beobachten, wie das Haus sich füllte, aus der Vogelschau sahen sie Kopf an Kopf im Parkett, durch die verschlossene Tür drang das Gewirr der Stimmen.

Während die Kerzen in den Kristallleuchtern eine um die andere gelöscht wurden, alles erwartungsvoll zur Bühne starrte, betrat der Riese von hinten den Schauraum und drückte den Zuschauern in den oberen Rängen die Hand.

Er genoss die Überraschung, ein fast spitzbübisches Lachen hellte das schwerfällige Gesicht auf.

Auf der Bühne verschwand der vergnügte Ausdruck, die Augen schauten, während er sich verbeugte, über die Köpfe, die Lippen, unnatürlich rot, waren missmutig verzerrt. Teilnahmslos, wie gequält, stellte er sich zur Schau, während ein säbelbeiniges Männchen in einer Brokatweste das Podest erklomm, vor dem Publikum dienerte, sich über die Rockschöße strich und mit mümmelnder Stimme vom Blatt las:

Körperlänge: 8 feet, 4 inches.

Füße: 13 ½ inches.

Gesicht bis zum Haaransatz: 8 ½ inches.

Hör nicht hin, flüsterte Rhyner. Alles Bluff. Er ist nicht größer als du. Und dieses Affengesicht mit der niedrigen Stirn!

Schuh: 15 inches. Handschuh: 7 ½ inches.

Der Körper schlecht proportioniert. Da machst du eine ganz andere Figur. Und guck dir die Beine in den neumodischen Seidenstrümpfen an. Wie von Geschwüren deformiert. Die Knöchel geschwollen …

Das Brokatmännchen verbeugte sich wieder. Sagte, es wolle nun die Worte eines Geistesriesen, nämlich Shakespeares Worte, zitieren. Mit dem Arm pathetisch auf Charles Byrne weisend, las er vom Blatt:

What a piece of worke is a man!
how Noble in Reason?
how infinite in faculty?
in forme and mouinghow
expresse and admirable?

Zittrig hing die greise Stimme im Raum. Byrne, mit dem Gesicht eines gelangweilten Schuljungen, verfolgte eine Fliege am Vorhang.

In action how like a God; the
Beauty of the world; the paragon
Of animals …

Als das Männchen verstummte, nahm es Charles sanft am Kragen, mit ausgestrecktem Arm hob er es in die Luft. Das Publikum applaudierte. Langsam, fast zärtlich, stellte er es wieder auf das Podest.

Trommelwirbel.

Der Direktor von Sadler's Wells kündigt die Sensation des Abends an: den polnischen Grafen Borulawski.

Ein Butler hebt ihn auf die Bühne, in der Luft machen die Zwergenbeine zappelige Bewegungen. Wieder Boden unter den Füßen, verneigt sich der Kleine, der Kleidung, dem Gesichtsausdruck nach ein Mann von Welt.

Ein Gentleman von ganzen drei Fuß.

Charles Byrne beugt sich tief, reicht seine Riesenhand zum Gruß.

Zwölf dieser Grafenhände passen in Byrnes Hand, gibt der Mann mit der Brokatweste dem geneigten

Publikum zu bedenken. Auch höre der Kopf des Grafen dort auf, wo das Riesenknie beginne!

Die Gattin des Zwergs, eine schöne schwarzhaarige Frau von normaler Statur, reicht dem Polen die Guitarre. Der winzige Graf setzt sich auf einen Hocker in Form eines Fingerhuts, schlägt die gelb bestrumpften Beine übereinander: Sein Sohn, vom Brokatenen als Infant angekündigt, hält das Notenblatt. Fünf Jahre alt, einen halben Kopf größer als sein Erzeuger, kommentiert die Greisenstimme.

Der Graf ist musikalisch. Man weiß es in ganz Europa. Ein Riese, was seine Bildung anbetrifft, im Vergleich zu ihm schrumpft Charles Byrne zusammen. Spürt er es? Stumpf vor sich hin brütend, sitzt er auf einem Tisch, als Unterlage dient ihm ein Kutscherkissen. Die Sympathie des Publikums wendet sich vom Riesen ab, fliegt dem Grafen zu, dem Liebling der Aristokratie. Nach der Vorstellung leert sich das Theater schnell. Georges schließt das Kämmerchen auf, bedeutet Thut mitzukommen. Nein, Rhyner lieber nicht, der Riese sei, vor allem nach der Vorstellung, hyperempfindlich.

Thut, im Dämmer des Flurs, sieht durch die angelehnte Tür Charles Byrne im Schein einer Lampe am Tisch.

Wie angewurzelt steht er, betrachtet, was er selbst ist. Fährt mit den Augen langsam, fast zärtlich, den Konturen dieses hoch aufgeschossenen Körpers nach.

So also sehen ihn die Leute.

Gliedmaßen wie Baumstämme. Bedrohlich muss er auf sie wirken mit diesem Schatten, der an der Wand hoch zur Decke wächst.

Sein Körper reißt ein dunkles Loch in den Raum, schluckt alles Licht, nur auf dem runden, fast kindlichen Kinn des Riesen liegt ein heller Kringel. Glanz auch auf den knabenhaften, wie im Trotz geöffneten Lippen.

Auf der Schläfe nochmals ein Lichtfleck, wie eine Wunde, aufgeplatzt, überhell.

Thut spürt sich selbst nicht mehr, ist nur noch dort, durch die Spiegelung der eigenen Erscheinung wie ausgelöscht. Er kennt den erschöpften Zustand nach der Vorstellung. Die Hand tastet zum schmerzenden Rücken, wie Messerkanten fühlen sich die Rippen an. Dann dieses Kribbeln, Krämpfen in der Halsenge, dass sich die Lippen von selbst auftun, schmachtend, verdurstend.

Aber es ist nicht Durst. Lass es dir sagen, Byrne: Kein Getränk kann diesen Brand löschen. Ich kenne das, das Innere ausgeglüht wie von einem Wüstenwind. Von den vielen Blicken kommt das. Die saugen, zapfen Kraft ab. Ich weiß: Vergeblich sucht man nach einem einzigen erfüllten, gebenden Augenpaar in der Menge.

Byrnes Hand jetzt am Weinglas. Das feine Zucken in den Fingern. Die Fingerknöchel pressen weiß durch die Haut. Der Riese trinkt. Zwei, drei hastige Schlucke, schon ist das Glas leer. Mechanisch der Griff nach der Flasche.

Warnen muss man ihn. Thut spürt sich wieder, macht einen Schritt nach vorne, klopft.

Byrne schießt auf, starrt auf die Erscheinung unter der Tür, seine Augen treten entsetzt aus den Höhlen.

Von gleicher Größe ist dieser Unbekannte.

Byrne muss es blitzschnell erfasst haben.

Wer da?

Es tönt wie ein Schrei. Flecken ziehen sich den riesigen Hals und die Wangen hinauf, die Lampe fällt vom Tisch.

Schritte im Flur, Georges, der schnell atmend ins Zimmer stürzt, gibt Thut Zeichen, sich zu entfernen. Thut eilt durch den Flur in den Hof, hält sich an einem Buchenstamm fest.

Zwielicht um die Bäume.

Drüben, unter dem Säulengang Rhyner, zornerfüllt mit sich selbst redend. Ein Lakai erscheint auf der Treppe, ruft: Mister Byrne!

Merkt, dass dort ein Riese steht, aber nicht Byrne, schlanker, älter, ein anderer halt, entgeistert nimmt er es wahr.

Dritter Teil

Das Leben löst sich von dem Fluch der Zeit
und hat nur Raum, nur diesen letzten Raum

Karl Kraus

I

Spitz enden die Wege zwischen den Bäumen, treiben einen Keil in die Landschaft. Der Reisende vertraut, dass dort, wo die Straße am Horizont auf einen Punkt zuläuft, eine neue Welt aufgeht.

Morgen sind wir in Bristol!, rief Rhyner mit zurückgewandtem Kopf, Thut, der aufrecht hinten im Wagen saß, auf einem ungedeckten bäurischen Gefährt, lachte.

Die tief hängenden Zweige der Alleebäume griffen nach ihm, als wollten sie ihn, ihresgleichen, zu sich ziehen, he, Baumlanger, warst lange eingesperrt. Er ließ es sich gefallen, schüttelte dann und wann den Kopf, kämmte mit dem Rechen der zehn Finger Blätter, abgebrochene Ästchen aus dem Haar. Alle Bäume gleich hoch, denkt Thut, lässt den Blick an den weißlichen Stämmen hinaufklettern. Die haben es gut. Einer ist dem andern Rückendeckung. Ein Wall gegen den Wind.

Die schmalen Blätter ständig in Bewegung, als ob das Licht sie kitzelte.

Recht habt ihr. Drei Wochen im Zimmer der Witwe eingesperrt, zwei im hölzernen Kasten auf der Bartholomew-Fair. Am besten war es noch unter dem weißen Tuch mit den Sehlöchern, morgens und abends, im

Passgang, wie ein Dromedar hinter Rhyner durch die Menge, gierig sogen die Augschlitze das Leben ein.

Wolken ziehen auf. Ein Windstoß. Die Blätter fahren schmal und silbrig, wetzende Katzenkrallen, durch die Luft.

Wenn es nur nicht regnet!, ruft Rhyner nach hinten, wendet gleich wieder den Kopf, lacht mit dem jungen Kutscher, einer seiner Zufallsbekanntschaften aus dem Black Eagle. Da siehst du, Wirtshausgehen lohnt sich, hat er zu Thut gesagt, mit einer Ladung Weizenmehl ist Sandie nach London gekommen, jetzt nimmt er uns mit, das schont die Kasse. Hilfsmatrose ist er gewesen, nun hilft er dem Pächter auf einem großen Gut bei Bristol, ein Sapperlöter, mit dem kannst du ans Ende der Welt fahren, es wird dir nie langweilig!

Auch aus dem Himmel schneiden die Alleebäume einen schmalen Riemen heraus. Ein Band aus der Landschaft, eins aus dem Himmel. Und er, der Riese, von Ackergäulen Richtung Bristol gezogen, bleibt immer auf der vorgeschriebenen Bahn.

Gezogen von Vögeli, Karl Eugen, Rhyner. Das Leben macht einen Keil durch das, was Leben sein könnte.

Gegen Abend zucken Blitze über den Himmel. Fachwerkhäuser, mit Stroh gedeckt, vor grünfahlem Hintergrund. Rhyner streckt die Nase in den Wind, wittert, dirigiert den Kutscher um unbekannte Hausecken, an Ställen und Gemüsegärten vorbei schlafwandlerisch zum Wirtshaus. Die Lammkoteletts am langen Eichentisch schmecken versalzen, Rhyner löscht den Durst mit Bier und Wacholderschnaps. Prost, Sandie; Prost, Thut, in Bristol, da wird was los sein!

Hoffentlich nicht Cotter, der Rivale, lacht Thut.

Der steckt im Schuldenturm, drei Jahre muss er absitzen, das hast du doch mitangehört, langes Elend!

Rhyner lacht polternd.

Sandie hat sich nach der Magd umgedreht, braune Ringellocken kriechen ihr aus der Haube, die Waden unter dem Rocksaum wohlgeformt. Er gurrt, lockt, streckt den nackten Arm aus, zeigt auf der hellen Innenfläche den über blaue Adernstränge hinweg tätowierten Rettungsring.

Die Magd blickt an seinem Wacholderschnaps ausdünstenden Gesicht vorbei, öffnet das Fenster.

Luft fährt herein, eine Woge von Erd-, Heu-, Mistgeruch, Thut bläht die Nüstern. Aus dem abgelegensten Zipfel der Welt weht es ihn an, holt ihn ab. Er steht auf, tritt durch die Hintertüre ins Freie. Die Zechbrüder werden ihn nicht vermissen.

Aufwärtskeuchend durch regenfeuchtes Gras. Auf halber Höhe, die Hand auf der Brust, bleibt der Riese stehen. Auch auf die Äste des Baumes stemmt er sich mit Mühe.

Die Baumkrone vom Wind durchstrichen, Regen rinnt durch die Zweige über sein Gesicht, reinigt, erfrischt. Grüne, von fahlem Licht beleuchtete Fluren, so weit sein Blick reicht, die Täler saftiger, dunkler, von Hecken durchschnitten.

Eine Gier nach Freiheit packt ihn. Das Beben der Äste teilt sich seinem langen Körper mit; er reitet auf ihnen im Sturm, hinter den geschlossenen Lidern Blitze.

Bristol, eine Hexenküche zur Zeit der St. James' Fair. Rhyner und Thut finden Unterkunft in der Nähe des Fairgrounds.

Mitten im Strudel, unter dem weißen Tuch, bewegt sich das wandelnde Riesenwunder auf seine Kiste zu. Im Nu sind sie umringt. Ein hagerer Mann hat sich mit Ellbogenstößen nach vorne geboxt, steht da mit seinem knochigen Kahlschädel, zetert, man müsse das Tuch lüften. Er habe ein Recht zu wissen, ob sich der Riese Cotter darunter verstecke. Cotter habe seinen Vertrag gebrochen, schulde ihm Geld, in den Schuldturm gehöre er, nicht hierher.

Der Zeterer hieß Safford. Rhyner wollte ihn abwehren, gestikulierend, dass alle Glöckchen an Schuh und Gürtel klingelten. Auf sein Geschrei hin kamen schnell zwei Ordnungswächter. Sie blickten durch die Augschlitze in die vor Angst schmal gewordenen Augen des Riesen.

Thut müsse den Vorhang lüften, ein Befehl.

Entblößt, verlegen schaute der Riese reihum in starrende, neugierige Gesichter. Safford trat herzu. Thut sah in seine Nasenlöcher, Fangtrichter mit rötlichen Härchen; die Pferdezähne bleckten. Über den Schädel zog sich, wie mit Spucke angepappt, ein Büschel langes fettigblondes Haar.

Er ist es nicht, murmelte Safford und nahm seine Hände von Thut. Man öffnete eine Gasse, um Eulenspiegel mit dem Riesen durchzulassen. Die Schaukiste war kaum mehr auszumachen in der wogenden Menge.

Saftiger, quirliger war das Treiben als in London.

Hochgewirbelt, was sich sonst duckte, im Halbdämmer lebte, das »Felix Farley's Bristol Journal« hatte die Bevölkerung vor den Schaustellern gewarnt, den Tausendsassas, Schwertschluckern, Trickkünstlern, Prostituierten, Taschendieben.

Kirchenleute hatten eine Kampagne gestartet zur Schließung der Fair.

Die Menschen strudelten hier nicht achtlos an der Bude vorbei. Ließen sie nicht wie in London als Hindernis in der Mitte liegen, einen Felsblock im Bachbett, den es zu umgehen galt. Immer wieder bildeten sich Schlangen vor der Kasse, als wollte man sich persönlich überzeugen, dass der Gezeigte ein anderer als Cotter war.

Rhyner strahlte, posaunte seine Anpreisungen durch den Blechtrichter. »The mountain man.« Der größte Schweizer. Abends klimperte er mit dem vielen Geld, zählte es, trug Zahlen ein in ein kleines Heft, das er in der Innentasche seiner Weste verwahrte.

Unterdessen konnte Thut durch einen Spalt zwischen den Brettern auf die Hauptattraktion der St. James' Fair sehen: die »Flying Coaches«. Schon vor Eröffnung der Fair hatten Zeitungen auf dieses Wunder der Mechanik aufmerksam gemacht: Vier Kutschen heben und senken sich, beschreiben, sich drehend, ein Riesenrad.

Thut hatte hinter einem Fenster die Probefahrt beobachtet. Fasziniert, als hätte er wieder Kinderaugen, war er hinter der Scheibe gestanden, hatte sich in die blaue Kutsche gedacht.

Zwei Männer drehen von Hand die Kurbel, das Zahnrad kommt in Bewegung, die Kutsche steigt. Schaukelnd beschreibt sie den vorgegebenen Bogen. Steht auf dem Zenit, leise schwingend, eine Weile still.

Thut weiß: Jedes Vorwärtsgehen ist, wenn man auf dem Höhepunkt seiner Möglichkeit ist, nur noch eine Talfahrt.

2

Er gehörte, in jenem Sommer 1768, zum ausgewählten Dienerkreis. Thut hier, Thut da. Er hat eine angenehme Art, präsentiert vorteilhaft, man kann ihn brauchen. Während Hartmann und andere in Ludwigsburg zurückblieben, war er mit Boll und dem neuen Kammertürken Mallschütz auf der Solitude in der Gegenwart des Fürsten, erwartete mit ihm täglich, stündlich das Kind.

Das Kind vielleicht nicht. Was sollte er mit einem strampelnden, schreienden Säugling?

Die Demoiselle sehnten sie sich zurück, ohne sie war der kleine Kreis wie ohne Zentrum, man vermisste in den großen Räumen ihre bewegliche Gestalt mit den lebhaften Gesten, hörte auf ein Rascheln im Garten; suchte ihr Kleid zwischen den gestutzten Büschen, horchte auf ihr Lachen bei Tisch. Serenissimus hatte wieder seinen melancholisch verdüsterten Blick, schlief wenig, mochte kaum essen, der Leibarzt war in Sorge, die Vipernkur dauerte an.

Endlich, am 2. Juli, war es so weit.

Einen Sohn hatte es geboren, das Fräulein, die Demoiselle! Serenissimus eilte nach Ludwigsburg. Huldvoll erlaubte er, was sich jede seiner früheren Mätressen erträumt hatte: Das Neugeborene durfte Karl heißen.

Das Knäbchen wurde an der Marstraße 11 gepflegt, die Nonna nahm zwecks harmonischer Aufzucht des erlauchten Säuglings noch zwei andere illegitime Kinder Karl Eugens gegen ein Entgelt von je vierhundert Gulden in Pflege. Vater Bonafini reiste aus Lendinara an, ein schmaler Mann mit einem fein geschnittenen Gesicht. Wie ein Schatten folgte er seiner Frau, die, von Freude und Triumph geschwellt, durch die Räume des Schlosses ging. Vereint baten sie den Herzog um eine Audienz, in der Annahme, nun sei der Zeitpunkt gekommen, das Verhältnis zu legalisieren. Dies könne hier nicht anders sein als in Oberitalien: Wird ein männlicher Spross geboren, wird die Mutter geehelicht, basta, Herzogtitel hin oder her. Serenissimus, bedrängt, wies auf die Unmöglichkeit einer Ehe hin: Er war Katholik, verheiratet.

Während die Demoiselle noch im Wochenbett lag, plante der Herzog Festwochen auf Schloss Graveneck. Drei Wochen wollte er mit Oper und Hofstaat in der Schlossanlage verbringen, die reizvoll auf einem Bergvorsprung lag. Sommerfrische par excellence. Die Demoiselle war von dem Vorschlag nicht begeistert. Serenissimus bestand darauf. Sie könne zwei Zofen mitnehmen, eine Amme, die Mutter, den Säugling.

Ein Hofstaat im Hofstaat.

Er hatte sie lange genug entbehrt.

Sein abgetrotztes Stück Venedig.

Sein Maskottchen in all dem Klüngel – den scheel blickenden, nur auf ihren Aufstieg erpichten Höflingen, den ernsten, allen Genüssen abholden schwäbischen Abgeordneten, die beim Fasanenessen noch über das

Landesgrundgesetz diskutierten, über ihren Anspruch an landesständischen Freiheiten.

Es heiterte ihn auf, bei Tisch, inmitten öder Gespräche, ihre Augen zu sehen, die ihm wortlos Zeichen schickten, verschlüsselte Botschaften. Ihre alles registrierenden Blicke. Der milde Spott auf ihren sinnlichen, im Widerspruch gekräuselten Lippen. Er mochte, wie sie Menschen und Dinge sah, althergebrachte Ordnung respektlos umstieß, umkrempelte in ihrem kindlich törichten, blitzgescheiten Kopf. Ihre knappen, ins Schwarze zielenden Bemerkungen. Mit zwei, drei Worten umriss sie einen Sachverhalt trefflicher als der Prorektor der Universität Tübingen, der Oettinger, dessen sich windender Redefluss kein Ende fand.

Er hatte sie auch auf seinen Ausritten vermisst, auf der Hatz und auf der Jagd. Gewandt saß sie zu Pferd, schoss wie ein Mann. Jetzt war freilich das Kind da, sie war vernarrt in sein winziges Ebenbild, er hatte es ihr ausreden müssen, dass sie es selbst säugte, aufzog. Indiskutabel. Außer den Rousseau lesenden Salondamen tat dies keine Frau von Stand.

In ihr Zentrum wieder rücken, so schnell wie möglich.

Zwei Tage vor der Abreise wurde das Neugeborene krank.

In Eile wurde nach einer Pflegerin gesucht, der Demoiselle war keine recht, so reiste der Hofstaat am 30. Juli ohne die Bonafini nach Graveneck. Einen Tag später kam sie mit ihrer Mutter nach. Ungern hatte sie das Kind krank in Ludwigsburg zurückgelassen.

Der Fürst tat alles, um sie zu zerstreuen: Angelfischen in Marbach, Ausflüge in der »Wurst«, Schießen von Rotwild, im Theater wird die Opera buffa »Le Contese par Amore« gegeben. Doch die Bonafini sehnt sich nach dem kleinen Kreis in der Solitude, fühlt sich verloren zwischen einem Hofstaat von vierhundertzweiundfünfzig Personen. Der Transport der Opernmaschinen, der Sänger, Diener, Hofleute hat ein Vermögen gekostet. Es regnet. Der Herzog bekommt den Schnupfen, muss wegen Fieber retiriren. Am 12., so notiert Buwinghausen in sein Tagebuch, fährt die Demoiselle nach Ludwigsburg, *um ihr Kind zu sehen.*

Zu Beginn der Jagdzeit sind der Herzog und seine Mätresse auf der Solitude zurück. Morgens und abends begleitet die Bonafini in Männerkleidern Serenissimus auf der Pirsch. Ihr Kind gedeiht. Es gleiche dem Vater, heißt es bei Hof, noch nie habe Serenissimus Kindergeschrei ertragen, jetzt genieße er die Vaterfreuden.

Diese Gerüchte beunruhigen die außer Kurs gesetzten Mätressen. Sie bangen wegen ihres, zwar von Karl anerkannten, aber plötzlich zweitrangig gewordenen Nachwuchses.

Am Jahresende meldet sich die Toscani bei Hof, sie wolle ihre Aufwartung machen mit dem kleinen Baron von Ostheim. Der Herzog weile auf der Solitude, dulde weder Bittsteller noch Gratulanten, heißt es. Es handle sich nicht um einen Bittsteller, sondern um ihren von Serenissimus hochderoselbst gezeugten Sohn, sagt sie zornig. Der klangvolle Titel von Ostheim ist dem Neugeborenen damals auf ihr Betreiben verliehen worden.

Sie staffiert ihren nun achtjährigen Sohn mit neuen Kleidern aus, niedlich wirkt er in der dunkelroten samtenen Hose, der Weste, aus deren Ausschnitt die Rüschen des weißen Jabots wie Blütenblätter fallen. Sie kämmt die dunklen Haare zu beiden Seiten des Scheitels nach hinten, um die vorgewölbte hohe Stirn, das Erbe des Vaters, zu zeigen, die Augäpfel, leicht vorquellend, wimpernlos. Unschön, ja. Doch von bemerkenswerter Ressemblance mit dem Gesicht des Erlauchten.

Mit der eigenen Equipage fährt sie zur Solitude.

Karl Eugen hört mit Stirnrunzeln von ihrer Ankunft. Die Besuche seiner zahlreichen illegitimen Kinder fangen an, zeitraubend zu werden, erst am Vortag hat ihm Lieutenant Friedrich Wilhelm von Franquemont, auch ein Filius naturalis, seine Aufwartung gemacht.

Wie jeden Tag war er gerade im Begriff, die Arbeiter im Schloss und in den Parkanlagen zu visitieren, auch dem im Entstehen begriffenen, durch Fischer gestalteten Jagdschlösschen am Bärensee widmete er täglich einen Kontrollgang.

Im halbrunden Kavaliersbau – er bewohnt die Räume des Hauptgeschosses gegen Osten – empfängt er die Besucherin in einer schlichten Salle d'assemblée.

Die Diva staunt über die Einfachheit des Raumes, die schlicht gehaltenen bemalten Möbel, die billige Zitztapete. Aus dem Fenster sieht sie das Schloss, einschossig, auf ausladendem Unterbau wie in Licht und Luft schwebend. Und er überlässt es, wie ein Bürger seine gute Stube, den Gästen. Lebt in diesen Nebenräumen.

Sie staunt über die schlichte Kleidung des Mannes, der es gewohnt war, für Luxus ein Vermögen auszugeben.

Das Söhnchen tritt vor, macht einen Kratzfuß, sagt den eingelernten Spruch auf, plötzlich bemerkt es Thut, der neben der Tür steht. Es starrt auf den Riesen, verhaspelt sich, die Mutter haucht ihm glutheiß die Verse in den Nacken.

Während der Knabe stockend noch einmal von vorne rezitiert, spielt der Vater mit seiner Taschenuhr. Baron von Ostheim sieht es, wieder stolpert seine Zunge, der kunstvolle, für ihn unverständliche Wörterstapel gerät ins Rutschen, irritiert verzieht er den Mund, flattert mit den Augenlidern. Das hat er von ihr, denkt Serenissimus, seine eigenen Züge kann, will er nicht sehen. Er denkt an die Schrifttafeln, die er am Schloss anbringen lassen will, gegen Ludwigsburg gerichtet: *Loca haec tranquillitati sacra voluit Carolus (Diesen Ort hat Karl der Einsamkeit geweiht)* und gegen den Hof: *Moderatore Carolo desertam solitudinem labor improbus quadrienno vincit. (In vier Jahren hat unermüdliche Arbeit unter Karls antreibender Kraft die einsame Einöde besiegt.)* Die Gravur ist soeben fertig geworden, nun wartet man wegen der Befestigung über den Bögen auf seine Anweisungen.

Die Prunkuhr mit dem Tödlein schlägt vier.

Aus dem Verbindungsgang zum Offizienbau dringt Küchengeruch.

Nach ihrem Besuch prophezeite die Toscani den Hofdamen: Eines Tages wird der Fürst von Württemberg als Spießer enden, wird sich eine Schäferhütte im Park bauen, Karotten und Kohl pflanzen.

Im Frühling 1769 sahen die Diener die Demoiselle hinter einem hochrädrigen Wägelchen aus Weidengeflecht, das Kind lag, von einem Sonnenschirm verdeckt, mit einem vom Weinen geröteten Apfelgesicht zwischen den Kissen.

Die Mutter Bonafini hatte beim Fasanengehege eine Decke ausgebreitet, dort setzte sich die Demoiselle. Thut, bei der Taxushecke, stand in den Anblick versunken: eine Achtzehnjährige, selbst noch fast ein Kind, und ihr Sprössling. Der Kleine, mit dem Körper an die Mutter gepresst, wandte den Kopf nach Thut, lachend entblößte er zwei Schneidezähne. In Thuts Augen hatte er einen für seinen Rumpf viel zu großen Kopf, aber hübsch und zum Streicheln einladend das feine dunkelblonde Haar. Das Kind gurrte und quietschte, ließ sich auf sein Hinterteil fallen und krabbelte hinter dem Rücken der Frauen behände zum Rand der Decke. Plumps, da lag es, streckte nach Käferart alle viere rudernd in die Luft. In zwei Sätzen war Thut herbeigeeilt, hob das winzige, schreiende Bündel auf. Die Mutter der Demoiselle riss es ihm aus den Händen, zeigte auf die Druckstellen am Körperchen: Grobian, zerdrückst ein Kleines wie eine Maus! Thut, zutiefst erschrocken, starrte auf die Dellen. So fein war ein Kind, mit Müskelchen, Knöchelchen wie ein Vogel?

Zwei Wochen später, der Kleine war noch nicht einmal ein Jahr alt, starb das Kind: *Gichtern*, schrieb der Freiherr von Buwinghausen am 1. Mai 1769 in sein Tagebuch.

Am 7. Mai schneit es in die offenen Blüten.

Etwas Gewalttätiges liegt über dem atemberaubenden Garten der Solitude. Die Orangenbäume werden, obwohl auf den Hügeln noch Schnee liegt, am 9. Mai zum Besuch des französischen Gesandten aus den Gewächshäusern geholt.

Alles muss schnell gehen, der Herzog steht höchstderoselbst auf dem Platz, gibt Ordre, tausend Stämmchen, in Kübeln spalierartig aufgestellt, eine südländische, traumhafte Allee. Unreif, grünlich hängen die Früchte im dunklen Laub.

Hinter dem Vorhang des Plantagenhäuschens sieht die Bonafini die wachsende Allee, wird Zeugin, wie ein Zimmermann vom Dach der Orangerie fällt, tot liegen bleibt.

Schon beim Graben der Bassins sind durch die Erdrutsche zwei Männer getötet worden. Jetzt werden aus der Ebene Hagebuchen heraufgeschafft, Schatten sollen sie spenden schon diesen Sommer, die Bauern schleppen fluchend, plagen sich im Frondienst für den Schatten des Herrn, während ihre Äcker auf die Aussaat warten.

Zu groß hat man die Bäume gewählt, zu weit schon im Saft. Jeden Tag müssen verwelkte, eingegangene Bäumchen auf den Schindanger geworfen werden hinter dem Treibhaus.

Das Leben geht weiter auf der Solitude: Caterina Bonafini jagt, schießt in Männerkleidern, äußerlich alles wie eh und je. Der Herzog hat ihr auf ihre Bitte eines der Häuschen überlassen. Plantage heißt es; sie mag es, liebt den Blick auf die gegenüberliegende Orangerie. Blütenduft weht herein. Das Haus hat, ähnlich einem Treibhaus, große, bis zum Boden reichende Fenster. Man sieht die Demoiselle bei schlechtem Wetter hinter den Scheiben stehen, stundenlang mit dunklen Augen in eine andere Welt starren, selbst ein fremdes, von weit hergeholtes Gewächs.

Eines Tages hat die Scheibe einen Sprung. Von einer Hagebuche, sagt Buwinghausen, man schleppt die Bäume sträflich nahe an den Fenstern vorbei. Aber Karl Eugen meint zur Bonafini: Das ist dein Blick. Was suchst du, wenn du am Fenster stehst? Wirst du vielleicht hellsichtig wie die Toscani? Ein ahnungsvoller Schauer läuft ihr über den Rücken, nichts, nichts, wehrt sie ab; sie beißt sich auf die Unterlippe, schweigt.

Promenade en bâteau auf dem Bärensee. Der Marquis de Montciel lächelt in der goldenen Béote der première mâitresse des Herzogs zu. Der Mond steht grünlich über dem See, gleicht den unreifen Orangen im harten Laub der Alleebäume. In den Käfigen am Waldrand bellen die für die nächste Jagd eingesperrten Füchse.

Am Sonntag, in der an das Offiziengebäude stoßenden Kapelle, kommen der Bonafini Tränen. Sie sitzt unter den von Guibal gemalten Engeln: lebensechten, wie durchpulsten Kleinkindern mit drallen Ärmchen, Beinchen; zwei Pausbäckige tragen die Bundeslade, zwei den goldenen Leuchter, ein schon zum Jugendlichen heranwachsender Engel hält dem auferstehenden Christus den Grabdeckel auf.

Was ist schon ein Kind, tröstet Serenissimus. In einem Jahr habe ich dir wieder eines gemacht, ein Kerlchen, ein Karlchen.

Er lacht, kommt näher mit seinem roten, leicht verschwitzten Gesicht, spitzt die Lippen, denkt an den Eintrag Buwinghausens vom 13. Mai 1769:

... bekommt der Herzog durch einen Courir die Nachricht, dass die Mademoiselle Kurtzin mit einem Sohn in Ludwigsburg niedergekommen seye. In Offterdingen wurden 299 Bauern-Stutten zum Beschehlen geschrieben ...

Depeschen berichten von der Geburt neuer, illegitimer Söhne. Die Töchter? Die zählt keiner, sind wilde Feldblumen am Weg, wertlos, aber dekorativ, bald wieder mannbar. Möglich, dass er bei einem Ausritt über Land versehentlich eine seiner eigenen Töchter im Kostüm der Schnitterin in ein Ährenfeld legt.

Quod licet Jovi, non licet bovi, sagt der Reiß-Oberstallmeister von Schenk zu Thut, und auf die Frage des Riesen, wie das zu Deutsch heiße, weicht er aus: Die Kraft schießt einem Serenissimus halt überall ein, nicht nur ins Hirn.

Über Jahresfrist ist es so weit: Die Bonafini ist wieder guter Hoffnung.

Fast unheimlich, sagen die Kolleginnen vom Theater, was die sich wünscht, bekommt sie auch.

3

Noch nie hatten Rhyner und Thut so viel Geld gemacht wie in diesen Septembertagen 1782 an der St. James' Fair in Bristol. Am zweiten Tag der Fair war in einer Pause plötzlich Mr. Safford aufgetaucht. Er legte seinen kahlen, nur von einer einzigen rotblonden Strähne gezierten Schädel in den Nacken, besichtigte den Riesen. Zu Rhyner sagte er: Er wolle sich für den Zwischenfall entschuldigen. Sein Zorn auf den Vertragsbrüchigen Cotter habe ihn blind gemacht. Übrigens, sein Stand sei ganz in der Nähe, sie sollten ihn einmal besuchen.

Was er denn mache, fragte Rhyner.

Safford lachte. Er pflanze an seinem Stand künstliche Zähne ein. Dem verblüfften Rhyner hielt er ein Zeitungsinserat unter die Nase, zwang ihn zu lesen:

He grafts the crowns of human teeth into the old stumps, which will keep during life, and mounts and fixes human teeth in an artificial gum upon a newly invented principle so as to appear like those which nature first formed ...

Sie sollten nur vorbeikommen, er wolle ihn und den Riesen billiger behandeln.

Wenn er Rhyner noch einen Rat geben dürfe: Er solle den Eintritt von einem halben auf einen ganzen Schilling erhöhen.

Ob das nicht die Besucher abschrecke? Ganz und gar nicht! Er habe Cotter schon vor drei Jahren für einen Schilling in seiner Wohnung an der Clare-Street gezeigt. Der Preis erhöhe den Wert des Gezeigten …

Safford hatte recht.

Der Besucherstrom nahm mit dem erhöhten Eintrittspreis noch zu. Thut kam sich vor wie ein Goldesel. Er sah sich schon in der eigenen Equipage. Das tröstete ihn nicht über die Tatsache hinweg, dass die Fair ihn auslaugte und anstrengte; mehr als in jungen Jahren setzten ihm Lärm und Menschenmassen zu.

Gegen Abend kam es vor, dass sich zwischen ihn und seine Betrachter eine Wolke schob; er nahm die Menschen nur noch undeutlich wahr, entrückt, wie Dinge in der Niederung von einer Bergspitze aus.

Er stand aufrecht und schlief mit offenen Augen, ein Standbild.

Wenn Rhyner nach der letzten Vorstellung Kasse machte, saß Thut da, den Kopf in die Hände gestützt, es kam ihm vor, sein Schädel müsste bersten.

Rhyner sah es mit Besorgnis. Halte mir durch, langes Elend, sagte er. Im Winter, wenn ich in London meinen Geschäften nachgehe, kannst du dich erholen.

Das Zimmer in der kleinen Pension bei der Kirche musste der Riese mit seinem Impresario teilen. Meist lag er schlaflos, bis Rhyner aus irgendeiner Kneipe kam, er hörte ihn schwer auf sein Lager fallen, kaum lag er, fing er an zu schnarchen. Thut aber lag wach, lag in seiner Müdigkeit wie in Schichten von Watte, Schmerzwellen rannen vom Rücken zum Kopf, vom Kopf zu den Gliedern zurück.

Einmal hatte ihn Hartmann auf einem Spaziergang durch den Park von Ludwigsburg gefragt, ob ihm wohl sei in seiner Haut.

Ich bin meiner Haut nicht froh, hatte er gesagt, wo mich die Haut berührt, in meiner ganzen Länge, Hartmann, engt sie mich ein. Andere gibt es, die geschmeidig in sich ruhen, die Bonafini zum Beispiel, schau sie dir an. Ihre Haut passt wie angegossen, geschmeidig geht sie, selbstverständlich, jede Bewegung stimmt.

Manchmal erwache ich in der Nacht und denke: Ich wachse weiter. Die Haut ist dem drängenden, schwellenden Körper nicht mehr gewachsen, platzt. Wie ein Landsknechtskostüm sieht die gerissene Haut aus, das Fleisch schaut rot heraus. Jede Berührung brennt.

Ein Riese, der sich langsam häutet, hatte Hartmann vorsichtig gesagt und gelacht.

Wie eingeschlossen kam sich Thut in Bristol vor. Er sehnte sich nach Luft, Bewegung. Tagelang in diesem Zimmer, dann eingesperrt in der Kiste. Nach stundenlangem Sichwälzen auf dem Strohsack zog sich Thut gegen Morgen an, schlich unbemerkt aus dem Haus, ziellos lief er durch menschenleere, noch dunkle Gassen.

Immer weiter trieb er, weg vom Zentrum und weg von der Fair. Unbekannte Straßen taten sich auf, eine reichte ihn weiter an die nächste. Er maß sie aus mit Riesenschritten, sein Atem passte sich dem Rhythmus der Beine an, die Nerven beruhigten sich.

Noch fühlte er sich wohl im Schutz der Dunkelheit. Später bog ein Watchman um eine Hausecke, der

Riese drückte sich an die Wand, hörte mit angehaltenem Atem, wie der Wächter mit seinem Hund vorüberging.

Mit schwingenden, weit ausgreifenden Schritten bewegte er sich weiter, langsam wurde der Himmel zwischen den Häuserzeilen fahl. Er war jetzt in einem Viertel mit Häusern aus schmutzigem rotem Backstein, am Ende der Straße eine Halle mit einem hohen rauchenden Kamin.

Eine Gruppe Arbeiter kam durch die Dämmerung, Frauen und Kinder waren darunter. Wortlos, einer hinter dem andern, gingen sie mit gesenktem Blick, wie im Halbschlaf. Den Riesen an der Hausmauer nahmen sie nicht wahr oder nur so, als gehörte er an den verwaschenen Rand ihres Traums.

Thut schaute ihnen nach, ein grauer Rattenzug, der am Ende der Straße vom Fabriktor verschluckt wurde.

Am Morgen im Dunkeln hin, am Abend im Dunkeln zurück, hatte Samuel von seinen Verwandten in Schwanden gesagt. Die Fabrikglocke teilt ihre Tage ein. Ihre Lebenszeit wirbelt davon wie Spreu.

Und meine Tage, dachte Thut.

Der Riese ging kreuz und quer, längst hatte er die Orientierung verloren. Eine wohnlichere Gegend jetzt, an den stattlichen Häusern waren Laternen befestigt, Licht sickerte durch bräunlichen Morgendunst. Nochmals ein Watchman.

Thut drückte sich in eine Türöffnung. Der Mann ging mit seinen Schuhen achtlos über den Riesenschatten, der Hund aber schnupperte, lief einer Spur nach bis zu Thuts Füßen, sprang blaffend an der Schattengestalt in der Türnische hoch.

Erschreckt griff der Wächter nach seiner Pfeife: drei grelle Pfiffe. Von allen Seiten nahten Schritte: Watchmen, meist ältere Männer, jeder von einem Hund begleitet. Schnell sah sich der Riese eingekreist: der Name Cotter fiel.

Ich bin nicht Cotter, setzte sich Thut zur Wehr. Auf die Frage, ob er denn seine Papiere zeigen könne, sagte er, er habe sie in einer kleinen Pension bei der Kirche.

Die Männer kamen überein, den Riesen zu seinem Logis zu begleiten.

Im Zimmer lag Rhyner noch immer wie bewusstlos auf seinem Sack, es stank nach ausgeatmetem Fusel. Thut schüttelte ihn, suchte dann den Reisepass, die Lizenz für die Fair.

Später, im hellen Licht des Vormittags, machte Rhyner Thut Vorwürfe: Was fällt dir ein, in der Nacht fortzugehen? Du machst mir Ärger, langes Elend!

Ich bin doch dein Goldesel, sagte Thut.

Der Vorfall hatte in der Stadt Aufsehen erregt. Am nächsten Tag hing ein Zettel an der Schaukiste: *Die Konkurrenz wird schärfstens gewarnt! Cotters Freunde.* Mister Safford, dem sie den Zettel zeigten, lachte. Die Mauern von New Gate Prison seien dick, das Gefängnis gut bewacht, da sechzig Schuldner darin steckten. Cotter müsse noch zwei weitere Jahre mit der gesiebten Luft vorliebnehmen, davon könnten sie profitieren, er rate ihnen, im nächsten Sommer schon vor der Fair wieder nach Bristol zu kommen! Die Stadt sei eine Goldgrube für Leute wie Thut, man brauche hier, als Ausgleich für das karge Alltagsleben, Abwechslung und Vergnügen.

Rhyner und Thut blieben noch drei Wochen nach Schluss der Fair in der Stadt. Jetzt hatte Rhyner nichts mehr dagegen, dass der Riese frei herumging. Mit dem Vorsatz, im nächsten Jahr wiederzukommen, verließen sie Ende Oktober Bristol.

In Bath, dem nächsten Ort, hatten sie zum ersten Mal genug Geld, um einen kleinen Schauraum zu mieten.

In der zurückhaltenden, vornehmen Bäderstadt floss das Geld nicht mehr so reichlich wie im quirligen Bristol. Rhyner nahm sich vor, den Riesen nach einer Winterpause an den weniger vornehmen Orten an der Kanalküste zu zeigen.

Thut war es gleichgültig, er fühlte sich ausgehöhlt, schlapp, sehnte sich nach den von Rhyner angekündigten ruhigen Wochen. Endlich war es so weit, sie mieteten eine Unterkunft in einem kleinen Ort am Rand von London. Schnell gewöhnten sich die wenigen Einwohner daran, auf der Straße oder am Fenster einen Riesen zu sehen.

Während Thut die ländliche Abgeschiedenheit genoss, suchte Rhyner in der Stadt seinen Geschäftsfreund Harrison auf, die bestickten Tücher und die bestellte Lieferung Glarnertee waren eingetroffen, nun galt es die Waren an Wiederverkäufer abzubringen. Wenn Rhyner aus der City zurückkehrte, fragte ihn Thut hin und wieder nach Byrne. Er fühlte sich verbunden mit Byrnes Schicksal, sah ihn oft vor sich auf seinen einsamen Gängen über Land, träumte von ihm.

Es geht ihm schlecht, sagte Rhyner. Es heißt, betrunken sei er eine ganze Nacht lang im Regen herumgeirrt und habe sich dabei eine Lungenentzündung geholt.

Und Hunter?

Weiß, dass es mit Byrne zu Ende geht. Steht schon wartend im Hintergrund. Schickt seine Spione, die sich täglich nach dem Zustand des Kranken erkundigen.

Und Byrne?

Schlägt Haken. Ein gehetzter Hase. Hat alle Ersparnisse, gegen tausend Pfund, ausgegeben, um sichere Männer zu kaufen. Schwören haben sie müssen, dass sie seine Leiche in der ersten Nacht nach seinem Tod an einer einsamen Stelle ins Meer lassen. In einem Bleisarg!

Und dafür hat er vor dem Publikum Kapriolen gemacht, dachte Thut, hat geschwitzt, sich gedreht und verbeugt.

Um eines Nachts ins Meer versenkt zu werden. Alle Arbeit für die ewige Ruhe.

Thut fühlte sich schwer werden, als trüge er Byrne, einen Riesenzwilling, mit sich herum.

Während Rhyner in London seinen Geschäften nachging, stapfte Thut stundenlang über die nahen Felder und durch den Birkenwald.

Der Nebel rückte eine Wand zwischen ihn und die Menschen, silbern standen die Bäume am Hochmoor.

Der Riese führte Selbstgespräche, die Worte hingen wie kleine Rauchfahnen vor seinem Mund. Tagelang brauchte er keinen Menschen zu sehen, keiner musste über ihn erschrecken. Ab und zu nur stob eine Gruppe Reiter über die Ebene, er sah einen Moment lang die roten Röcke der Jäger, später hallten Schüsse durch die Nebelwatte. Enten jagten sie, erfuhr er im Dorf. Manchmal erschreckte ihn die Vorstellung, von Schrotkugeln im Nebel durchsiebt zu werden. Er sah sich selbst, eine ungewöhnliche Jagdbeute, zuckend am Boden, Gesichter der Jäger über sich, unter ihnen das feiste, gerötete Gesicht Karl Eugens. In seine Ängste mischten sich Erinnerungen an die Jagdszenen in Württemberg.

Der Herzog: Er reitet allein in den Laubwald bei Echterdingen, die schöne Begleiterin, zum zweiten Mal hochschwanger, passt nicht mehr in die Männerkleider. Er fängt »Thannwild« ein, alle schön lebendig, füllt mit den Tieren den Rehgarten bei der Solitude.

Die Demoiselle sitzt am liebsten am Gehege mit den zahmen weißen Hirschen, auf einen Flintenschuss hin, dem Zeichen der Fütterung, versammeln sich die Tiere.

Sie essen jeden Tag ein Stückchen von ihrem Tod, sagt der Freiherr von Buwinghausen zum Wache stehenden Thut. Buwinghausen liebt das Schreiben, hat eine poetische Ader, wie er das nennt, aber nichts von dem darf allabendlich in das Diarium fließen.

Nur ausgewählte Fakten, sagt der Herzog.

Zum Beispiel, dass in diesem Jahr 1770 alles sprunghaft teuer wird, nach den Missernten schnellt der Preis für den Scheffel Dinkel auf sechs Gulden zwanzig

Kreuzer, für Hafer auf fünf Gulden, das Fuder Stroh kostet zehn Gulden, der sechspfündige Laib Brot siebzehn Kreuzer, das Simmi Grundbirnen sage und schreibe dreißig bis vierzig Kreuzer.

Die Not steigt im Land.

Während Untertanen und Beamte hungern, ist die Solitude eine Oase; Wildschweine werden mit Hafer und Dinkel gefüttert.

Noch einmal wird sie, der Schwangeren zulieb, ein Ort der Einsamkeit. An vielen Anlässen, notiert Buwinghausen, sind sie nur zu dritt oder zu viert. Sie lesen, diskutieren.

Laue Abende, von Gesprächen erfüllt. Wie liebt sie das. Der Herzog kommt ihr endlich, nach den Tagen des Rummels, wieder nah. Sie sitzen in der Dämmerung auf einer Bank wie Mann und Frau, sie vernimmt von seinen Plänen, er hört ihr zu, will ihren Rat.

Am 18. Mai gebärt sie in Ludwigsburg.

Das Kind wird zwei Tage später auf den Namen Carl getauft, unter den Paten ist Buwinghausen.

Die Temperamentvolle hält es nicht aus, wochenlang, wie es in höheren Kreisen Brauch ist, in der Obhut von Pflegerinnen und Ammen zu liegen. Schon am 16. Juni notiert Buwinghausen: *Diesen Abend kam die Mademoiselle Bonafini mit Sack und Pack von Ludwigsburg allhier wieder an, nachdem es heute nicht mehr als* 29 *Tage sind, dass sie in die Wochen gekommen ist.*

Das gleicht ihr! Alles dalli, dalli, ganz wie der Herzog!, heißt es in dem kleinen, familiären Gefolge auf der Solitude. Dabei immer heiter, graziös. Eine bessere Geliebte könnte Serenissimus nicht haben.

Er scheint es zu schätzen. Wieder einmal sind die Eltern der Bonafini angereist aus Lendinara. Serenissimus führt abends alle in der »Wurst« aus.

Die Idylle wird nur von gelegentlichen Gerüchten gestört. Der Herzog habe eine geheime Liebschaft. Vage Andeutungen, gewiss. Die Sonderstellung der Bonafini reizt zur Eifersucht, zumal die Kolleginnen vom Theater.

Niemand kann der Demoiselle nachsagen, dass sie kleinlich wäre. Mit dem Herzog besucht sie die Kurtzin im Wochenbett; auch die Monti, die im März von einem Knaben entbunden wurde, Folge, wie jeder weiß, einer Schäferstunde mit dem Herzog. Die Monti, *eine Maitresse des Herzogs*, hat Buwinghausen geschrieben, dass sie nicht lacht! Mit kuhblöder Verzückung war sie im Bett gelegen, stolz hatte sie dem Herzog das Kind entgegengestreckt, als ob er nicht schon Nachkommen hätte wie Sand am Meer!

Intimes ist am Hof öffentlich, dient zu Renommierzwecken, zu verbergen hat der Fürst nichts. Soll er sie doch haben, seine kleinen Stichflammen! Die werden ihr nicht gefährlich. So etwas knistert, wird überhell, sackt in sich zusammen, wird zu Asche.

Aber so ein mildes, stetes Feuer. Über Wochen, Monate geschürt. Die kleine Abwesenheit, wenn er sie küsst. Hast du etwas?

Nein, nein. Er lacht, wehrt ab. Erzählt ihr schnell, bis in alle Details, von der Absicht, auf der Solitude eine Pflanzenschule zu errichten.

Sie hört es nur halb. Hat ihre eigenen, bohrenden

Gedanken. Dreimal im letzten Jahr war Serenissimus allein zu Verwandtenbesuchen im Wildbad. Demnächst will er wieder hin, ohne sie. Ist sie dem Bruder des Herzogs, Prinz Friedrich aus Mömpelgard, und Ihrer Königlichen Hoheit, der Schwägerin, zu wenig nobel? Sonst scheut sich Serenissimus nicht, sie vorzuzeigen, sogar bei der Promotionsfeier in Tübingen hat es ihm gefallen, die Professoren mit ihrer Anwesenheit zu provozieren.

Auffallend, wie versonnen er jedes Mal nach dem Besuch im Wildbad war, eine an ihm befremdliche Abwesenheit, als hätte er Mühe, einen starken Eindruck abzustreifen.

Im Frühjahr 1771 beginnt die ehemalige Einöde zu den fünf Eichen auf neue Art zu blühen. Karl Eugen hat nicht nur Pflanzen aus der Ebene auf die Solitude bringen lassen, Rehe, Hirsche, Fasane in Gehegen ausgesetzt, er versucht es jetzt auch mit menschlichen Stecklingen.

Zweihundertfünfzig Soldatenkinder erhalten Unterricht, er nennt die neue Einrichtung »Militärische Pflanzschule«.

Verpflanzen, die Grünschnäbel. Veredeln. Drillen. Später wird, gegen seinen Willen, ein künftiger Dichter unter den Militärschülern sein, Friedrich Schiller, Sohn des Gärtners auf der Solitude.

Auch eine Gruppe von Offiziers- und Kavalierskindern ist dabei, sie bilden, betont Buwinghausen, eine eigene, besonders geförderte Klasse. Der Herzog lässt es sich nicht nehmen, täglich, mittags wie abends, beim Essen der Zöglinge anwesend zu sein. Erkundigt sich, während die Zöglinge kauen, nach ihren Fortschritten.

Die Livreedienerschaft mokiert sich über die neu entdeckte pädagogische Ader des Herrn. Auch an der persönlichen Tafel, an der außer Serenissimus oft nur die Demoiselle, Buwinghausen und General von Stein sitzen, examiniert er die zwanzig servierenden Pagen in Geschichte und Geografie. Recht unterhaltend, witzig ist das, dem Gefecht der kniffligen Fragen und Antworten, den schnellen, zuschlagenden Einwänden des Herzogs, seinem Lob und seinem spöttischen Tadel zuzuhören. Solange man selbst außer Schussweite ist, denkt Thut.

4

Tauwetter. Rhyner und Thut rollten in einer Postkutsche durch Südengland.

Es regnete, zwischendurch riss der Himmel auf. Männer und Frauen traten aus den muffigen Häusern, rieben sich die Augen, schauten nach dem langen Winter nach Neuem, Niegesehenem aus.

Da kamen Rhyner und Thut gerade recht.

In den kleinen, vom Wind durchblasenen Städten an der Kanalküste, Bournemouth, Hastings, waren auch noch die Maiabende kalt, sie zeigten sich in den Gaststuben, wo beißender Tabakrauch über den Tischen hing. Der Riese stellte sich vor das Kaminfeuer, die Flammen im Hintergrund machten die rote Landsknechtstracht wie lebendig.

Rhyner ging nach der Vorführung mit dem Hut herum, Münzen hüpften hinein, jede ein winziger Bestandteil von Thuts eigener Equipage.

Gegen Sommer trafen sie frühzeitig, wie geplant, in Bristol ein. Nein, nicht mehr in die kleine Pension. Keine Witwe mehr, die Fischkleister herstellt! Wir haben ja Geld, sagte Rhyner. Und wenn die Fair erst beginnt, füllt sich die Kasse.

Im Zimmer des stattlichen Gasthofs hingen Spiegel. Thut begegnete sich an der Wand, schmal gab das Gegen-Ich sein Lächeln zurück.

In den fiebrigen Pupillen noch einmal ein Ich und darin noch einmal eines: jedes kleiner, eingesperrt, unerlöst.

Was kann ich für euch tun, murmelt Thut.

Plötzlich, ich weiß nicht, wie, bin ich auf die Bühne Leben geraten; der Vorhang geht auf, der erste Akt beginnt. Einen Riesen, wie spielt man den?

Niemand gibt Anweisung. Da übt man Schritte, bewegt Arme, den Rumpf, geht in dieses Leben hinein.

Die Kulissen wechseln: Amsterdam, Berlin, Ludwigsburg, London, Bristol, immer schneller, gegen Ende verdoppelt, verdreifacht sich das Tempo, nach wessen Regie läuft alles ab? Was für eine Botschaft liegt wo verschlüsselt?

Der Riese Melchior Thut hat ein seltsames, noch nie gesehenes Lineament auf der Stirn, hat Lavater in seinen »Physiognomischen Fragmenten« geschrieben.

Thut tritt näher an den Spiegel heran. Sieht es, das Lineament. In Stirnmitte, über den Augen, wölbt sich ein Bogen, mündet in einer Waagrechten aus.

Er steht vor dem Spiegel in der Dämmerung, befragt sein Bild. Unter seinem Atem beschlägt das Glas.

Durch die Fenster des Zimmers blickt man auf einen baumbestandenen Platz, Lindenduft dringt herein. An einem der ersten Abende sitzt Rhyner hinter einer Zeitung, die er in der Gaststube gefunden hat, stutzt, reicht das Blatt an Thut weiter. Der Riese beugt sich vor, liest die Stelle, auf die Rhyners Finger weist:

Am 1. Juni in diesem Jahr 1783 ist in London in seinem Haus an der Cockspur Street der bekannte Riese Charles Byrne gestorben, Alter 22 Jahre. Wie Walfischfänger ist die Zunft der Chirurgen hinter dem verstorbenen Riesen her. Die Buchstaben verschwimmen, Thut lässt das Blatt sinken.

Wie in London wird auch in Bristol der Tod des jungen Riesen schnell Tagesgespräch.

Gerüchte kursieren, Hunter suche mit einer Tauchequipe den Bleisarg in der Irischen See. Erst nach einem Jahr ist in den Zeitungen die Geschichte zu lesen, die wirklich geschehen ist:

Wie versprochen, fahren Byrnes Freunde die Leiche noch in derselben Nacht in Richtung Irische See. Gegen Morgen hält der Kutscher vor einem Gasthof, die Pferde müssen gewechselt werden. Die Männer schließen den Leichenwagen ab, einer steckt den Schlüssel in die Tasche, in der Gaststube wollen sie sich mit Tee und Gin aufwärmen. Kaum sind sie verschwunden, tauchen hinter der Hecke Gestalten auf. Sie öffnen mit einem zweiten Schlüssel den Wagenkasten, brechen den Sarg auf, legen die Leiche unter die Hecke. Steine werden in den Sarg gefüllt, alles wird wieder verschlossen. Byrnes Freunde fahren nichts ahnend weiter, versenken in der Irischen See den mit Steinen beschwerten Sarg.

Die Räuber fahren unterdessen zum Earl's Court in London. Hunter erwartet sie, zahlt den versprochenen Lohn, fünfhundert Pfund, mit geborgtem Geld. In fliegender Hast, immer in Furcht, entdeckt zu werden, skelettiert er die Leiche. Die einzelnen Skeletteile müssen in einem Safe warten, bis das Gerede in London verstummt ist.

In einem Brief an den Naturforscher Sir Joseph Banks schreibt Hunter, er habe die Leiche eines großen Mannes bekommen, bei der Obduktion nichts Auffälliges gefunden. Er hoffe, im nächsten Sommer könne er das Skelett in seiner Sammlung zeigen. Hunter hat recht: Im nächsten Sommer wird man seine Vorsicht belächeln, um Byrnes Wunsch kümmert sich niemand mehr. Das Skelett wird zum meistbewunderten Stück in der berühmten Hunter'schen Sammlung. Zwanzig Jahre später, als Hunter stirbt, wird es die englische Krone kaufen.

Ein paar Tage vor Eröffnung der Fair machte sich Rhyner nach einem Kneipenbesuch spät auf den Heimweg. Es war für die Jahreszeit eine kühle, winddurchblasene Nacht, der Mond trieb zwischen Wolken. Vor dem Ben Johnson Porterhouse sah Rhyner eine riesige Gestalt. Thut? War er wieder einmal aus seinem Zimmer ausgebrochen?

Nein, der Riese war kräftiger, jünger.

Jetzt zündete der Hüne an der Laterne eine Pfeife an, einen Augenblick lang war sein Gesicht mit den groben, massigen Zügen hell beleuchtet. Dann bog er um die Ecke, verschwand.

Ein Watchman, der die Szene beobachtet hatte, kam auf Rhyner zu.

Das war der irische Riese Cotter, sagte er.

Cotter? Der sollte doch im Schuldturm sein?

War er. Bis gestern. Der Ordnungshüter stellte seinen Kragen auf; ein steifer Wind blies von der See her. Er hätte zwar noch ein Jahr abzusitzen, aber ein reicher Strumpfwirker, ein gewisser Watts, hat ihn ausgelöst. Warum? Aus reiner Menschenliebe wohl nicht, eher aus Geschäftssinn!

In London soll ja der irische Riese Byrne gestorben sein, da gewinnt so ein langer Kerl wie Cotter Seltenheitswert.

Am nächsten Tag erschien Mister Safford im Gasthaus und brachte die neueste Nummer des »Felix Farley's Bristol Journal«. Cotter ist frei!, rief er erregt, und: Dieser Watts hat sein halbes Vermögen auf den Riesen gesetzt wie auf ein Rennpferd! Er soll für seine Vorführung sogar das Brauhaus Jolly Brewers in der Nähe der Temple Street gemietet haben! In diesem Inserat – er zeigt Rhyner die Zeitung – nennt er sich nicht mehr Cotter, nur noch O'Brien!

Irish Giant. Patrick O'Brien.

A linear Descendant of that old and puissant King BRIAN BOREAU who has in his Person an Appearance, all the Similitude of that great Potentate.

So eine Frechheit, schäumte Safford. Und eingangs steht, er sei soeben aus seiner Heimat Irland eingetroffen! So heißt wohl jetzt der Schuldturm. Weiter unten wird sein Alter mit achtzehn angegeben, demnach müsste er in den letzten drei Jahren vier Jahre jünger geworden sein! Und die schamloseste Lüge: Er sei acht Fuß groß und werde angesichts seiner Jugend sicher noch auf die Familienlänge von neun Fuß wachsen!

Was soll ich jetzt mit Thut machen?, murmelte Rhyner verwirrt.

Nur nicht zurückkrebsen!, rief Safford und bleckte seine gipsweißen Zähne, die er sich selbst eingesetzt hatte. Er soll sich an der St. James' Fair zeigen wie im Vorjahr!

Rhyner hielt sich an diesen Rat.

Während Thut sich mitten im Getümmel des Fairgrounds zeigte, trat Patrick Cotter im Braulokal in der Nähe der Temple Street auf, in einem roten, mit goldenen Tressen geschmückten Kostüm und einem enormen goldbordierten Hut.

Jolly Brewers war auf Watts Wunsch durch ein bunt bemaltes Schild ersetzt worden mit der Aufschrift: Giant's Castle. Auf einem Braufass vor dem Haus war zu lesen: »Hier wird der irische Riese gezeigt, fast neun Fuß hoch.« Im Vergleich zum Jahr davor war der Zustrom zur Schaukiste gering, auch waren es fast ausschließlich Leute aus dem Volk, die Thut sehen wollten. Die feine Gesellschaft von Bristol war bei Cotter im Giant's Castle anzutreffen. Zweimal klebten Warnungen an der Schaukiste. Rhyner riss die Zettel ab und schmiss sie wütend fort. An einem Morgen, als er Thut wie üblich unter dem weißen Tuch durch die Menge zog, prügelte ein junger Bursche mit dem Stock auf das Monster ein; die Hiebe trafen den Riesen im Kreuz, Schmerzlaute entfuhren ihm, durch die Sehschlitze sah er einen Augenblick lang alle Regenbogenfarben.

Watts scheute keinen Aufwand. Gegen Ende der Fair

engagierte er den polnischen Zwerg Borulawski für drei Galaabende mit Cotter. Nach Abschluss der Fair gab der Zwerg für die »Gentry of Bristol«, vor allem für adelige Gönner, ein »Public Breakfast«, auch die Gräfin Borulawski war anwesend mit dem Kind.

Er imitiert Byrne, sagte Rhyner. Wetten, Borulawski hat nicht bemerkt, dass er hier einen anderen Riesen begrüßt hat als vor einem Jahr in London!

Schon jetzt verschwindet Cotter in Byrnes Konturen. Und die Nachwelt? Für sie wird es nur noch einen Riesen gegeben haben: den mächtigen, acht Fuß großen Iren O'Brien!

Im Gegensatz zu Rhyner verspürte Thut keinen Hass.

Vom Fenster des Gasthofs aus sah er Cotter nach der Fair über den Platz gehen. Ein junger Mann von kräftiger, lang aufgeschossener Statur, das Gesicht mit dem ausgeprägten Unterkiefer massig, aber nicht unfreundlich. Und wieder spürte Thut Empfindungen wie gegenüber Byrne.

Wie hatte er sich einst in seinem Baum im Tierfehd einen riesigen Menschenbruder erträumt.

Nur noch ein Mensch von gleicher Größe, und du bist nicht mehr allein, kein Einzelgänger mehr.

Die Anwesenheit des zweiten macht stark: Noch einmal schlägt auf dieser Welt ein Herz wie deines in einem baumlangen Leib. Auch ein anderer hat es erlebt: herauszuwachsen aus der gewöhnlichen Welt, zu sehen, wie alles schrumpft, versinkt.

Aug in Auge mit dem Bruder. Fragen: Auch du? Sagen: Ja, ich auch.

Trost im Schicksal des andern suchen.

Und nun geht in Bristol ein zweiter Riese am hellen Tag über die Straße, atmet die gleiche feuchte, nach Kohlenstaub riechende Luft.

Schicksalsgenossen, ja.

Und müssen sich Feinde sein, Konkurrenten, sollen auf Befehl des Impresarios auf den Zehen stehen, den Kopf noch höher halten. Zieh deine Schuhe aus, sagt Rhyner, ich lasse dir beim Schuster dicke Sohlen machen. Fast neun Fuß groß soll er sein, dieser Cotter? Er ist keine siebeneinhalb!

Verhökert werden wir, verkauft.

Byrne ist schon ausgetrickst.

5

Herbst mit wilden Regengüssen und Stürmen. Rhyner und der Riese fahren nach London.

Bei Rhyners Geschäftsfreund im Strand lag ein Brief für Thut. Der Riese erschrak über die ungelenke Schrift, den stockfleckigen Umschlag.

Etwas Vergessenes wehte ihn an. Er riss den Umschlag auf, überflog die holprigen Zeilen mit den lückenhaften, staksigen Buchstaben: Die Mutter sei krank, schrieb der Bruder. Sie habe es auf der Brust, im Fieber rufe sie nach Melchior. Schnell müsse er kommen, wolle er sie noch einmal sehen.

Man spürt den immer heftiger werdenden Sog, die Beschleunigung, wenn etwas dem Ende zugeht. Man spürt es und will es nicht wahrhaben, sieht erstaunt die Zeit schwinden, näher rückt der Horizont. In den Träumen glaubt man, an einem Ufer schon Winkende zu erkennen.

Mit Rhyner durch Südengland nach Dover, über Frankreich der Heimat zu. Rhyner kommt die Heimreise gelegen, seine Geschäfte in London sind abgeschlossen.

Der Schmerz als ständiger Begleiter. Gegen seinen Sog anschwimmen, verzweifelt versuchen, den Kopf über Wasser zu halten.

Straßen ziehen sich dahin zwischen Alleebäumen. Die Bäume nicken Thut zu. Reisebegleiter, Schattenspender. Ein geduldiger Saum, so weit das Auge reicht.

Karl Eugen hat eine Schwäche gehabt für Alleen.

Sie zwingen in eine Spur. Zwischen den Kronen der Bäume wird selbst der Himmel zum Läufer, gehorsam rollt er sich aus, blau und schnurgerade auf das Schloss des Herrschers zu.

Immer wieder hat Karl Eugen Bäume verpflanzen lassen. Von hier nach dort.

Schattige Laubbäume an den Ausfahrten von Ludwigsburg. Kaum haben die schönen Linden am Weg nach Oßweil Wurzeln gefasst, hat der Herzog Ordre gegeben, sie umzuhauen: Obstbäume müssen her.

Tausende. In fünf oder sechs Reihen müssen sie Spalier stehen, jedem soll das Herz im Leibe lachen, wenn er im Mai in die Residenzstadt einfährt.

Im Frondienst schleppen die Bauern Bäume aus ihren Äckern an die Straße.

Große Stämme, heißt die Ordre. Kein Kroppzeug. Wenn ein Drittel verdorrt, nicht Wurzeln fasst, auf den Misthaufen damit, andere her!

Wozu Jahre warten, bis sie Schatten werfen, das Leben rollt wie ein Reisewagen. Jetzt, sagt der Herzog, jetzt.

Auch Tiere hat Serenissimus verpflanzt, Menschen wie Schachfiguren verschoben. Caterina Bonafini zum Beispiel, in jenem Sommer 1771 …

Der Riese, in Gesellschaft von Mallschütz, darf den Herzog ein paarmal nach Hohenheim begleiten. Ein Gebäude wird dort renoviert, streng geheim, ein Geschenk soll es werden für die Bonafini.

Am 18. Juli zeigt ihr der Herzog den Garbenhof. Straft der Spender mit diesem fürstlichen Geschenk nicht alle Gerüchte Lügen?

Der Einfluss der Bonafini ist groß in diesem Sommer.

Bekommt sie doch, als der Herzog für drei Wochen bei seinem prinzlichen Bruder in Mömpelgard weilt, auch Stein und Buwinghausen in die Sommerfrische fahren, die »Inspection« über alle auf der Solitude im Gang befindlichen Arbeiten.

Noch nie da gewesen: eine Frau als Aufsicht!

Buwinghausen notiert es im Tagebuch. Malt das Wort »Inspection« gewichtig mit sperrigen Buchstaben.

Er zeigt es der Bonafini, sie lacht.

Auch für die Nachwelt, sagt er, leuchtet das Wort aus diesen Seiten.

Buwinghausen mag die Demoiselle, scherzt gerne mit ihr. Man weiß, was man aneinander hat, in langen Abenden auf der Solitude ist das Vertrauen, die Freundschaft gewachsen. Das Ensemble kommt jede Woche zur Probe auf die Solitude, »Lo spirito di contradizione« heißt die Oper, in der die Bonafini die Hauptrolle spielt. Widerspruchsgeist, was für ein Wort in einer Welt, die festgezimmert ist!

Am 15. September 1771 fällt diese Welt für die Bonafini zusammen. Der vor zwei Jahren zum Kammerherrn beförderte von Leutrum wird mit seiner Frau, einer Geborenen von Bernedin, auf die Solitude berufen, wird in den Hofstaat aufgenommen. Fäden spinnen sich zwischen dem Fürsten und der Leutrum, ein Einverständnis, das nicht von heute auf morgen wächst. Das ist auch für die Diener nicht zu übersehen.

Man erfährt: Schon 1769 im Wildbad, anlässlich seiner Verwandtenbesuche, hat er die Dame kennengelernt. Das erklärt auch das Rätsel, warum der Fürst auf den poltrigen Leutrum setzt, ihm die Gunst erweist, sich in der Nähe des Fürsten aufzuhalten.

Ende September, die Zeit der Hirschbrunst.

Unter zitterndem Blattwerk fahren die Achtspänner des Landesherrn über die Alleen. Der Kopf des Herzogs hebt sich rot und gedrungen vom grünen Laub ab, die Augen vorgewölbt, unternehmungslustig; die Eichelhäherfeder wippt am Jagdhut.

Für die Reise nach Kirchheim, Ziel der diesjährigen Jagd, hat er aus dem Marstall die größten Gespanne holen lassen. Während die Hof- und Theaterleute direttissimo ans Ziel fahren, hat Durchlaucht sich ein Programm ausgedacht, unvergesslich soll er werden, dieser 26. September 1771. Zum Divertissement des prinzlichen Bruders Friedrich, heißt es offiziell. Neben ihrer Königlichen Hoheit aus Mömpelgard sitzt die Leutrum. Die Sympathie des Mömpelgarder Paares für die neue Freundin ist offensichtlich, aus nicht uneigennützigen Gründen, heißt es in Hofkreisen. Verbinde sich Karl Eugen nämlich mit einer Verheirateten oder Geschiedenen wie der Leutrum, so blieben mögliche Kinder illegitim, die Nachfolge ginge auf den Sohn des

Prinzen Friedrich über. Das Kind der Bonafini hingegen habe, sei Karl Eugens erste Gattin erst gestorben, nach Legalisierung des Verhältnisses eine Chance.

Caterina Bonafini, blass, aufgewühlt, neben ihrer Mutter im nächsten Wagen.

Sie hat sich geweigert, in der herzoglichen Karosse zu sitzen, hat sich überlegt, ob sie überhaupt nach Kirchheim fahren solle. Ohne Rücksprache mit ihr hat Karl Eugen vorgesehen, das Mittagessen im Garbenhof einzunehmen.

Zudem soll in ihrem persönlichen Jagdunterstand vor dem Mahl ein Thannbocksjagen stattfinden. Zu Ehren des Prinzen angeblich, dass sie nicht lacht. Dabei kreisen alle seine Gedanken nur um die Leutrum.

Dürre Äste knacken unter den Stiefeln der Jäger. Die Rehböcke werden aus den Behältern gelassen. Keiner der Kavaliere darf schießen, bevor dem Prinzen der Ehrenschuss gelungen ist. Jedermann weiß, auch Buwinghausen hat es für die Nachwelt notiert, wie kurzsichtig der Prinz ist! Mit mildem Spott schaut man zu, wie er anlegt, das Auge zukneift, danebentrifft. Schaut, zwinkert sich zu, lächelt diskret, während die Hirsche zum Greifen nah vorbeispringen.

Der Prinz schießt, die Luft ist voll Pulverdampf.

Auffällig für die gelangweilten Kavaliere, die Diener, wie oft sich der Herzog nach der Leutrum umdreht. Sein dünnes, in eine weiße Papillote gewickeltes Haarzöpfchen tanzt über dem feisten Nacken.

Dem Prinzen zittert vom Anlegen die Hand. Man bringt ihm zur Verbesserung des Weidglücks eine andere Flinte. Abermals verstreicht eine Viertelstunde. Der General von Stein gähnt, die Damen und Herren denken an das bereitgestellte Essen im Garbenhof.

Der Prinz ballert. Die gehetzten Tiere geben Angstlaute von sich, preschen gegen die Zäune des engen Reviers.

Endlich. Man atmet auf. Einer der Hirschböcke, vom prinzlichen Kugelregen getroffen, sinkt zwischen die Stämme. Dunkles, dickes Blut sickert durch das Fell. Nun sind die andern Kavaliere an der Reihe. Ein Kugelregen aus vielen Mündungen macht den sieben noch springenden Böcken rasch den Garaus.

Das Essen auf dem Garbenhof schmeckt, trotz der Verspätung, vorzüglich; durch die Fenster bewundert man den Ausblick auf die hoch gelegene Filderebene, den lang gezogenen Steilabfall der Schwabenalb. Alles nah, in diesem durchsichtigen, von Insekten durchtanzten Spätsommerlicht.

Thut, neben der Tür des Speisezimmers, sieht rötliche Lichtflämmchen im Haar der Bonafini. Drüben, dem Herzog schräg gegenüber, die Leutrum. In welcher Beleuchtung hat Karl Eugen sie wohl zum ersten Mal gesehen? Wer Übersicht hat wie Thut, weiß: Manchmal fällt ein besonderes Licht auf eine Frau, verwandelt sie, so unscheinbar sie auch sein mag, in eine Venus.

Diese da, was ist schon an ihr? Was spiegelt sich, wenn Serenissimus sie betrachtet, in seinen Augen? Mittelgroß, zierlich. Die Stirne eckig unterm braunen Haar. Die Mundpartie tritt schwer hervor, fast unschön;

die blauen, großen Augen stellen das Gleichgewicht wieder her.

Von stillem Anstand das Benehmen, bescheiden die Art, eine Dame aus der Provinz.

Das Glücksrad, Demoiselle.

Wenig Gegengewicht ist nötig, und die Gondel, auf dem Gipfelpunkt, neigt sich, die Talfahrt beginnt.

Nach Tisch besichtigt man die neu hergerichteten Säle und Zimmer, die Türen sind mit Blumengirlanden verziert. Die Damen loben die blassblauen, damastenen Bezüge der Polstermöbel, die Leisten in Weiß und Gold, ganz à la mode, geschmackvoll, das hat man der Demoiselle aus Lendinara nicht zugetraut. Der General von Stein, leicht angetrunken, hebt das Glas, gratuliert in seiner steifen Art der Demoiselle zu dem wundervollen herzoglichen Geschenk.

Jemand lacht.

Peinliche Stille.

Die Kieswege zwischen den Buchsbäumen füllen sich mit Schatten. Der Herzog ist bald bei dieser, bald bei jener Gruppe; übersprudelnd von Einfällen, ordnet an, widerruft. Die Diener fürchten den Herrn an diesen betriebsamen Tagen, hören stumm, empfangen mit gebeugtem Rücken den Hagel von sich widersprechenden Anweisungen, Befehlen.

Wie aufgekratzt er ist, außer sich, denkt die Bonafini.

Ordnet an, dass jetzt, wo jedermann sich im Garten ergeht, Ruhe sucht zum Verdauen des opulenten Mahls, ein Kesseltreiben vorbereitet wird. Was stopft er noch alles in diesen irrwitzigen, vom Föhnwind fahrigen Tag?

Die Demoiselle zieht sich mit der Mutter in eine der von Buchsbaumhecken umstandenen Nischen zurück. Noch bleibt Zeit bis zur nächsten Jagd. Aus ihrem Réduit sieht sie den Herzog, wie er mit einem Bonmot nach dem Lachen, der Aufmerksamkeit der Leutrum hascht. Sein devoter Blick. Die Leutrum aber geht, als berührte sie nichts, auf ihre spröde Art an den frisch bepflanzten Beeten vorbei. Bückt sich nach den Blumen, markiert botanisches Interesse. Der Herzog nennt beflissen lateinische Namen, sie wiederholt preziös, guckt zu ihm hoch mit ihren groß aufgeschlagenen, ins Violette spielenden Veilchenaugen.

Und die Herrin des Garbenhofs? Kaltgestellt. Sitzt bei ihrer Mutter, die bei diesem Wetter von Kopfweh geplagt wird, im Winkel.

Die Königliche Hoheit aus Mömpelgard geht vorüber, streift mit ihrem blassgelben, wippenden Reifrock die Buchsbäume. Neigt sich zur Generalin, schreit der Schwerhörigen ins Ohr: Deliziös, dieser Garbenhof! In einem Jahr gehört er Franziska von Leutrum!

Die Generalin versteht nicht.

Königliche Hoheit repetiert.

Das Kesseltreiben, auf das niemand Lust hat, findet im benachbarten Wäldchen statt. Hasen rennen um ihr Leben. Schon wieder hat der Prinz die Ehre des ersten Schusses. Buwinghausen versucht hinter dem Rücken des Herzogs, die Demoiselle mit einer Grimasse aufzuheitern. Der kurzsichtige Prinz zielt, die Hasen flitzen vorbei. Es dauert eine geschlagene halbe Stunde, bis einer aufgibt, die Löffel streckt. Der Herzog klatscht. Bravo, exzellent! Gibt Ordre, weiter zu treiben. Schießen? Nur der Prinz.

Buwinghausen gibt zu bedenken: Bis man über Denkendorff in Kirchheim ist, wird es Abend, im Dunkeln könnte es mühsam sein, die zugeteilten Quartiere zu suchen.

Das sieht man ein, Durchlaucht lässt das Kesseltreiben abbrechen.

Sie sind plötzlich allein. Zufällig wohl. Einen Augenblick nur, vor der herzoglichen Karosse, bevor es weitergeht. Er steht vor ihr, dampft, der gerötete Hals pulst, die Augen quellen hervor.

Karl.

Ja?

Sie oder ich?

Die sattsam bekannte Frage, alt wie die Welt. Schon lange hat er sich vor ihr gefürchtet.

Ihre Augen brennen Löcher in ihn, der Mund schmal und stolz.

Er stottert: Es wird gehen mit allen dreien … Hält ein, will ausholen zu einem verlegenen Scherz.

Sie schüttelt den Kopf. Dreht sich um. Weiß alles. Am nächsten Tag, dem 27. September, vermerkt Buwinghausen in seinem Tagebuch: *Die Mslle Bonafini, so sonst alle Jahre mitgeritten ist, war zwar mit hier, Sie ritte aber nicht mehr mit …* Sie sitzt, während draußen das Jagdhorn ertönt, am Bett neben der

Mutter. Zum Kopfweh ist ein lästiges Schnupfenfieber gekommen, aber die Mutter hat vielleicht, wie die Tochter, auch nur Herzweh. Sieht ihre hochfliegenden Pläne für Caterina und den Enkel Karl bedroht. Gehegt hat sie das Kerlchen, das Karlchen, eine Krone auf seinem Kopf gesehen. Was hat sie nicht geträumt.

Die Bonafini verzichtet auf die geliebte Jagd? »Lo spirito di contradizione«? Was macht es: Die Leutrum begleitet den fürstlichen Jäger. Schaut vom sicheren Unterstand aus zu, unter ihrem Veilchenblick schießt Karl Eugen einen Achtzehnender und einen Sechzehnender.

Abends fährt er die Damen durch den lauen Abend spazieren. Am liebsten zum Häuschen im Kräuterbühl, wünscht Königliche Hoheit, dort hört man die Hirsche so schön röhren. Andächtig lauscht die Leutrum den brünstigen, lang anhaltenden Tönen. Der Abend ist von rötlichen Wolken durchzogen, Kindheitserinnerungen, sie summt ein pietistisches Kinderlied.

An einem solchen Abend hatte Karl Eugen Franziska zum ersten Mal gesehen, mildes Licht lag zwischen den Nussbäumen, sie erschien ihm zart, er fühlte sich angerührt durch ihren seelenvollen Blick aus den großen blauen Augen. Hörte gebannt auf ihre Stimme. Ihr Schmelz ist es, der eine Unruhe in ihn senkt. Der Umstand, dass dieser verwachsene, missgelaunte Ehemann neben ihr geht, sie rüpelhaft behandelt, setzt einen reizvollen Kontrast; Jagdinstinkte werden wach. Befördert hat er ihn, den Gatten, um der Gattin näher zu sein, eine alte List. Und Leutrum, geblendet von der plötzlichen Gunst, küsst die Hand des Herrn, ahnt nichts.

Zeit wächst darüber. Die Unruhe bleibt. An der Seite der Bonafini auf der Pirsch denkt er an Franziska, die Leutrum wird zum Lockvogel, im dämmrigen Wald ihr Federkleid bald da, bald dort, lockt ihn immer tiefer ins Dickicht.

Er beruft schließlich den zum Kammerherrn beförderten Leutrum an den Hof. Duldet, um Franziska nahe zu sein, den polternden missgelaunten Zwerg auf der Solitude.

Sie lockt, bewahrt lockend die Unschuld, bei all dem vielen genossenen Weiberfleisch hat er nie Reizvolleres erfahren. Sie tauschen Briefchen, Billets d'amour: Tugendhafte, allerliebste Freundin. Fränzle, mein Engele. Er möchte ihr auf der Solitude einen Freundschaftstempel bauen. Als er es ihr sagt, schießen ihr Tränen in die Augen. Eine Seelenfreundschaft, ganz à la mode und doch echt, anders als alles, was er bisher mit Frauen erlebt hat.

Wenn es dunkel wird in Kirchheim, gibt das Theater seine Vorstellung. Die Bonafini tritt auf in Guglielmis Stück »Lo spirito di contradizione«, vehement, mit angestauter Wut singt sie den Part der Nannetta. Sie ist verzweifelt, weiß nicht mehr weiter. Die Mutter inzwischen schwer krank.

Nach vier Wochen Hirschbrunst rollen die Karossen und Kutschen neuen Jagdgründen zu: erst nach Schorndorf, dann nach Winnenden.

Die guten Landmenschen, von denen die Hofleute in Rosseaus Romanen gelesen haben, atmen auf.

Schicken Flüche hinter dem adeligen Geschmeiß her; die Äcker sind von den Hufen der Pferde zertrampelt, leer die Speicher, Vorratskammern, geplündert alle Wälder.

Die Bonafini bleibt mit ihrer kranken Mutter in einem Landgasthof zurück, betäubt, verwirrt.

Zweimal kommt der Herzog aus Schorndorf zur Besprechung. Alles muss für Serenissimus eine schnelle Wende nehmen. Zwei, drei Schachzüge, und er hat die Lage im Griff. Den störenden Gatten hat er mit einem Federstrich eliminiert, befördert: Leutrum wird Reisemarschall, dreitausend Gulden Besoldung, Fourage für zwei Pferde.

In dieser Eigenschaft verschwindet er mit dem württembergischen Gesandten an den Hof des Markgrafen von Karlsruhe. Die Gründe für den schwindelerregenden Aufstieg dämmern dem Schwerfälligen: Bei seinem Vater, Oberhofmeister beim Markgrafen, wird er seinem Groll auf die Gattin und den Landesvater Luft machen können.

Aus mit der Solitude, aus mit dem Garbenhof, denkt Caterina Bonafini. Gerüchte zirkulieren, schon im Februar werde er unter dem Namen Hohenheim an die Neue verschenkt.

Was nun? Sich erhängen im Glashaus der Plantage?

Opera buffa.

In Rage nach Lendinara zurück?

Opera buffa.

Kann eine sein, was sie einmal war? Rückkehr in

die Kindheit, als wären die mit Leben vollgepfropften fünf Jahre nie gewesen?

Der Herzog droht, falls sie nach Italien zurückkehre, streiche er ihr die Pension. Württembergisches Geld muss in Württemberg verzehrt werden, das ist Grundsatz.

Er unterbreitet einen anderen Vorschlag. Oder ist es schon Befehl? Er will sie verheiraten. Sofort. Vor Weihnachten noch.

Opera buffa.

Mit einem seiner jungen Kammerjunker, von Poeltzig zum Beispiel. Poeltzig? Sie hat ihn einmal gesehen, auf der Solitude, beim Vingt-et-un-Spiel. Er hatte, zu seiner eigenen Überraschung wohl, beim Spiel gewonnen, verlegen hielt er den Preis, eine goldene Tabatière, in der Hand. Wusste nicht, wie ihm geschah. Sie hatte sich amüsiert über sein unbeschriebenes, nicht unschönes Gesicht. Halb erfreut, halb misstrauisch hatte es ausgeschaut, überrumpelt von der Gunst des Schicksals.

Mutter Bonafini, die von ihrem Krankenbett aus alles mitangehört hat, skandiert: Annehmen, annehmen, du brauchst eine Sicherheit, denke an Karlchen.

Absprung ohne Sicherheit, sekundiert Karl Eugen, ein Salto mortale.

Stimmen vor der Kulisse eines schäbigen Zimmers in einem Landgasthof: Staccato. Crescendo. Molto vivace.

Opera buffa.

Ihr Widerspruchsgeist rät ihr zur vorläufigen Kapitulation. Sie ahnt, dass es nur für kurze Zeit ist, vorübergehend muss sie geschehen lassen, was der Mächtige anordnet, eine Eidechse in der Schreckstarre, gefroren in der Kälte menschlicher Beziehung. Ein Frühling wird kommen, Tauwetter; leben wird sie, singen, Herzen erobern in Mantua, Venedig, in Polen, Russland.

Unter dem 15. Dezember vermerkt Buwinghausens Tagebuch: *Heute heurathete der ehmals unter dem Leibcorps gestandene Rittmeister und Kammerjunker v. Poeltzig die Mademoiselle Bonafini. Sie wurden in Hofen kopulirt und retournirten sodann nach Ludwigsburg wieder zurück.*

Karl Eugen war nicht bei der Trauung, auch hatte niemand von der Suite Dispens bekommen, nach Hofen zu fahren. Die Braut war nicht in Weiß, trug keinen Schleier. Es schneite an dem Tag.

6

Mitte November. Die Glarnerberge verhüllt, die Äcker von einer dünnen Schicht Schnee bedeckt.

So schmal hat sich Thut das Tal nicht mehr vorgestellt, das Fuhrwerk, das sie an der Ziegelbrück mitgenommen hat, folgt dem Lauf der Linth. Krähen fliegen von den Feldern auf, umkreisen die schiefergrauen Abstürze.

Eng wird ihm. Als könnten die Bergleiber zusammenrücken, ihn und Rhyner mit ihren Flanken zermalmen.

In Schwanden stieg Rhyner aus. Er nickte Thut zu, das von Bartstoppeln geschwärzte Gesicht versuchte ein Lächeln. Abschied nehmen muss ich nicht, sagte er, im Handumdrehen ist Frühling, dann geht es von Neuem los. Du kommst doch mit?

Thut sagte weder Ja noch Nein.

Der Fuhrmann brachte ihn nach Linthal. Weiter wollte er nicht, der Zustand der Straße hinter dem Dorf sei ihm zu unsicher.

Er gehe zu Fuß, sagte Thut.

Nach der Straßenbiegung hörte er hinter dem Haus des Wachtmeisters Zweifel die Stimme seiner Frau. Mit Herzklopfen bog er in den Hof ein. Bei der Scheune sah er sie Brennholz aufschichten, der Nachbar stand mit dem Beil am Hauklotz, spaltete Scheiter.

Ihre Bewegungen waren flink, schlank war sie geblieben, ein paar weiße Fäden durchzogen das braune Haar.

Der Nachbar machte einen Scherz, sie lachte, Worte flogen zurück, Röte stand auf ihren Wangen. Thut kannte den Nachbarn, Kaspar Dürst hieß er, im Präparandenunterricht bei Pfarrer Tschudi hatten sie zusammen Fragstücklein gelernt. Nun hörte er auf zu hacken, reichte ihr die Scheiter. Gleich groß, gleich alt, wie geschaffen füreinander, fuhr es Thut durch den Kopf.

Anna Margreth hatte ihn bemerkt, der am Eingang des Hofs stehen geblieben war, den Hut in der Hand, mit hängenden Schultern.

Sofort bekam sie ihren ängstlichen, flatternden Blick.

Bist du zurückgekehrt?

Er nickte. Ich komme aus England, sagte er, will sehen, wie es der Mutter geht.

Dann brauchst du nicht ins Tierfehd. Hier in Linthal ist sie, auf dem Friedhof.

Sein Gaumen wurde trocken, brannte. Lange vermochte er nichts zu sagen.

Seit wann?, stieß er endlich hervor.

Seit drei Wochen. Er stand da wie festgenagelt. Sie bot ihm einen Kaffee, einen Schnaps an.

Er wehrte ab. Ging allein zum Friedhof, stand am frischen Grab. Er kam sich leer vor, hohl, nicht einmal weinen konnte er.

Zu Fuß ging er über die Auengüter, der Weg war vereist, es begann zu schneien.

Ein Holzfuhrmann holte ihn mit seinem Wagen auf dem Schuttkegel des Limmernbachs ein, nahm ihn für das letzte Wegstück mit. Er wusste vom Tod der Mutter. Im Winter wird das Tal hellhörig, man hört jeden Vogelschrei, jeden Ast knacken, abends am Feuer tauscht man die spärlichen Neuigkeiten aus.

Die Schwägerin sah den Riesen vom Küchenfenster aus. Sie hoffte erst, es sei ein Spuk, aber da duckte sich Melchior schon im Türrahmen, verlegen, ungelenk.

Nach der Begrüßung blieb es eine Weile still, dann sagte der Bruder, wie sich entschuldigend, kaum habe er den Brief nach England abgeschickt, sei die Mutter gestorben. Eingeschlafen, hinübergeglitten, wie man so schön sage.

Die Schwägerin ging zum Kaffeekochen in die Küche, stirnrunzelnd sah sie, wie der Riese die fünf Holzstufen heraufkam, unter jedem Schritt ächzte das Holz.

Mir scheint, du bist noch gewachsen. Nein, nicht auf diesen Stuhl, der hält dich nicht aus. Hol ihm den Hackklotz aus dem Schuppen!

Thut trat ans Fenster. Wo früher sein Schlafstall gestanden hatte, gähnte ein leerer Platz. Auch der Baum war gefällt worden. Bretter lagen zerstreut, zwischen zwei Pflöcken stapelte sich zersägtes Astholz.

Auf Thuts Vorwürfe meinte der Bruder ausweichend, sie hätten eben gedacht, nachdem die Mutter tot sei, werde er kaum mehr ins Tierfehd kommen. Während der paar Wochen im Winter könne er wohl seine alte Kammer benutzen.

Und die Esche?

Sie hat uns eben gestört.

Am Abend teilten sie sich das bisschen Brot, die paar Kartoffeln. Wie lange er zu bleiben gedenke, fragte die Schwägerin. Das Haus sei eng, wenig Essbares im Haus, die Teuerung mache die Nahrung knapp.

Ich zahle meinen Teil, sagte er.

Hast groß verdient? Sie schaute gierig nach seiner in Bristol gekauften pelzverbrämten Jacke. Dann kannst du dir ja ein Haus bauen.

Dafür reicht das Geld nicht.

Geduckt saß er wie früher am Spinnrad, sah durch die kleinen bleigefassten Butzenscheiben Schnee fallen.

In der Stille lag ein untergründiges Pochen, als rieselte eine Wasserader unter eisigem Grund.

An helleren Tagen war der Himmel gläsern, wölbte sich wie der Deckel eines Uhrgehäuses über dem Loch.

Mit dem trockenen Winterwetter kamen die Holzfäller, zogen Stock- und Mittelhölzer auf Schlitten den Hang hinunter, die Kanten der Schnittflächen hatten sie mit dem Beil gebrochen, damit die langen Hölzer, die über den Schlitten hinausgeragt wären, von allein die Rinne hinabglitten. Der Fuhrgehilfe sprang hinterher, sorgte mit dem Zapin dafür, dass die Stämme die Bahn einhielten.

Klaftertief waren sie eingeschneit.

Saßen wie im Gehäuse einer Weinbergschnecke, überwinterten unter einem Deckel aus weißem Kalk. Klamm, steif hockten der Bruder und die Schwägerin in der Küche am Feuer, sie zankten sich oder schwiegen verkniffen.

So eng hatte Melchior diese Welt noch nie erlebt. Während fünf Wochen gelangte kein Sonnenstrahl zu ihnen, das Leben schien sich anderswo abzuspielen.

War es je anders gewesen? Ein Diener steht, während die Herrschaft lebt, daneben. Hört auf die Befehle, drückt sich an die Wand, reißt die Flügeltür auf, um das Leben durchzulassen.

Beleuchtet die Szenerie des Lebens mit der Lampe.

Wenn es keine Diener gäbe, Thut, dann wäre für die Herren das Leben nicht mehr dasselbe, hatte Hartmann einmal gesagt. Dann müssten die Herren alles selbst tun, hätten keine Hand mehr frei, keine Zeit zu leben. Nahrung besorgen, kochen, wegräumen, Kleider reinigen, den Ofen anfeuern. Mit unserem Leben ermöglichen wir ihnen, dass sie leben können. Uns die Sorge, ihnen das Leben.

In Ludwigsburg, in den zwölf Jahren Dienst am Hof, hat er nichts ersparen können.

Die lächerlichen zweihundert Gulden Gehalt. In den teuren Siebzigerjahren reichten sie nirgends hin. Auf der Rentkammer forderte er dreihundert Gulden, gleich viel wie der neue Kammertürk Mallschütz.

Er wolle, wenn er schon am Schreiberpult stehe, auch beanstanden, dass er nie den vollen Lohn bekomme. 1771 seien sechsundfünfzig Gulden zurückbehalten worden, 1772 an Georgi zweiunddreißig Gulden …

Der Schreiber Kolb hob die trägen wimpernlosen

Augenlider, sah ihn an. Erhöhungen? Unmöglich. Das Oberhofmarschallamt lehne in letzter Zeit alle Gesuche ab.

An ihm, dem Schreiber, fehle es nicht, sagte Kolb.

Er schreibe die Gesuche mit allen nötigen Formeln, Briefe zum Steinerweichen. Die Leute täten ihm leid, so habe er für die Witwe des Hofmohren Franz Andree geschrieben:

Und bin in Ansehung meiner äußersten Dürftigkeit in den aller betrübtesten Umständen, maßen ich bereits das 62ste Jahr erlebet und durch meine 6-jährige Dienstzeit bey der Herzoglichen Leibwäscherin Renzlerin, bey welcher ich auf Jagdten die Leibwäsch zu Eurer Herzoglichen Durchlaucht höchster Zufriedenheit allein versehen, in meinen Gliedermaßen ruiniert worden, dass ich gegenwärtig mit den empfindlichsten Nerven- und Gliederschmerzen behaftet, folglich nichts mehr zu verdienen im Stande bin, und also, wann Eure Herzogliche Durchlaucht mich nicht gnädigst ansehen würden, die bitterste Noth leiden müsste … Eure Herzogliche Durchlaucht flehe ich dahero in der tiefsten demuth an. Dieselben möchten aus Landes Vätterlich höchster Gnade und Barmherzigkeit, mich meiner wenigen Lebenstage über, in den Genuss einer jährlich nur geringen Pension, aus höchsten Gnaden versetzen …

Das Gesuch ist abgelehnt worden, Thut! Kolb schaute bekümmert, er war ein hagerer Mensch mit einem unordentlichen Haarbeutel, langsamen Bewegungen. Umständlich blätterte er in seinem Folianten, zeigte Thut die Abschrift eines weiteren Gesuchs:

Anna Maria, Wittib des 24 Jahr lang gewesener Herzoglicher Cammer-Laquaien und Leibschneiders Anschütz, bittet demüthigst fürfälligst ihro wegen unvermeldt großen Armuth und dürftigen Umstände zu ihrer und ihrer 6 Armen Waisen nötiger ... ein jährliches Gnaden Gehalt gnädigst zufließen zu lassen.

Und was macht das Oberhofmarschallamt? Lehnt das Gesuch ab. Ohne Begründung. Kolb schloss den Folianten, stützte seine Ellbogen auf den Schweinsledereinband. Sein von Blatternarben verwüstetes Gesicht wandte sich Thut zu. Er wolle es im Vertrauen sagen: Dieses Amt sei eine Last. Was er sich anhören müsse: Jammertiraden!

Schreibe er dann Gesuche, hagle es Rüffel von oben und unten, von den Ämtern und den abgewiesenen Bittstellern. Dabei verdiene er inzwischen selbst nur zweihundert Gulden. Wisse kaum, wie auskommen, derweil er von morgens bis abends Zahlen vermerke, vielziffrige, unvorstellbare Zahlen, zum Beispiel diese Rechnung für Juweliere in Amsterdam.

Er hatte das Buch nochmals geöffnet, zeigte es Thut: *47 320 Gulden, Ausgaab-Presenten, von Herzogi. Durchlaucht, immediate gnädigst dekretiert.*

Und hier: die jährlichen Ausgaben für alle Mägde in Ludwigsburg; zusammen verdienen sie nicht mehr als dreihundertfünfundsechzig Gulden.

Thut starrte auf die Finger des Schreibers, tintenverschmiert, spinnbeinig zuckend lagen sie auf dem jetzt wieder geschlossenen Folianten. Er bekam dann von Kolb, der ihm gutgesinnt war, noch den Rat, er solle sich am Geburtstag des Herzogs unter die Supplikanten mischen. Ein mündlich vorgebrachtes Gesuch habe mehr Aussicht, die Gnade des Landesherrn zu finden, an so einem Fest pflege Durchlaucht bei Laune zu sein.

Am Vorabend des 11. Februar 1773, dem Geburtstag Karl Eugens, entstand Aufregung unter den Hofleuten.

Unter den Supplikanten bei der öffentlichen Audienz befand sich Caterina Bonafini. Anderthalb Jahre mit Poeltzig verheiratet und immer noch widerspenstig. Es hieß, sie sei mit dem aufgezwungenen Ehemann in dessen sächsische Heimat gezogen; anstatt ihre Ehepflichten wahrzunehmen, habe sie in Dresden Gesang und dramatische Künste studiert.

Man hielt den Atem an. Sah sie die Treppe hinaufgehen: die einstige Herrin der Solitude und des Garbenhofs, Jagd- und Bettgenossin des Landesherrn.

Noch immer wirkte sie anmutig in ihrer schlichten Adrienne, lose und bauschig, die Schnürbrust blau. Keine Spitzen, kein Gold, kein Reifrock, keine Stöckelschuhe.

Sie ging zum obersten Podest. Deutete knapp den vom Protokoll vorgesehenen Hofknicks an. Kleine Flammen blitzten in ihren Augen, sie blickte dem ehemaligen Geliebten ins Gesicht, die Lippen kräuselten sich.

Er saß, unruhig gemacht durch ihr Schweigen, mit angespanntem Gesicht.

Das triumphierende Lächeln der Leutrum erstarb.

Die Bonafini begann zu sprechen. Noch in den hintersten Reihen verstand man jedes Wort, bis in die

Schlusskonsonanten genau: Sie habe sich entschieden, nach Italien zurückzukehren, bitte um die herzogliche Gunst, ihre Pension trotzdem behalten zu können.

Eine württembergische Pension wird in Württemberg verzehrt, Grundsatz ist Grundsatz, sagte der Herzog.

Dann müsse sie also auf das Geld verzichten.

Und Poeltzig?, fragte der Herzog.

Geht als Offizier nach Preußen.

Wovon sie und das Kind denn zu leben gedächten?

Wovon? Von meiner Stimme, sagte sie.

Er forschte in ihrem Gesicht, versuchte erstaunt, in ihrem *hintergründigen, labyrinthischen* Blick zu lesen. Er wird sich an diese Augen erinnern, wenn Neuigkeiten eintreffen: von ihren Erfolgen in Venedig und Mantua, von Poeltzig, der plötzlich verschwindet (im Krieg gefallen, sagen die einen – aber einen Krieg gab es nicht, also Freitod?). Von ihrer zweiten Ehe mit dem Ballettmeister von Mantua. 1772 dann ihr Debüt am Hof von Petersburg in Salieris »Armida«, sie singt die Titelrolle auch im Winterpalais zur Hochzeit des Zaren, sechs Jahre lang feiert sie Triumphe, bis sie zurückkehrt, als »Aspia von Modena« geliebt, bewundert.

Davon wird er später erfahren, jetzt aber wundert er sich: Sie ist lebendiger denn je. An ihr gleiten seine Berechnungen ab, sie lässt sich nicht herumschieben, ist keine Figur in einem abgekarteten Spiel.

Noch immer stand sie da, die Bonafini, betrachtete den einstigen Geliebten.

Erzählte später, er sei an der Seite der Leutrum zum Kleinbürger geworden, habe ein Doppelkinn angesetzt, die Augen seien wie erstickt im Fett. Immer mehr ähnle er den bäurischen Abgeordneten, den bürgerlichen Spießern; nicht nur die Liebe, auch der Hass verwandle, schaffe Ähnlichkeit, das halte schon Lavater in seinem Buch fest …

Ohne die üblichen Dankes- und Abschiedsformeln drehte sie sich um, verließ durch die Menge, die sich willig vor ihr teilte, den Saal.

Einen Monat später verließ sie mit ihrer Mutter und dem Sohn Carl für immer das Land, in das sie als Sechzehnjährige gekommen war, auf den Ruf des kunstsinnigen Landesherrn hin, des gurrenden Täuberichs.

Nach diesem Vorfall war man auf einen der polternden Wutausbrüche des Herzogs gefasst.

Ein glücklicher Zufall stellte die Laune des Herrschers wieder her. Ein Gesandter Josephs II. überbrachte die Nachricht, der Kaiser gehe auf seine Anregung ein, seine Mätresse Franziska von Hohenheim, in Anbetracht ihrer Abstammung aus altritterschaftlichem Geschlecht, in den Stand einer Reichsgräfin zu erheben. Das Diplom in der vergoldeten Kapsel kam allerdings erst im September, Kolb musste in der Rentkammer für die Gunst eine Rechnung von siebentausendsechsundneunzig Gulden dreißig Kreuzer eintragen, verbucht unter *unvorhergesehene Fälle.* Von diesen Spesen wusste der Herzog an seinem Geburtstag allerdings noch nichts.

Als Thut vortrat, Glückwünsche murmelnd um Erhöhung des Lohnes auf dreihundert Gulden bat, winkte der Herzog gnädig ab: genehmigt. Aber erst für die nächste Generalkassarechnung!

Wenn bis dahin die Welt noch steht, hatte Thut gedacht.

Sie stand noch, die württembergische Welt.

Für den Riesen aber begann sie zu schwanken, mit jedem Jahr stärkere Kopfschmerzen, auch spürte er das stundenlange Herumstehen an den Türen und Wänden des Schlosses im Rücken.

1777 gab er seinen Abschied und bat um eine Pension. Abgelehnt, stand auf dem Dekret. Kolb zahlte ihm an Georgi 1777 den Rest aller Rückstände aus.

7

In all den Lebensjahren schichtet sich Gleichartiges auf, lagert sich ab, wird hart wie Muschelkalk.

Ein Berg von Dingen, die man ein Leben lang getan, gedacht, geträumt hat. Die Gewohnheiten verhärten sich. Der Spiegel wirft das eigene Bild zurück, scharf sind die Züge geworden, man erschrickt. Unverrückbar steht plötzlich fest, was man ist, zu sein hat.

Nach Wochen winterlicher Dunkelheit färbte ein Schimmer die Steilflanke des Selbsanft. Sonnenlicht fiel auf die blauschiefrige Wand, warf einen hellen Fleck auf den Talboden.

Der Riese stand auf seinem ehemaligen Schlafplatz. Die vereisten Bergkuppen gleißten, Einschnitte taten sich auf, bläuliche Kiemen, durch die der Atem der Felskolosse zu strömen schien.

Ein Dröhnen, weiße Schleier stoben über die Zinnen des Limmernstocks, dann wurde es wieder still, die stürzenden Schneemassen verschluckt von einem unsichtbaren Schlund. Thut bewegte seine Hände, ließ die Arme kreisen, vergewisserte sich, dass er lebte. Blut begann in seinem Hals, in seinen Schläfen und Ohren zu pulsen.

Du bist nicht tot, nicht verfault im winterlichen Loch, die Sonne zieht dich heraus, noch ist Atem in dir.

Mit den ersten wärmeren Tagen erschien Samuel auf dem Schutthügel des Fuhrbachs. Langsam schritt er in die Senke hinunter, vornübergebeugt unter dem Weidenkorb, den Blick zu Boden gerichtet, als folgte er witternd einer alten Spur.

Thut sah ihn von Weitem kommen. Samuel habe doch vor der Kälte kapituliert, hatte ihm der Bruder erzählt, der alte Starrkopf sei vor dem großen Schnee von der Alp heruntergekommen und habe die letzten zwei Winter bei Verwandten, teils in Schwanden, teils in Glarus verbracht.

Der Riese wartete an der letzten Wegkehre. Als Samuel über einen Schatten ging, der kein Ende nehmen wollte, blickte er überrascht auf.

Freude lief über sein verwittertes Gesicht.

Wachtturm, siehst von deiner Höhe herab jede Maus, begrüßte er ihn lachend und ließ sich zu einem Wacholderschnaps einladen.

Lange bleibe er nicht, er müsse die Tageshelligkeit ausnutzen, noch zur Alp hinauf. Der Schnee? Mache ihm nichts aus. Verharschte Krusten, er umgehe die Stellen, wo man einsinke. In Glarus habe er sich fremd gefühlt. Weißt du, Melchior, fügte er hinzu, es zieht mich hinauf. Alles ist mir dort vertraut, redet zu mir: der Bach, die Wolken, die Vögel, die Pflanzen. In Glarus ist alles Betriebsamkeit, neue Fabriken schießen aus dem Boden, alles jagt hinter dem Verdienst her. Voller Stolz erzählen sie, das Glarnerland sei neben England die industrieöseste Gegend. Mein Neffe arbeitet in der Indigozeugdruckerei des Landmajor Streiff. Die überschüssige Farbe, die nicht in die Tücher geht, lassen sie in die Linth. Das Wasser färbt sich blau, Thut, stell dir vor: Man isst jetzt blaue Fische in Glarus!

Im April erschien bei Thut ein Vertreter der Behörde. Alle evangelischen männlichen Einwohner der Gemeinde hätten ihren Frondienst, dreiundfünfzig Tage, für den Kirchenbau geleistet. Nur Melchior Thut nicht. Die Kirche stehe jetzt. Aber das Wuhr am Ufer der Linth müsse verstärkt werden. Man brauche dazu Leute wie den Riesen. Zum Sand- und Steineschleppen.

Melchior setzte sich zur Wehr, erwähnte seinen Rücken, verwies auf den Arzt, der ihm die schwere Arbeit verboten habe.

Der Abgeordnete des Stillstands zuckte nur mit den Schultern, die Verwandten hänselten.

So stand er im Mai doch am Wuhr.

Der regnerische Frühsommer machte die Arbeit an vielen Tagen unmöglich. Erholungspausen für Thut, trotzdem wurden Rücken- und Kopfschmerzen immer stärker.

Im Juni traf Rhyner den Riesen am Flussufer, einen Sandsack auf dem Rücken.

Bist du verrückt! So schindest du dich kaputt! Komm mit, langes Elend, wir wollen noch einmal ausfliegen. Diesmal nach Wien. In der Kaiserstadt werden uns die Taler in den Kasten springen.

Wien, dachte der Riese müde. Für ihn war es nichts als ein Name. Ein Horizont, dem man entgegenfährt, nur weil es unmöglich ist stillzustehen. In der Enge bei den Verwandten bleiben, am Wuhr sich krummschleppen, das war der Tod. Nach vorne also.

8

So fein haben wir noch nie gewohnt! Vornehmer noch als das Sadler's Wells in London, findest du nicht, langes Elend?

Thut hatte nur erschöpft genickt, auf Rhyner gestützt, war er unter dem Kristallleuchter gestanden, eine Leuchtblume, die ihn blendete, verwirrte, das war ein Palast, kein Gasthof. Durch die offene Tür hörte er das Donnern der Pferdewagen auf dem Pflaster des Neuen Markts, schon saß ihm Wien mit seinen Geräuschen und Gerüchen in allen Poren.

Die Reise in die Kaiserstadt während der heißen Julitage hatte ihn aufgerieben.

Bis zum Bodensee und nach Kempten ging es noch flott, in einer viersitzigen Extrapost, die ihre dreißig Meilen am Tag zurücklegte mit oft wechselnden Pferden. Waldflecken, Wiesenmulden voll Margeriten, Dörfer mit roten Dächern: Alles war noch einmal in Bewegung gekommen, neugierig erforschte sein Blick den Horizont. Von Kempten bis Salzburg dann auf einem Karren, von zwei Gäulen gezogen; als es zu regnen begann, wurde eine Wachstuchblache gespannt, unter tagelangem Wolkenhimmel zuckelten sie dahin, der Riese saß zusammengestaucht, das Kinn wuchs ihm an der Brust fest.

Immer neue Wege; sie spannten Fäden kreuz und quer über das Land, ein Netz, in dem Thut sich zappeln sah, Wut kam in ihm hoch auf Rhyner, diese Spinne. Nie wieder wollte er reisen, er schwor es. Ins Tierfehd zurück, mit den Ersparnissen ein Häuschen bauen, klein, bescheiden, vielleicht auch nur ein Schlafstall, am Fuß der Berge die alten Tage beschließen.

Aber es gab kein Zurück. Wie Adern pumpten die Wege Karossen, Gespanne, Fußvolk zum Herzen des Kaiserreichs, nach Wien.

Gerädert, geschüttelt trafen sie in Salzburg ein. In der Getreidegasse goss sich Thut ein Maß Bier in den erhitzten, aufgetriebenen Leib, die ganze Nacht quälten ihn Blähungen, Stiche in der Lebergegend. Dazu die gewohnten Kopfschmerzen. Wie ausgehöhlt lag er in der Fremdenkammer, ein morscher Strunk.

Rhyner sah besorgt die eingesunkenen Augen, die fleckige, schweißbedeckte Stirn, spürte einen Anflug von Schuldgefühl, schnell verdrängt von der Angst, seine Geschäfte könnten fehlschlagen. Bis Linz musst du mir noch durchhalten, langes Elend. Dann leisten wir uns das Ordinari-Boot auf der Donau, wie von selbst spült uns dann das Wasser nach Wien.

An Bord der Ordinari dann zwischen Kisten und Warenballen wies der Schiffsmeister dem Riesen bei der hinteren Rudermannschaft einen Platz an. Unter den Männern, welche die schweren Ruder bewegten, saßen abwechslungsweise auch zwei Frauen, Rhyner rief der einen, einer schlagfertigen stämmigen Wienerin, Scherzworte zu, später, als sie abgelöst wurde, stand er neben ihr auf der Plattform. In Thuts Nähe saß eine dickleibige junge Frau mit ihrem Kind. Das Kind bestaunte den auf einer ungeheuren Kiste sitzenden Riesen, bald verlor es die Furcht, benutzte sein Bein als Kletterstange.

Thut ließ es gewähren, als die Mutter wegschaute, neigte er sich vor und strich dem Knaben über den flaumigen Kopf, rasch, mit ungelenken Fingern und größter Vorsicht; Erinnerungen stiegen auf an die Solitude, keine anderen Kinder als Karlchen eins und zwei der Bonafini waren ihm in seinem Leben nahe gewesen.

Auf dem Schiff hatte Rhyner von einem Passagier den Rat erhalten, er müsse, wolle er Erfolg haben, Thut an einer der besten Adressen zeigen. Nobel gehe die Welt zugrunde, vor allem in Wien.

Am Neuen Markt liege die Mehlgrube, gewiss ein merkwürdiger Name für eine vornehme Herberge, das Haus habe eben jahrhundertelang als Mehldepot und Metzenleihamt gedient. Der Neubau nach Plänen des Baumeisters Fischer von Erlach sei ein veritabler Palast, die Säle dienten der guten Gesellschaft für ihre Redoutenbälle, auch Künstler träten auf, Wolfgang Amadeus Mozart spiele von Zeit zu Zeit seine neuen Klaviersonaten.

Das Zimmer war mit rotem Damast tapeziert, das Bett breit, noch nie hatte Thut auf so feinen Kissen gelegen.

Er fieberte, die Luft war stickig heiß.

Rhyner, den wieder einmal der Durst plagte, ging

nochmals hinunter, fand die Wirtschaft schon geschlossen, unter dem schwach glimmenden Leuchter wachte auf einem Stuhl ein Diener. Rhyner kam mit ihm ins Gespräch, der Riese, den er hier zu zeigen wünsche, liege krank: Leibschmerzen, Fieberschübe.

Solche Molesten gingen in Wien um, tröstete der Diener. Täglich komme ein Bader ins Haus, massiere das lädierte Bein des Herrn Hofrat im ersten Stock, Rhyner solle ihn rufen, der Bader sei erfahren wie ein Arzt, aber billiger.

Am nächsten Morgen führte der Diener den Bader in Thuts Zimmer, Loiskandl hieß er, ein blauer Samtfrack umschloss seine füllige Gestalt, der Kopf verschwand unter einer gepuderten, gekrausten Perücke. Gewohnheitsmäßig schlug er das Bettlaken auf, prallte zurück: einen so langen Menschen habe er seiner Lebtag noch nicht gesehen!

Thut schaute auf die Hände, die feist aus den gefältelten Spitzenmanschetten krochen, an seinen Handgelenken fingerten, um den Puls zu suchen. Loiskandl knetete, presste am Riesenleib herum, zog bedenklich die Stirn kraus, rollte die runden Augen.

Passt auf, dass er Euch nicht stirbt, sagte er mit leicht gesenkter Stimme zu Rhyner.

Der stirbt schon nicht, sagte Rhyner erschrocken.

Im Flur, Thut hörte es durch die offene Türe, sprach er auf gedehnte, affektierte Weise Vermutungen über die Natur der Krankheit aus. Sagte dann unvermittelt: Wenn er stirbt, so müsst Ihr ihn skelettieren lassen. Man sammelt hier eifrig Kuriositäten. Kaiser Josef hat ein Faible für Anatomie, in Italien hat er Muskelmänner aus Wachs bestellt, im Areal des neuen Krankenhauses sollen sie in einem Kabinett gezeigt werden. Bilder habe ich davon gesehen: gehäutete, überlebensgroße Menschen, sämtliche Innereien sind zu erkennen, die Nervenbündel, bei einigen sind die oberen Muskelschichten aufklappbar, um die Sehnen und Knochen freizulegen.

Das Schauerliche, groß in Mode! Ein Anatom hat die griechische Laokoon-Gruppe aus Skeletten nachgebildet, sogar die Schlange, die alle mörderisch umwindet, ein Skelett!

Es heißt, der schöne, gebildete Mohr Soliman, der im Liechtenstein'schen Palast dient, solle nach seinem Tod für die Kaiserlichen Sammlungen gehäutet und mumifiziert werden! Für seine heimlich ihm angetraute Frau, eine von Christiani, Witwe eines holländischen Generals, wird es ein seltsames Gefühl sein, dem Gatten auf diese Weise wiederzubegegnen, in Gesellschaft eines präparierten Wasserschweins und ausgestopfter Sumpfvögel.

Der Bader lacht, empfiehlt sich.

Das Fenster des Krankenzimmers steht weit offen. Fünfundzwanzig und ein halbes Grad Reaumur hat man gestern gemessen. Die Stimmen der Straßenhändler und Passanten dringen herauf, Früchte, Mandelmilch, Eis und Süßigkeiten werden angepriesen. Ein Flanieren, Scharmutzieren, quirlig, nach außen gerichtet ist diese Stadt!

Vier- und sechsspännige Fiaker und Lohnkutschen holpern über das Kopfsteinpflaster, Staub wirbelt auf.

Erst in der Dämmerung legt sich der Lärm. Aus der

Kapuzinergruft hört man durch das offene Portal singende Mönchsstimmen.

Kühlere Luft dringt durchs Fenster.

Der Riese richtet sich auf, atmet durch, ja, es geht besser, die silbernen Kügelchen, die der Bader dagelassen hat, tun vermutlich schon ihre Wirkung.

Ist der Stephansdom nah?

Nur wenige Schritte entfernt, sagt Rhyner.

Auf der Donau hat das Wahrzeichen der Stadt mit ihnen ein Spiel getrieben, eine Strombiegung hat den Turm gezeigt, die nächste ihn versteckt. Ja, Thut glaubt sich imstande hinüberzugehen, bei Anbruch der Dunkelheit, sagt Rhyner, die Leute sind dann beim Abendbrot.

Schieferfarben, voller Abstürze, so ein nächtlicher Dom; dies ist die Riesenpforte, erklärt Rhyner. Thut steht staunend im Mittelschiff. Klein fühlt er sich, aus den Nischen schauen steinerne Vögel, Drachen mit menschlichen Gesichtern. Schön? Ja, wie Tierfehd.

Rhyners Hoffnung, dass es mit dem Riesen aufwärtsgehe, wird am nächsten Tag zunichte. Das Fieber ist wieder da.

Rhyner sitzt lesend am Rand des Bettes, beugt seinen Kopf, wirft Schatten auf die Zeitung.

Magst du eine Nachricht hören, Thut? Einen Ballon haben sie in Frankreich steigen lassen. Eine birnenförmige, unten offene Hülle aus papiergefüllter Leinwand, die Hitze eines Strohfeuers treibt sie in die Höhe. Wie ein Vogel steigt sie auf. An Seilen ist ein Korb befestigt. Menschen stehen darin.

Fliegen. Was für ein alter Traum. Thut schließt die Augen, denkt sich schwebend, geräuschlos hängt er, ein Vogel am Rande der Welt.

Ein k. k. pr. Kunst- und Luftfeuerwerfer, Joh. Georg Stuwer, teilt einem hochverehrten Publikum mit, er wiederhole in Wien seinen Versuch, ein Luftschiff steigen zu lassen. Die neue Maschine werde, ähnlich wie die Montgolfière, in beachtlicher Höhe verschiedene Manöver ausführen. Der letzte Versuch vor ein paar Tagen ist wegen diesigen Wetters misslungen.

Rhyner hält im Vorlesen inne, schaut über den Zeitungsrand auf den mit geschlossenen Augen daliegenden Thut. Wenn das so weitergeht, wird Wien von dem Riesen nichts sehen als diese aus dem Kissen ragende Nase, knochiger, schärfer wird sie jeden Tag, ein Felsenriff.

Da liegt er wie ein gefällter Baum, an feinster Adresse. Jeder Tag kostet ein kleines Vermögen, rechnet der Impresario aus.

Thut?

Ja?

Ich gehe rasch auf einen Schluck Bier.

Thut nickt. Durchs Fenster herein weht das Lachen eines Kindes. Das Kind auf dem Donauschiff. Als Kletterstange hat es sein Bein benutzt.

Hinauf wollte es auf den Riesenturm. Thut sah seine blitzenden Augen, er bückte sich, half nach, hob das Kerlchen mit seiner rechten Hand, es krähte vor Vergnügen, rief von der Höhe des Riesenkopfs nach der Mutter, erstaunt, erschreckt blickte sie auf. Sie sah das Vertrauen im Gesicht des Kindes. Thuts Finger spannten sich behutsam um das weiche, lebendige Fleisch, wie ein Vogel saß das Kind im Handnest, guckte mit seinem Flaumkopf hinunter. Er senkte den Arm, sah sich gespiegelt in den blanken, unverbrauchten Pupillen, verkleinert, geschrumpft, in was für ein fremdes Leben trugen ihn diese Augen davon.

Das Luftschiff. Konnte es aufsteigen?, erkundigt sich Thut mit schwacher Stimme am nächsten Tag.

Rhyner schaut in der Zeitung nach. Nein, abermals nicht.

Wieder liegt der Riese lange mit geschlossenen Augen da. Als sein Blick wie von weither zurückkehrt, sieht er den Bader am Bett stehen, aufgebläht, rundäugig, ein Frosch im Frack. Er neigt sich zu Thut, Puder stäubt von der Perücke auf.

Verordnet Tee, einen purgierenden Einlauf. Nochmals von den silbernen Kügelchen.

Vor der Tür dann: Ob Rhyner die neuen wienerischen Bestattungsregelungen kenne? Joseph II. kremple in diesem Jahr alles um. Die einzige Aufgabe einer Leiche sei es zu verwesen, sage der Kaiser, Särge dabei hinderlich und deshalb verboten! Der Tote wird in einem Leihsarg auf den Friedhof gekarrt, ein Knopfdruck, der Boden geht auf, und die Leiche, nur in einen Leinensack gefüllt, fällt in die Grube.

Sackbegräbnis heißt das, Kalk wird darauf gestäubt. Um Platz zu sparen, bestatte man das gemeine Volk in Massengräbern.

Ja, nüchtern ist er, der Kaiser! Die Wiener trauern den pompösen Beerdigungen zur Zeit der Maria Theresia nach, wenn einer auch karg leben muss, so möchte er doch wenigstens eine schöne Leiche sein! Der Bader lacht, empfiehlt sich.

Rhyner stellt sich ans Fenster.

Vor dem Eingang legt der Hoteldiener Stroh auf die Straße, um den Lärm der Wagenräder zu dämpfen.

Eine Blondine steigt unten aus der Droschke, aus der Vogelschau ist sie vollbusig, vollwangig, ein Turban ziert den Kopf, ein Schönheitspflaster die Wange. Der Hoteldiener guckt ihr nach, wie sie um die Ecke zur Kärntnerstraße geht, mit ausladendem Hinterteil unter der Schnürtaille.

In den Straßen von Wien staut sich die Sommerhitze. Rhyners Kehle ist ausgetrocknet, er sehnt sich nach einem Bier.

Aus dem Kissen eine schwache Stimme: Rhyner?

Ja?

Wenn ich sterbe, so verkauf mich nicht. Nimm meine Ersparnisse, eingenäht sind sie in der inneren Rocktasche. Nur die Taschenuhr, die gibst du der Anna Margreth.

Was machst du dir für dumme Sorgen, sagt Rhyner, Schweiß sammelt sich über seinen Brauen.

Nimm von den silbernen Kügelchen, Thut.

Wie in seinem siebzehnten Jahr lässt Melchior silberne Kügelchen im Mund vergehen, die Glieder spannen, wachsen zum zweiten Mal. Die Beinmuskulatur wird härter, ein Vogel ist er jetzt, ein riesiger Fasan.

Von Seltenheitswert, stellt der Fasanenmeister

L'Anglois fest. Die Toscani möchte goldene Federn für den Turban. Die Bonafini füttert ihn mit Brocken.

Aber der Fasan ist plötzlich weg. Entflogen.

In der Dämmerung sieht man ihn über den Dächern schweben.

Die Menschen treten aus ihren Häusern. Dort fliegt etwas. Die Montgolfière? Ein Riesenvogel?

Er flattert aufgescheucht, kurzatmig. Zu lang, zu prächtig die goldfarbene Schleppe.

Halt, abschießen darf ihn nur der Herzog. Serenissimus hegt eine merkwürdige blutrünstige Liebe zu allen Fasanen. Da keucht er schon heran, das Gesicht rot unter dem Dreispitz, porzellanweiß die hervorquellenden Augen.

Der Fasan ist plötzlich verschwunden, den Blicken der Verfolger entzogen hinter einem Felsvorsprung, die Berge stülpen schützend ihren Schatten über ihn.

Thut atmet auf.

Dort ist der Limmernstock, da der Selbsanft, Thut steht, die Arme an den Körper gepresst, mit fest verschlossenem Mund, die Häscher des Herzogs halten ihn für einen vom Gebirge abgespaltenen Felsblock.

Das Feuer in seinem Inneren erlischt. Der Berg hat ihn angenommen, leckt ihn wie ein Tier sein Junges, kühle, heilende Schattenzungen.

9

Im Frühjahr 1785 kam Ebel auf einem Holzfahrweg nochmals ins Tierfehd.

Er saß aufrecht neben dem Kutscher, den Blick auf die vom Südlicht umflossenen Berge gerichtet, die Pupillen verengt. Wie vor drei Jahren fühlte er sich angerührt vom Gegensatz der schroffen Wände und der lieblichen Ahornhaine.

Bis Linthal hatte ihn Dr. Marti begleitet, ihm am Fuß der Braunwaldterrasse die heilkräftige Quelle gezeigt: Schwefel, Eisen, Mineral-Alkali, ein Bad soll gebaut werden, die große Welt wird über kurz oder lang ins Tal kommen. Sie hatten auch über den in Wien verstorbenen Riesen gesprochen.

Marti hatte nach Wien an die Ämter geschrieben: Aus der mit wochenlanger Verzögerung eingetroffenen Antwort sei nicht klar geworden, ob Thut skelettiert oder begraben worden sei, auch habe sich der Impresario nicht mehr blicken lassen. Der Antwort seien zwei Ausschnitte beigelegen, einer aus dem Anhang der Wiener Zeitung vom 11. August 1784, unter der Rubrik »Verstorbene zu Wien«: *Den 3. August. In der Stadt Melchior Thut, Bauer aus der Schweiz, alt 43 Jahr, auf der Mehlgrube Nr 10/4.*

Bei der Altersangabe handle es sich wohl um einen

Schreibfehler, achtundvierzig Jahre alt sei Thut geworden. Aus dem zweiten Papier, einem Auszug aus dem *Verlassenschaftsabhandlungstrakt,* gehe hervor, dass Thut, der sich acht Tage lang beim Wirt *Mathias Frey, Stadt Nr 1064* aufgehalten habe, keine Kinder hinterlasse, wohl aber eine *Witwe Margareth*, in der *Schweiz zu Linthal haussäßig.* Als Nachlassgegenstand wird eine *silberne Taschenuhr* angegeben.

Bevor sich Marti von Ebel verabschiedete, sagte er noch, die Witwe des Riesen werde diesen Monat wieder heiraten, ihren Nachbarn, einen Kaspar Dürst.

Ebel stieg vom Bock und ging um das Geburtshaus des Riesen herum, er sah den Schlafstall abgebrochen, die Esche gefällt.

Wie vor drei Jahren setzte er sich auf die niedrige Grenzmauer, überlas das damals verfasste Diarium, fügte dem Geschriebenen nach einigem Überlegen mit sorgfältiger Schrift hinzu: *O, es giebt keinen erhabeneren Tempel des Nachdenkens und der Weisheit, als dieses abgeschiedene Thälchen am Ursprunge der Linth!*

Vom Waldrand hörte er ein Schlagen wie von Hacken oder Schaufeln, er ging den Geräuschen nach und traf zwei Bauern und einen Wegmeister bei der Verbreiterung der Straße. An der Wegbiegung, wo unter Zweigen der Schalenstein gestanden hatte, lag ein Schotterhaufen.

Wo ist der Findling hingekommen?, fragte Ebel den Wegmeister. Ihr geht ja auf ihm, antwortete dieser lachend, gestern ist er gesprengt worden.

Das hätte man nicht machen dürfen, stammelte Ebel empört. Ein seltener Stein war es, aus grauer Vorzeit.

Der Wegmeister machte eine wegwerfende Gebärde, sagte: Ich weiß, die Leute geheimnissen in solche Steine vieles hinein, schreiben ihnen Kräfte zu, Glück sollen sie anziehen oder Unglück. Hier ist alles voller Geschichten, da dürfte man an nichts Hand legen. Besser, der alte Stein macht Platz für Neues, dient als Unterlage für die verbreiterte Straße, Wagenräder sollen darüber hinwegrollen, ohne einzusinken, zu Fuß will niemand mehr gehen ...

Ebel setzte sich ans Wegbord, gebündeltes, stiebendes Licht fiel über den Altenohren, Ebel versenkte sich in die Betrachtung der im Halbrund stehenden Berge.

Wenn sie die Berge sprengen könnten, würden sie es tun, dachte er, zum Glück sind sie zu riesig, nur die Witterung nagt an ihnen, ein Vogel wetzt ab und zu den Schnabel, ihre Zeit vergeht langsam, gemessen an der dem Menschen zugeteilten Frist, unvorstellbar langsam.

Literaturverzeichnis

Die durch Anführungszeichen gekennzeichneten und kursiv gesetzten Stellen sind zeitgenössischen Dokumenten entnommen. Von den Quellen für mein Buch seien die wichtigsten erwähnt:

Dokumente aus dem Hauptstaatsarchiv Stuttgart, z. B. »Special-Resolutionen und Decreten-Buch, General-Kassa-Rechnungen«.

»Tagebuch des Freiherrn von Buwinghausen-Wallmerode«, herausgeg. von Freiherr Ernst von Ziegesar, Stuttgart 1911.

»Herzog Karl Eugen von Württemberg und seine Zeit«, herausgeg. vom Württembergischen Geschichts- und Altertumsverein, Esslingen 1907.

Johann Gottfried Ebel, Doctor der Medicin: »Schilderung der Gebirgsvölker der Schweiz«, Leipzig 1802.

Johann Gottfried Ebel: »Anleitung, auf die nützlichste und genussvollste Art die Schweiz zu bereisen«, Zürich 1804.

Johann Caspar Lavater: »Physiognomische Fragmente zur Beförderung der Menschenkenntnis und Menschenliebe« Leipzig u. Winterthur 1775– 1778.

G. Frankcom & J. H. Musgrave: »The Irish Giant«, Duckworth, London 1976.

Speziellen Dank möchte ich Herrn Heinrich Stüssi, Linthal, aussprechen, der mir viele Informationen vermittelte über den Riesen Melchior Thut und die glarnerischen Verhältnisse in der zweiten Hälfte des 18. Jahrhunderts. Ich möchte auch den Mitarbeitern der Württembergischen Landesbibliothek Stuttgart, der Österreichischen Nationalbibliothek Wien und der Kantonsbibliothek Vadiana, St. Gallen, danken für die bereitwillige Beschaffung der notwendigen Bücher und Dokumente.